COLLECTION FOLIO

Violette Leduc

Trésors à prendre

Gallimard

Violette Leduc est née à Arras. Connaissant dans sa jeunesse la pauvreté, la maladie, la solitude, elle échoue dans ses études, trouve un emploi modeste dans l'édition qu'elle devra abandonner pour des raisons de santé.

L'écrivain Maurice Sachs, un ami homosexuel rencontré en 1932, l'oriente vers la littérature. Les divers articles qu'elle rédige pour des journaux féminins n'ont guère de succès mais les romans qu'elle publie, *L'asphyxie* (1946), *L'affamée* (1948), *Ravages* (1955), sont admirés par l'élite intellectuelle.

C'est surtout l'expérience vécue qui est à la base de ses romans : *La Bâtarde,* préfacé par Simone de Beauvoir, *La folie en tête, La chasse à l'amour.*

Violette Leduc meurt en 1972, dans les Alpes-de-Haute-Provence.

Trésors à prendre est un authentique journal de voyage, l'imagination n'y a pas de part. Les personnages qui le traversent sont aussi réels que le causse Noir et que la cathédrale d'Albi. Mais Violette Leduc, avec son avidité pour la vie, provoque à tout moment, en tout lieu, les rencontres les plus curieuses et les plus émouvantes.

A SIMONE DE BEAUVOIR

Les voyageurs dans le train Paris-Vichy en été sont presque tous des jaunes, je veux dire des bilieux. Nous sommes sept femmes dans le compartiment, une jeune fille acide, un scout laiteux qui voyage seul, qui se suffit. Un quatuor de jaunes s'est formé. D'une même maladie est née une confrérie. Quatre femmes ont souffert, souffrent, souffriront de leur foie. Elles entrent dans le vif du sujet, décrivent leurs vertiges, leurs nausées, leur bile. La jeune fille qui tricote, qui allonge une triste chaussette d'homme, rougit. Ces dames ont été trop vite impudiques. La vieille demoiselle venue des environs de Compiègne a comprimé pour le voyage ses avantages dans une cuirasse de baleines et de coutil. Elle dit : « mon foie » comme elle dirait « mon chéri ». Nous apprenons tout ce que son foie lui fait la nuit pendant que le petit garçon martial s'isole avec une tartine de rillettes. Le quatuor s'est tu. Quatre dames lorgnent, convoitent puis condamnent un mangeur de gras, une famille qui met du poison sur le pain de l'innocent. Mais le train nous entraîne à quatre-vingts à l'heure. Il est plus fort qu'elles. Je devine pourquoi les deux dames n'ont pas répondu lorsqu'en arrivant j'ai demandé de la place sur la planche à bagages. Mon teint est ordinaire. Je suis négligeable. Il n'y a pas d'affinité possible entre une blanche et une jaune, une bilieuse, une blanche en plus qui occupe un coin grâce aux hasards d'une location. Ces deux dames se font de la bile pour mon coin. Voici que Vichy, la Babylone de leur espoir, revient sur le tapis. Ce ne sont que dosages, verres gradués, fatigue précédant la cure, bien-être pendant la cure, épuisement après le traitement. Les symptômes mêmes de l'amour. Je m'étais promis une cure brève. Je n'ai plus soif. Celle qui se dit caissière à la Banque de France raconte qu'un profane est mort foudroyé par un verre d'eau à la Grande-Grille parce qu'il avait avalé cette pureté sans l'avis du médecin. Ces sottises m'impressionnent. Je décide que mon gosier se mettra en grève à Vichy. Le quatuor s'est tu. Le scout mange d'autres tartines cimentées avec d'autres rillettes. Un velours cette pureté de charcuterie, du velours qui a vaincu la caissière de la Banque de France, du velours qui lui inspire le truc, la tactique de l'aveu. Elle avoue à ses nouvelles amies qu'elle a jeûné pendant trois jours, qu'elle a une vierge pour estomac avant la cure. Se rendre aux sources c'est se rendre à des épousailles. Les organes doivent être purs comme le lis (c'est faux : un lis est impudique de forme, obscène par son parfum ravageur). Le scout est un tentateur. La caissière déclare qu'elle fera un bon déjeuner au wagon-restaurant. Elle s'est envolée du côté des hors-d'œuvre tandis que ses nouvelles amies ont ravalé le crachat de leurs envies.

Un curé de campagne est monté à Nevers.

— Cher frère, nous vous faisons une place, a dit la vieille demoiselle des environs de Compiègne.

Elles superposent leurs valises sur la planche à bagages où j'ai eu tant de mal à caser mon sac au dos et mon fourre-tout. Je ne suis pas jalouse. Je suis affligée. Nous ne sommes pas tous des « chers frères » lorsque nous entrons dans un compartiment les mains embarrassées. Il faudrait donc que je me travestisse en religieuse pour entendre dans une foule ce que je désire entendre de toute mon âme, de tout mon cœur :

— Chère sœur, nous vous faisons une place...

Les dames qui soignent davantage leur vocabulaire, leur conversation, qui essaient d'éblouir le vieux prêtre après l'avoir accueilli à bras ouverts citent des noms de médicaments bons pour le foie, mauvais pour le foie. Une société de femmes savantes renaît. Le curé de village a ouvert ses oreilles et ses yeux bleus, il admire, s'amuse, il n'est pas dupe. Il juge et il pardonne les tics des villes. Il ne s'attendait pas à tant de spectacles dans l'élocution quand il a quitté sa cure et il suit avec tant de mouvements de bouche, tant de mines selon le tour que prend la conversation des jaunes, des bilieux, qu'on croirait qu'il nous arrive du désert d'où il avait perdu le souvenir du son de la voix humaine. Il dévore du visage, du timbre de voix, de la science qui ne dépasse pas les noms sur les étiquettes pharmaceutiques. S'il est mime, s'il est infantile en mimant les mimiques, c'est par bienveillance, par humanisme. Il était seul sur le quai. Le voici au sein des autres et dans le ravissement. Il aime : il n'a pas le temps de lire son livre de messe. Ses yeux me voient quelquefois, ses yeux me disent : « Ce sont des oiseaux... On ne juge pas les oiseaux... » Il est descendu à Moulins. Les dames qu'il a aimées, à qui il n'a pas adressé la parole, qui sont vexées ne lui ont pas répondu au revoir. Elles ne sauront pas que ce curé de village dans le Paris-Vichy les absolvait. Il est parti trop tôt. Je commençais ma cure d'élévation. Son visage éclairé comme Notre-Dame le samedi soir enseignait. Je m'oubliais : je regardais celui qui se perdait dans les autres. Son regard au-dessous des sourcils, visières de sa sensibilité, me reconduisaient dans les chemins de l'amour, me dégageaient d'une série de nuits pendant lesquelles je m'étais révoltée parce que j'aime sans espoir ce que je n'atteindrai pas. J'avais été brassée dans les hauts fourneaux de la jalousie. Ma faible intelligence qui n'est pas venue à terme, mon dégoût des livres, ma paresse et mon abrutissement à mesure que je me penche sur la même table pendant des années me désespéraient. Je m'étais usée à méditer pendant des nuits le renoncement. Quand on aime on n'est pas bête, m'a affirmé le visage translucide du prêtre de campagne. Je me suis réconciliée avec mon cœur.

Je m'abstiens de boire de l'eau à Vichy. Les sources du parc sont sous globe, les perles des fins jets d'eaux ressemblent aux boutons d'oranger sous verre des aïeules.

Je pars à la chasse dans les librairies, je sors bredouille de chaque librairie. Le Guide Bleu Cévennes - Gorges du Tarn est épuisé. J'avais choisi Guide Bleu pour compagnon de voyage avant mon départ. Sa couleur est celle du ralliement. Il est l'homme de confiance des rivières, des pierres, des monts, il est le confident des ignorants, il est l'érudit qui ne s'écoute pas parler. Guide Bleu démonte nos voyages comme l'horloger démonte une montre.

Quand il nous indique une promenade et que nous levons la tête pendant cette promenade, c'est lui le fruit bleu de l'expérience qui nous regarde de chaque branche d'arbre. Je ne l'aurai pas, je ne mettrai pas mes pieds dans les pas de Guide Bleu. Je me suis contentée d'un volume toilé vert maussade. J'avais vu son prix inscrit au crayon au coin de la dernière page. J'ai cru que c'était une erreur mais le vendeur à qui j'avais par politesse demandé combien coûtait le Guide Diamant m'a dit que c'était inscrit. J'ai la politesse agaçante parce que je tombe dans la religion. Je ne m'efface pas : je plaque ma tristesse devant mon « merci ». Quatre cents pages de papotages géographiques m'auront coûté cent francs.

Deux jeunes filles brassent avec leurs mains autour des machines la pâte des pastilles de Vichy derrière la vitrine publicitaire d'un confiseur. C'est la pâte triste. J'admire une veste d'ourson au noir crépitant qui témoigne de la jeunesse de la bête et de la science du fourreur derrière une autre vitrine. Je la désire. Je voudrais improviser un vol avec les mains de Chopin. Hélas, je ne suis pas cette dame de confiance de la mort que je déteste au cinéma, que j'envie lorsque je regarde un vêtement de prix à travers une glace. Cette femme d'affaires plongerait dans l'étalage. Je me console de la réalité de mon corps et de celle de la vitrine dans la salle de consigne à la gare de Vichy. Les bagages ont été mis en conserve dans les cases. Je cède mon tour, je m'assieds sur la planche où nous sont rendues nos frusques, je m'attarde dans la morgue des valises et des voyages.

Adieu Van Cleef et Arpels, Mauboussin, tendre adieu à l'émeraude exposée sur un morceau de feutre rouge, adieu-adieu fruit vert, fruit coûteux sur la feuille écarlate. Mon autorail vous fuit givre effronté, givre d'été des diamants... Nous sommes dans la nature, mes yeux font fortune. La micheline sans contorsions rampe entre les mamelons, les prés sont de doux toboggans. Mes yeux boivent à la source du vert, mes yeux se lavent à la fontaine du ciel, mes yeux qui mouraient de soif de la Bastille à la Nation sont déjà saouls. Première cascade de mes vacances. Je vois, j'entends par la portière ouverte l'ébullition, le torrent d'intelligence, le rapide des pensées de l'être auquel je me suis vouée. A la station Pont de David un homme sorti d'un bois, qui s'est assis en face de moi, a mis sur ses genoux un panier de girolles vieil or. Adieu définitif, adieu récompensé aux chaînes d'huissier des Van Cleef et des Mauboussin puisque le trafiquant de champignons est trafiquant d'or. L'autorail s'est arrêté à Arlanc. Ici les troupeaux invisibles sonnent aux portes du paysage. Carillons maigrelets des Cévennes. L'or des clochettes n'a pas de puissance mais il se promène. C'est un printemps monté en graine au cou des bêtes.

A Paris j'avais fermé les yeux, j'avais planté mon doigt dans le Bottin, à la page des hôtels de La Chaise-Dieu. Je me suis installée au Lion d'Or après ce hasard organisé. Ma chambre, la salle à manger, la salle de café ne sont pas plaisantes. Je hais le luxe qui résiste encore dans une cuvette ébréchée mais fleurie, dans un porte-savon toujours enduit du savon humide du client qui vous précède, dans un couvre-lit surchargé d'escargots de dentelles. Qu'on me donne un seau tout seul, un seau dans lequel entre la gueule du cheval, l'animal propre. La serveuse m'accompagne jusqu'à la chambre ; elle veut porter mon bagage. J'ai refusé, je l'ai vexée. Elle reprend confiance lorsque je lui donne mon sac au dos. Elle ferme la porte de la chambre, ses yeux brillent, elle ferme la fenêtre, ses joues rougissent. La servante brûle. Elle parle :

— Ma mère m'a donné une petite machine... c'est pour m'en servir.

Elle rit, elle rit. Elle a vingt ans, plus l'accent demi-chantant du pays.

— Pas vrai ?

Premier contact qui m'attriste, premier contact à trois mètres de l'Abbaye pour laquelle je suis ici. J'ouvre la fenêtre, la bonne sort en me laissant un sourire normal. C'est l'hystérie par la parole qui est impure, c'est la braise dans ses pupilles qui est de la mauvaise chaleur. Se confier à n'importe qui est valeureux. Elle a davantage de franchise que l'ivrogne cette jeunesse aux ovaires alcooliques. Qu'on la satisfasse, qu'elle me le dise. Je l'approuverai. C'est le groin dans ses pupilles qui me déplaît. Je me regarde dans le miroir de la table de toilette à cause d'elle, je vérifie les apparences. Je ne trouve pas la faille par laquelle s'est faufilée la serveuse mais elle y est. C'est probablement ma frange de cheveux dans mes yeux ou bien mon bracelet et mon collier d'un magasin de prix unique qui l'ont encouragée. J'ai payé comptant le toboggan des prés, la cascade, le liniment dans la couleur de l'herbe. Et je me réengage en lisant « Casino » sur l'enseigne de l'épicerie pendant que je me penche à la fenêtres. Les épiceries des petits villages sont toutes des petits casinos. J'ai déchanté. Casino dans les Cévennes signifie Familistère, Docks du Nord, Félix Potin, Primistère. Nous sommes sept dans la salle à manger. Un couple, deux gosses, la belle-sœur. C'est minable, c'est minaudier. Les dames décortiquent des côtelettes qu'elles tiennent dans leurs mains. Elles décortiquent avec des mitaines. Je suis la nouvelle comme au collège. Je fais tomber de haut ma fourchette dans mon assiette parce que je veux qu'ils m'oublient, qu'ils me classent parmi les grossiers. J'ai réussi. Mais elles ont le verbe haut. Je vois leur bouche dans chaque œil de la sauce dans les plats, je vois et je tue en pensée leur vocabulaire avec des revolvers. La serveuse qui les considère avec effroi et respect, qui se tient bien, trop bien, ne leur a sûrement pas dit ce qu'elle m'a confié dans le feu de la confession. Tant mieux. Ils me réconcilient avec l'hystérie de l'autre. Que le monde est raisonnable dans la tête de la jeune fille, secrétaire à Clermont, mon vis-à-vis lunettes cerclées d'écaille, joues rondes, boléro tricoté par les doigts en spatule de musicienne Remington. L'an dernier l'air de la Bretagne était trop fort. Il y a deux ans la brise d'Arcachon pas assez vive. Le bois de sapins de La Chaise-Dieu semble bienfaisant. Joue-t-elle à dépérir d'ennui pendant ses promenades ? Elle joue au ballon avec les enfants de la pension Bon Accueil, elle prend son petit déjeuner au lit, elle me dit qu'elle n'a aucun organe malade. Une vierge, une grand-mère âgée de vingt ans qui accepte une de mes gauloises parce

Le sacristain de l'Abbaye de La Chaise-Dieu nous montre une croix qui tourne le dos à l'autel, qui présente le martyr au buffet de chêne des orgues. Cette croix hautaine, effrayante de hauteur, hissée et pantelante, enlevée à une toile du Greco, plantée dans l'église qu'elle domine, qu'elle réduit à un désert, est un objet dictateur. C'est le géant des douleurs qui l'a fixée dans le jubé. C'est de la même façon que Jean Genet extirpe aux actualités cinématographiques une image avec laquelle il fait un des personnages de son œuvre. Ceci est mon sang, ceci est ma chair a dit l'œil de l'écrivain à un reflet sur un écran. La croix à l'altitude stupéfiante dans l'Abbaye de La Chaise-Dieu est aussi saisissante que celle dans l'église du *Diable et le Bon Dieu* de Sartre, au moment où le Christ ne veut pas saigner. Le sacristain est fatigué. Touristes, étendons-le sur le tombeau de marbre noir du pape Clément VI. Le gisant est un mort trop adulé. C'est le sacristain qui est harassé, qui a besoin de repos. Prenons-le, touristes, vous qui ne regardez pas ce qu'il vous montre, prenons-le par les bras et par les jambes, étendons-le sur cette plage de marbre noir. Clément VI a l'éternité pour se reposer. Le sacristain décrit sans lever les yeux sur eux les quatre-vingt-quatre sujets de la suite de tapisseries des Flandres. Il faudrait une loupe, des jumelles, un équipement de campeur, il faudrait dresser sa tente dans l'église, il faudrait détailler, vivifier ces tapisseries avec l'œil qui prendrait son temps. Je renonce à saboter des chefs-d'œuvre de patience et d'amour. Je m'abstiens d'humilier les morts qui ont œuvré pendant des milliers et des milliers d'heures. Le sacristain décrivait des scènes de la Bible en évaluant à l'avance le pourboire de chacun. Même course devant la fresque de *La Danse des Morts*. Là, je regarde à toute vitesse comme si mon œil devait mourir après chaque regard. Les fresques n'ont presque plus de couleurs, elles sont aussi mystérieuses que la musique. C'est l'anémie des origines, c'est le raffinement par l'effacement, c'est le temps l'artiste à la sensibilité divinement détraquée, le merveilleux anémiant de la couleur.

On restaure les piliers devant les orgues. Le chantier dans l'église est magnifique. Les brouettes roulent, le sable coule, les pelles crissent, les madriers tombent en faisant leur bruit d'arbre de la construction, le contremaître parle derrière la porte de la palissade en bois neuf que les ouvriers ont clouée dans l'Abbaye. Les piliers affaiblis sont dans des bandelettes de bois. On ne répare pas. On construit. On finit l'Abbaye. On peut imaginer cela pendant que les marteaux cognent, que la chute d'une planche résonne... Le sacristain, qui nous a emmenés dans la sacristie pour un Christ d'ivoire dans une boîte de verre, ferme vite les portes des vestiaires aux étoles, ouvre ensuite un placard, ouvre une boîte en fer-blanc qui a contenu un kilo de marmelade de pommes, récite sa leçon aux touristes, plonge sa main, son bras, ramène un disque blanc qu'il dépose sur un objet pris à l'autel, continue de réciter sa leçon, recouvre le disque avec un morceau de drap. C'est l'hostie que le prêtre absorbera pendant la messe d'enterrement de la vieille vache. Les préparatifs terminés, la leçon récitée, il distribue les tickets d'entrée quand la visite est finie dans la sacristie tandis que de nouveaux touristes s'impatientent. J'ai revu l'église en assistant à l'enterrement de la demoiselle. J'ai commencé mon premier jour de vacances par un enterrement. C'est gai, c'est vivant, c'est bruyant parce que les brouettes roulent, le sable coule, les pelles font le même bruit que le pantalon de velours neuf pendant que le sacristain pieux psalmodie. Il paraît que les Beaux-Arts par l'intermédiaire des ouvriers et de leurs outils rattrapent le temps perdu. C'est la première fois que j'entends dans une église la vie qui l'emporte sur la mort, c'est la première fois que j'entends un coup de pioche au-dessus du latin chanté par un sacristain. Nous sommes onze. Dix vieillards et moi-même. Les dix chuchotent souvent. Pas de crêpe devant les visages, pas de famille, pas de regrets. Les couronnes en perles mauves mentent. Le prêtre officie pour un mort absent, les marteaux cognent de plus en plus fort.

La religieuse qui lisait la veille au soir, au-dessus du crapaud, son muezzin, nous fait visiter la salle aux échos, attenante à l'Abbaye. Nous nous détachons quatre par quatre du groupe de touristes, nous nous mettons à chaque coin, nous parlons à voix basse pour nous-mêmes et nous entendons l'amplification de notre voix et des mots que nous prononçons. Elle. Moi. Ne pas me révolter. Jean Genet, l'écrivain de notre époque. Elle. Pas moi. Pas de révolte. Pas de combat. Je l'aime, je l'aime les bras pendants. Je me tais. Ma voix au loin s'est répercutée dans les montagnes. D'autres touristes avides du coin n'entendent pas ce que nous disons. La légende veut que les lépreux se confessaient dans cette salle et que le confesseur les écoutait à travers le mur. Nous donnons cent sous à la religieuse quand nous sortons. Je revois l'Abbaye le deuxième soir. Au crépuscule, les ruines éparpillées des Baux se sont mises en société, se sont coagulées aux murs de l'Abbaye. La nuit est sombre mais le nerf de vie dans les vieilles pierres est plus fort qu'elle.

Nous sommes tous des bandits. Quand la serveuse me présente la note, ce n'est pas la note exacte. Je paie, mais je passe sous silence les trois pastis qu'ils ont oublié de noter ainsi que leur boîte d'allumettes que j'ai gardée.

Dans le car qui m'emmène vers Allègre, un vieillard avec sur le visage un masque bourru de poils gris, deux musettes en croix sur le buste, fume une rose naturelle sans tige. Quand je lui offre à deux reprises une cigarette, il refuse en disant non avec sa canne puis il visse la rose entre ses lèvres et prend ainsi position dans le refus, dans l'honneur. Dès que je mets mon visage dans mes mains et que je regarde entre mes doigts je le vois, il recommence. Il enlève avec son pouce et son troisième doigt la fleur collée à ses lèvres. C'est son mégot. Il envoie la fumée imaginaire au plafond, il pose sa main sur son genou, il regarde et il voit son mégot qui fume pour rien alors dare-dare, il replace sa rose juste au milieu de sa bouche. Il me nargue avec sa canne, de la route sur laquelle il est descendu tandis que l'autocar pétarade.

Sept heures du matin. Un troupeau de vaches, chèvres, moutons, chiens mélangés qui vont au pré sont menés par un petit garçon. Il a froid, il tient dans son bras son litre de vin pour la journée. J'ai honte de mes malheurs d'enfance. Le petit garçon, pour s'excuser, donne des coups de bâton à ses bêtes qui barraient la route au car. Il nous regarde, il sourit, il nous fait longtemps un signe d'adieu avec le même bâton. Il s'est engagé dans un chemin loin du monde.

Etalage d'une cordonnerie de village : trois géraniums-lierre en pot derrière la vitrine et devant un rideau de théâtre. Absence de publicité, galanterie envers le passant.

Le marchand de meubles d'Allègre, qui ne copie pas les antiquaires de Paris, a décoré son magasin avec une dizaine de pots de trèfle géant.

Des poules noires cherchent des vers autour du portail d'Allègre, des oiseaux de proie tournent au-dessus de la ruine dans le soleil comme des abeilles autour des fleurs. Les ruines m'exaltent donc je vieillis, donc je suis vieille. Il y a quinze ans, j'optais pour la contemplation d'un cabriolet blanc décapotable dont les roues caressaient le macadam de la Croisette à sept heures du soir devant les fauteuils d'orchestre du Miramar. Je vieillis. Quand je quitte les ruines d'Allègre et que je descends dans les villages, les épis de seigle qui éventent l'atmosphère me font tous signe que oui.

— Tu ne t'ennuies pas aux champs ?

— Non.

— Quel âge as-tu ?

— Dix ans.

Il s'est levé, il a brandi son bâton dans ma direction :

— Coquette ! Mignonne !

— C'est ton litre ?

— Oui.

— Tu boiras tout ?
— Oui.
— Tu préfères l'école ?
— Oui.
— C'est loin de ta maison ?
— Trois kilomètres.
— Qu'est-ce que tu fais quand tu reviens de l'école ?
— Coquette ! Mignonne ! Fait froid. Je bois de l'alcool.

Il a dix ans ce résigné.

— Au revoir.
— Au revoir.

Le petit homme des Cévennes me juge pendant que je m'éloigne, me condamne parce que les questions sont des renifleuses. Je m'éloigne, je dégage une mauvaise odeur de dame patronnesse dans le sentier. Que c'est mal élevé la bonté... Quelle saleté mes préliminaires de bonté... Je pue de moins en moins à mesure que je m'éloigne de lui.

— Coquette ! Mignonne ! crie-t-il, libéré, la voix claire.

Chacun est revenu à sa place en nous séparant. Pourtant je me retourne, je ne disparais pas : il boit pour se remettre, il m'a oubliée. Le tour de cou qu'on lui a mis en bandeau de mal de dents, qu'on a noué sur le dessus de son crâne, voilà l'impérissable dans nos rapports. Grottes de Dargilan, Grottes de Dargilan, Grottes de Dargilan... Je n'entendais que cela. C'est lui la grotte de force et de résignation. Je ne suis pas le maître de ma sensibilité. Je l'ai quitté. Je porte ses mains d'hiver à ma bouche, je bois le pus de ses crevasses et de ses engelures. Je m'injecte le vaccin de l'enfance.

Demandé mon chemin que je connais, demandé cela plusieurs fois à plusieurs gardeurs de vaches adultes, quinquagénaires. C'est une distraction réciproque. La Chaise-Dieu, me disent-ils, mais c'est à mille quatre-vingt-deux. Ici nous sommes à neuf cents, ajoutent-ils avec fierté, faisant miroiter la relativité. Un village à trente kilomètres devant eux ou derrière eux est une capitale qui les effraie, dans laquelle ils n'ont pas mis et ne mettront pas les pieds. La montagne est l'ennemie naturelle du progrès.

Je me suis arrangée avec le mystère de la réincarnation. J'installe et fais renaître les malheureux dans les heureux que je rencontre par hasard. A Saint-Paulien où la statue de la fontaine me versait à boire avec sa cruche inclinée sur mon quart anglais, où la mièvrerie de Greuze avait son utilité, j'ai vu Les Bonnes au paradis. Assises l'une à côté de l'autre sur des chaises dont les pieds avaient été sciés, le genou de l'une touchant le genou de l'autre, le chapeau rond de paille noire de l'une cognant le chapeau rond de paille noire de l'autre, les deux sœurs octogénaires bouffies de sérénité croisaient et décroisaient au même rythme les navettes, le fil sur les coussinets de la dentelle du Puy. Ces demoiselles travaillaient en écoutant le cliquetis de leur bonheur. J'ai décidé que les malheureuses, celles qui massacrèrent leur tyran à coups de fer à repasser au coin de l'escalier, celles qui arrachèrent les yeux de leur patronne avec leurs doigts de bonnes à tout faire revivraient, calmes, unies, inséparables dans les deux sœurs dentellières qui ont maison sur rue, jardin fou. Tout Saint-Paulien allant aux champs, au lavoir, à la pêche s'arrête à cette station de la paix. Mais les vieilles demoiselles absorbées par le dessin de leur dentelle, par leurs petites épingles aux têtes multicolores maniées comme des fiches téléphoniques ne devisent pas. Elles tiennent les guides de l'attelage de la dentelle avec superbe. Si elles tournent la tête, elles se dévorent parce que le pain de la présence de l'une est le pain de la présence de l'autre. Le couple de pigeons dans leur corsage plissé se rengorgent quand elles soupirent et exultent.

— Vous pouvez, m'a dit une laveuse dont la lessiveuse fumait sur une brouette. Elles veulent tout ce qu'on veut.

Je me suis donc assise à leurs pieds, j'ai mâché le saucisson à l'ail, la pâte de gruyère, la pêche verte à l'ombre de leur jupon, à côté de leur petit banc usé par leurs pieds, ce ménage ayant commencé de créer des dentelles à l'âge de sept ans, l'une près de l'autre, sans se quitter. Elles se sourient, me sourient ensuite quand je les quitte.

Cinq heures de l'après-midi. Je dînerai et coucherai à Saint-Paulien mais je dînerai à sept heures. Je ne veux pas m'ennuyer et je ne peux pas lire puisque la Belle au Bois Dormant dort sur ma cervelle. Le garagiste me dit qu'il faut voir le château de la Roche-Lambert dans lequel a vécu et écrit George Sand, ajoute-t-il. Je lui pose une colle :

— Qu'est-ce qu'elle a écrit dans son château ?

— *Jean de la Roche.*

Il n'hésitait pas. Je suis éblouie puis je me flétris en calculant que tous les habitants de ce village le savent et que chacun est un syndicat d'initiative faisant valoir les environs de son pays.

— Vous ne pourrez pas le visiter, reprend-il, navré. Il est occupé.

Je ne me suis pas mise en route cette année pour m'arrêter dans les châteaux. Les ruines, les vieilles églises m'hypnotisent. J'ai eu ma dose de déception pendant que j'ai visité avec le Touring Club de France l'intérieur du château de Rambouillet trop proche des bergeries aux personnalités barbares. Les béliers avec leurs bois enroulés autour de l'œil, corne d'abondance de la beauté baroque, vindicative, corne d'abondance de la force en veilleuse, les béliers résignés dans leur cachot montrant leurs reins à l'ambassadeur de l'Uruguay qui les achetait et leur payait un voyage en mer anéantissaient parcs, meubles, châteaux. Les sphinx obtus, debout sur leurs quatre houlettes faisaient le vide jusque dans la résidence présidentielle.

Le château de la Roche-Lambert est un bijou sauvage aux environs de Saint-Paulien. J'avais revu George Sand sur l'écran d'une salle de cinéma de la rue de Charonne. Le film s'intitulait probablement *La Chanson du Souvenir.* La foule regardait religieusement. L'eau de rose dégage un parfum d'encens dans les cinémas de mon quartier. Je ne blâme ni les producteurs ni les spectateurs aux narines peu aventurières. Les vivants défigurant les morts, c'est dans l'ordre chronologique. L'ignorant ne ferme pas la porte de sa maison, l'ignorant est hospitalier. Si M. Einstein frappait à ma porte la nuit, je quitterais mon lit comme il faut quitter père et mère dans l'Evangile. Je lui offrirais ma couche parce que ma litière à souffrances c'est ce que j'ai de plus spacieux et de plus valeureux chez moi. Si M. Einstein en visite chez moi calculait de travers, je ne le saurais pas. Je le remercierais quand même avec ferveur parce qu'il est tout et que je ne suis rien pendant qu'il fait ses comptes. Si ce génie dont le physique, la pipe, la tenue négligée sont une somme de génie le plus abordable, le plus sympathique, le plus attirant, le plus affable dans l'univers actuel, se trompait à l'infini, je trouverais que son calcul est encore bon. C'est la même chose dans les cinémas de mon quartier. George Sand n'a que ce qu'elle mérite. Elle faisait parler d'elle. Cela continue. Elle jardinait sur ses manuscrits avec un arrosoir enrubanné, débordant de cette impérissable eau de rose. Ceux qui s'occupent d'elle travaillent sur elle comme elle travaillait sur le papier. Biographes traitant les morts comme les ronds-de-cuir traitent les dossiers sont aujourd'hui les vampires de celle qui aurait été le vampire d'un poète et d'un musicien peu sanguins. Comment cette fournaise de la personnalité s'y prenait-elle pour tant se refroidir, tant s'affadir, tant s'oublier dès qu'elle trempait sa plume d'oie dans l'encrier ? Elle me désole, elle me prouve trop le gouffre entre la vie et l'écriture. *La Petite fadette,* c'était elle écrivant ses romans. Pourquoi cette forte constitution ne nous a-t-elle donné que des ouvrages de cousette de village, de cousette poitrinaire s'ennuyant derrière une fenêtre, écrivant la bluette en bâillant, en guettant le prince ? Sand les prenait les princes des salons littéraires. Pourquoi a-t-elle mis dans ses livres les globules blancs de Musset, de Chopin ? Je pose des questions où je dois répondre. Cette riche qui donnait à profusion à de pauvres tempéraments, ce monument d'hormones mâles s'écroulait quand elle ouvrait son manuscrit pour le continuer. La femme demandant aide et protection l'emportait sur l'entreprenante, l'autoritaire, pendant que Sand écrivait par besoin de féminité. Elle s'eniaisait dans la littérature comme d'autres s'eniaisent dans le mariage. Je la cherche. Je la cherche ailleurs, plus loin, plus près de ses misères. Je la cherche lorsqu'elle a fini de donner l'homme en elle, de prendre la femme dans ses pâles amis. Je la cherche lorsqu'elle n'est ni elle-même ni une autre et qu'elle bat en retraite en bâclant des romans.

Le cadre dans lequel George Sand a inventé *Jean de la Roche* est grandiose de romantisme viril, la pierre est seigneuriale, les cloches renversées en coiffant les tours sont bonasses comme les cloches à melon sous la lune qu'elle a décrites. J'ai imaginé Hamlet en voie de guérison, sur une chaise longue dans la cour du château. Regardé une longue tour incrustée, construction délicatement enceinte de haut en bas, aimé Sand en même temps et sans réserves, me souvenant de ses chevauchées nocturnes pour retrouver Michel de Bourges, me souvenant de ce qu'elle fait résonner dans sa correspondance dont je ne connais qu'une lettre avec laquelle je la couvre de gloire.

Il fait chaud. Les cigales s'excitent dans le midi. Le chant des cigales... Quelle erreur. Les cigales ne chantent pas. Elles grincent. Une chanson... Quelle blague. Une chanson... La haute tension de l'obsession. Si elles chantent nous ne l'entendons pas. Du bruit mécanique, le pouls rapide de la chaleur ne sont pas un chant. Une scie sciant le feu, oui, oui. Mon cafard que je tenais en laisse par un fil se sauve puis saute à mon visage dès que j'entends à la surface du sol ce tapage revêche qui me donne la nostalgie du gonflement du rythme dans les soutes où le cœur bat sous le cambouis. Je fuis les cigales. J'ai ce qu'il me faut : l'arsouillerie du merle sifflant à six heures du soir, place de la Bastille, dans les parages du cinéma Lux où l'on joue *Le Chemin du Caire*. Voilà du chant, de la décentralisation, de l'art héroïque, de l'art galvaudeur qui se perd dans l'odeur de l'essence et celle du pernod aux terrasses, dans l'haleine des crieurs de journaux, dans le chèvrefeuille rance de l'aisselle de la putain qui passe, qui s'accroche à son type flou dans du fil à fil réséda.

Je suis toujours aux environs de Saint-Paulien. Des Belges campent au bord de la rivière, au-dessous du château. Ils partent pour la pêche, bottés de caoutchouc jusqu'aux genoux, le mufle de leur casquette blanche braqué sur l'horizon de chaleur. Je crois qu'ils me critiquent à voix basse parce que je suis seule dans trop d'hectares de solitude. Bah... Le petit moulin à café fiché sur leur canne à pêche est ménager. Et tout ce qu'il y a dans ma cuisine de Paris, me manque, me manque... Je jette sur une pente verte l'ouvre-boîtes qui n'a coûté que quinze francs mais qui n'ouvre pas, qui s'entête dans l'inutilité lorsque j'essaie de m'en servir. La clé universelle dans le tiroir de ma table de cuisine me manque aussi jusqu'à la souffrance. Je commençais un beau voyage sac au dos... Les Belges m'ont critiquée, le moulinet de la canne à pêche, l'ouvre-boîtes, la clé universelle reposant sur les fourchettes et les cuillères, les cigales dont je me suis souvenue, voilà les origines et les ramifications de ma dépression. L'être que j'aime déploie là-dessus ses ailes d'absent.

— Evidemment, lorsque je me repose c'est toujours sur une fourmilière, me dis-je à voix haute. Je constate que je n'écrasais pas, que je ne dérangeais pas les fourmis folles d'activité sous mon poids.

Les arbres me consolent quand je remonte et que j'urine debout sur la route. Un champ de bataille (la défaite des pins abattus à la lisière de la forêt inclinée vers le chemin) sur lequel les vaincus dégagent l'odeur de l'hygiène, de l'énergie. Les verticales qui flanchèrent sous la hache sont ici de longs morts parallèles. Fini le pin sectionné, le membre hérissé qui bandait du côté du ciel. Mais l'azur au-dessus des morts est tout seul, entier. Je me retourne pour dire adieu aux briques de George Sand parce que depuis trois jours je ne me lasse pas de savourer mes adieux à des choses, à des odeurs, à des paysages, à des pierres que je prends avec la fougue d'un prêtre défroqué, que je laisse puisque j'avance plus loin. Quel bagage d'indifférence il faut à celui qui entreprend le tour du monde... Je pressure, je bois, je fiche le camp. Le Don Juan des paysages, des monuments, des chambres d'hôtel, des routes, c'est moi. Je me retourne : deux arbustes aubergine, un faux automne dans le vrai été. Adieu Jean de la Roche.

Je vais sac au dos... Pas exactement. C'est moins simple que cela. Je quitte Paris une fois par an et cela compte. J'ai voyagé l'an dernier avec trois colis pour deux mains, besogne aussi ardue que les trois notes pour deux quand on commence à étudier le piano. Que faire de la troisième note, que faire du poste de radio qu'un ami m'avait prêté ? Les abandonner en passant sous silence cette note de musique, en laissant tomber le poste dans l'entrée de ma maison avant de la quitter ? C'est impossible puisque ce ménage à trois des notes est inscrit sur la méthode, puisqu'il est inscrit d'avance sur le livre d'honneur des masochistes que je dois me charger d'inutilités qui m'épuisent au départ et au retour. La main gauche doit ignorer ce que fait la main droite, disait aux débutantes mademoiselle Vautier, professeur de chant, de piano, de solfège, de diction, de déclamation. C'était épineux. Trois au lieu de deux décourageait déjà. On y pensait la nuit. Déjà ma main droite s'était chargée l'an dernier d'une valise en carton bouilli, aux serrures forcées. Mon bras gauche a été scié par les anses d'un fourre-tout tandis que ma main gauche, mon poignet avaient été démantibulés par le poste de radio à l'abri dans un carton sur lequel les voyageurs dans les gares lisaient la marque du savon « Le Chat », ce qui les distrayait pendant mes haltes. Je portais en plus, retombés sur ma main droite portant la valise, la jaquette de demi-saison, l'imperméable. J'avais descendu un étage en somnambule surchargée, en hypnotisée des poids et des volumes. La débandade de mes objets commença sur le premier escalier. La brosse à dents, le Vademecum s'échappèrent du fourre-tout. Je me reposais, me déchargeais, me rechargeais d'étage en étage, me replongeais dans le même état de somnambulisme et d'hypnotisme en dévalant avec mes chargements. Je me souviens que j'ai jeté le tube de pâte dentifrice dans une des poubelles matinales au bord du trottoir pour l'illusion et l'allégement ; je me souviens de ma mère me racontant qu'en poussant avec des compagnes et des compagnons une charrette contenant toutes ses possessions pendant un exode, pendant la retraite de l'ennemi, à cheval devant elle et derrière elle, elle avait tiré de cette charrette, et jeté dans un fossé, un petit fer à repasser avec l'espoir de soulager de ce poids, elle et les autres. Ma mère aura jusqu'à sa fin la nostalgie de cet objet, le regret de sa prodigalité forcée. Je me souviens du jeune homme aux lorgnons pendant que je traînais des valises de veau, de Laigle à Montparnasse, pendant que je m'adonnais au marché noir. C'était au temps du roulement tout frais des trains après la Libération ? L'argent que je gagnais malhonnêtement, quoique à la sueur de mon corps, centuplait mes forces. Je montais dans les compartiments, je hissais dans les filets mes vingt, trente, trente-cinq kilos de barbaque. J'avais des ailes au royaume de mes intérêts. Je croyais que je trimbalais mes trente, trente-cinq kilos de lingots d'or au lieu de cette viande flasque, fumante, pesant deux fois son poids à cause de sa fraîcheur. Je croyais en ce qui était. Je gagnais gros. Je me souviens de mon premier moment d'extase en faisant mes comptes sur la route de Notre-Dame-du-Hamel, emportant dans des cabas de raphia, que j'avais achetés pour un tout autre usage (deux bibliothèques ambulantes) avec Maurice Sachs dans une quincaillerie de l'Ecole Militaire, face au bistrot Le Rubis où nous vivions, où nous lisions, où Sachs recevait ses amis, ses clients, ses hommes de peine les passeurs de la zone libre ; emportant, dis-je, dans le colis pour la poste, le poulet que j'avais plumé, vidé, grillé au-dessous d'un hebdomadaire littéraire en flammes, le « potof » que j'avais ficelé au nœud coulant, les œufs dans leur coquetier de carton, le beurre dans la feuille vert-de-gris du chou de pomme, le lapin de garenne, qui se conserve mieux dans sa fourrure, couché en demi-couronne dans la boîte à biscuits Boudoir, ses mols petits chaussons blancs de martyr généreux, candide jusque dans la mort, ses molles petites pattes qui faisaient mes larmes s'exprimer pendant que je calculais ce qu'il me rapporterait ; emportant, dis-je, le chapelet replié de trente-deux saucisses, le carré de porc frais à la carnation de blonde digne d'être comparée à celle d'une Vierge de Botticelli, le pâté parfumé au thym, au laurier, au clou de girofle, au persil, cocktail d'épices dans la moelle de la charcuterie, le lapin de loge dépouillé, cadavre corail dont la tête dégoulinait dans le papier glacé, le canard et son suif, la queue d'un bœuf pour un maniaque du bouillon, enfin le gigot en forme de cithare parce que le mouton était fort. Mon calcul mental sur la route m'enivrait. Je gagnais autant que la journaliste flamboyante que Maurice Sachs me donnait souvent en exemple. Il me plaisait de le gagner autrement que la demoiselle piaffante. Je traversais des prés, j'escaladais les haies, je rampais sous des barrières, j'épinglais le chèvrefeuille, la rose sauvage, la rose de Noël, la primevère derrière mon oreille, je gagnais autant qu'un banquier. J'avais sauté à pieds joints dans ce commerce de voleuse qui dépassait mes rêves. Le jeune homme aux lorgnons assis dans le compartiment du Granville-Paris m'étonna lorsque j'eus casé ma boucherie. Dix-huit ans. Je le surnommai tout de suite en pensée Apollon Musagète parce que cette expression est un ensemble de printemps, de beauté, de comique, de mystère, parce que le jeune homme était beau, comique, mystérieux musagète chaussé de godillots cloutés, vêtu de velours saupoudré de plâtras, musagète myope, se raillant lui-même en portant binocles. Ce jeune homme, qui travaillait au déblaiement de Caen, qui était compagnon — je l'appris peu à peu —, s'enivrait au goulot d'une bouteille avec des aînés, jouait dans le compartiment au jeu du furet avec les hommes et les bouteilles. Je retardais. Ses lorgnons précieux et baroques ne surprenaient plus les autres. Je me demandais s'il les conservait sur son nez pendant qu'il trouvait des doigts dépareillés, un quartier de joue, un genou, une cheville dans les champs de pierres car, il le disait, c'était ce qu'il trouvait à dix-huit ans en se penchant sur le sol de la ville rasée. Le jeune homme, ivre quand nous arrivâmes à Paris, empoigna une valise plus grande et plus lourde que la mienne — nous fricotions tous sur la ligne Paris-Granville — sauta du train sur le quai, mit le feu aux fers d'un régiment de chevaux, déambula. Il roulait plutôt qu'il ne marchait, mais il roulait en se tenant droit, en regardant droit devant lui à travers les vitres de ses lorgnons. Il avait bu et il se tenait bien en faisant son chemin. L'alcool l'hypnotisait. Somnambule de la bonne conduite, guidé, tiré par les guides de l'ivresse. Il marchait, il avançait, il roulait lancé sur ses pieds-boules, les défenses de sa misère. J'ai parié avec moi-même que ce jeune homme ramenait dans sa valise une main, une joue, une cheville, un genou qu'il offrirait à sa fiancée, comme on ramène un coquillage, un encrier du Tréport. Je l'ai parié parce que porter binocles à dix-huit ans, quand on travaille dans le bâtiment, quand on est beau, quand on bourlingue sur la scène des échafaudages, ce n'est pas quelconque. Le lorgnon qui ne rassure plus ouvre des horizons de sadisme.

J'avais choisi un sac à dos sans armature dans la boutique d'une marchande qui m'offrit des Pataugas, un matelas pneumatique, une tente. Je la calmai. Le sac à dos dans les maisons de sport est un bagage de peu : une chiffe, un torchon sale, un reste de soldat tandis que la valise chez le sellier est pleine, apprêtée, en état d'alerte. On ajouta à mon sac des soufflets en mousse de caoutchouc, amortisseurs de coupures, de blessures entre les courroies et mes épaules. Maintenant, je les caresse en marchant parce que c'est lisse, parce que je touche du doigt le souvenir de la balle mousse de mon enfance. Qu'il pleuve ou qu'il fasse froid, mes soufflets le long de mes salières sont tièdes. Confort imprévisible de mes vacances. On se croit seul sur les routes, seul à en mourir... C'est faux. Les soufflets en mousse de caoutchouc veulent bien de votre doigt. Je vais avec mes deux anges sans relief comme sur les vitraux. J'ai eu le coup de foudre de l'amitié pour les poches de mon sac à dos quand je l'ai déplié sur ma table Henri II. D'avance je les trouvais aussi maternelles avec les objets que je mettrais dedans que la poche du kangourou avec ses petits. Si j'avais pu le bourrer comme une pipe. Cela ne se fait pas. Il faut bourrer, mais avec méthode, il faut que le poids descende sur les reins, disent les vieux marcheurs du Touring Club. J'ai appelé à l'aide, j'ai invité à déjeuner une amie pour qui j'ai préparé le plat et le vin qui n'alourdiraient pas son inspiration. Elle commença de donner vie à mon sac à dos après que nous eûmes gobé la fraise à la crème. Mon cœur battait jeune. Je me délivrais de ma folie des poids de l'année précédente, je me délivrais des voyageurs qui se penchaient aux portières dans les gares d'Orléans, d'Angers, qui plaignaient une romanichelle sans roulotte. Lucienne rangeait dans les coins du sac. « Il sera archiplein », dit l'innocente. Mon cœur battait vieux après qu'elle l'eut confirmé. Je refusai de répéter, de tourner avec lui sur mon dos autour de la table Henri II. Dès que Lucienne s'en alla, je fermai les courroies, je le soulevai. Je ne fus pas déçue. J'avais évalué son poids. Je tournai autour de la table en le portant d'une main ; je le cachai, l'enfermai, le calai sur les valises de l'année 50, dans la penderie. Du papier « par avion », du ruban, des mouchoirs, ce n'est pas pesant, criai-je en trépignant dans ma maison (je déteste le mot appartement). « Pauvre petit, tu n'as pas de chance », me dis-je encore au comble de la mauvaise foi, me dorlotant dans le miroir de ma chambre, ronronnant par découragement. Je soulevai les bras, me recoiffai mais je n'avais plus les bras libres. Je courus jusqu'à la penderie, je voulus en finir avec ce poids dans ma vie. Je ne pouvais me décharger qu'en me chargeant. Comment me chargerai-je ? C'était le problème. J'apportai le sac jusqu'à la table Henri II. L'eau coula de la potiche en Gien, les roses tombèrent à la renverse sur la nappe d'eau. Je m'accroupis au-dessous du rebord de la table, j'enfilai les courroies avec mes bras, enfilade facile pour le bras droit, enfilade tâtonnante pour le bras gauche. Je me relevai. Le poids s'arrêtait au-dessus des reins. J'en voulus à Lucienne. Je partis avec ma hotte, je tournai autour de la table, courbée, vieille à ramasser du bois mort. « Pourtant je n'ai pas de tente, pas de gamelle, pas de réchaud », trépignai-je, essayant de me défaire du poids sur mon dos. Ce n'était pas commode. « Je ne partirai pas », décidai-je. Partir avec lui, ce serait tituber, rouler dans les fossés de trois cents mètres en trois cents mètres. Je mis du désordre dans le sac, j'ôtai Saint-Simon. Je soulevai mon sac à dos moins littéraire. Il pesait moins, mais il pesait. « Je ne partirai pas, repris-je. Je marcherai le dimanche avec les vieux marcheurs du Touring Club, je marcherai avec un petit pain et une tablette de chocolat en poche... » Je pleurai. L'être de valeur que j'aime, qui satisfait mon esprit, l'être en qui j'ai placé ma confiance et mon estime, mon être suprême m'avait conseillé le sac à dos sans armature, les soufflets, mon voyage qu'elle a dessiné sur des cartes. Je me demande si je partirai... Vous le comprendriez puisque vous comprenez tout, puisque dans votre intelligence circulent les artères de Florence que j'ai vues dans le film *Païsa.* Je ne comprends pas ce que vous comprenez, mais je respire à pleins poumons l'oxygène dans votre tête. C'est ainsi que, la nuit, je m'explique la pureté de votre teint. Je ne croyais pas en l'esprit qui purifie. J'y crois. Vous démontez Sade pendant que nous dînons au premier étage de la brasserie. Je vous écoute, je m'applique, je vous aime, je ne peux pas surpasser mon cerveau chétif. C'est mon cœur qui vous suit parce que vous l'aurez rendu intelligent, parce que vous l'aurez développé, cultivé sans coquetterie. Vous démontez Sade. La brasserie et sa foire montent jusque sur les hauts plateaux de la salubrité pendant que vous parlez. La fente d'amour dans la chair de la reine-claude, le fruit blessé de tendresse qui se fait une bouche d'englouti, c'est moi désirant me perdre en vous. Aujourd'hui, je vous aime et je me donne pour rien comme je devrais vous aimer et me donner tous les jours. C'est la lettre que je vous écris ici et que vous ne lirez pas avant plusieurs mois. Je donne pour rien. Il n'y a qu'un amour. C'est celui-là.

Je partirai avec mon sac au dos, j'appellerai à l'aide la débrouillarde infirmière, la voisine de palier. « Vous prendrez tout, vous le diviserez en deux », a-t-elle trouvé. Nous avons transvidé le contenu du sac à dos dans le contenant du fourre-tout. « Deux livres, deux paires de socquettes, deux pelotes de laine, deux aiguilles à tricoter, deux cahiers, c'est peu », disait-elle. Elle me donnait l'absolution. Je partis le lendemain avec le sac au dos, ma main droite tenant le fourre-tout débordant. J'avais honte, je craignais un scout, un campeur en civil... Je ridiculisais le camping, je ne respectais pas ses lois. On n'imagine pas l'escargot portant en plus de sa maison sur son dos un chalet de guingois sur une de ses antennes. C'était un peu moi. De gare en gare, de train en autorail ce fut facile. J'expédie d'autocar en autocar ce fourre-tout qui me soucie jour et nuit pendant que je traverse à pied les villages de La Chaise-Dieu au Puy. Il m'a précédée à l'hôtel mais il faudra que je m'en débarrasse. « Le sac au dos, me disent les hôteliers, c'est la ruine de la corporation, la fortune de l'épicier. » Là-dessus, l'hôtelier se ruine davantage en falsifiant les notes.

J'ai décidé que l'hôtelier de Saint-Paulien ne falsifierait pas ma note. J'ai écrit : chef de bureau à la préfecture de police à côté de profession sur la fiche que je remplis et, sûre de ma position, j'attends la note du lendemain matin. J'ai retrouvé l'eau courante et ses bienfaits, j'ai lessivé dans le lavabo, ce qui n'était pas indispensable pour mon hygiène, ce qui l'était pour recréer ma maison dans l'hôtel. Je rince à grande eau mes socquettes comme si je rinçais mes draps, mes torchons. Les psychanalistes ont tort de ne pas prescrire une grande lessive par semaine aux neurasthéniques, catégorie luxe. Les nerfs se décrassent dans l'eau de javel.

L'église du XIIe siècle de Saint-Paulien m'émeut davantage à l'extérieur. C'est de la brique ancienne au rouge plus profond que la brique moderne des corons de mon pays. La foi de ceux qui l'ont construite mijote à feu doux dans chaque pierre. Pudique flambée lorsque le soleil se couche et que son reflet va jusqu'au foyer de la foi à l'intérieur de la brique. Je regarde longtemps la nef en cul de four parce qu'un touriste érudit m'a révélé cette expression en levant la tête. Je crécherais un moment dans cet immense bol renversé si j'étais Dieu. La nef est coiffée de l'esprit avant le ciel. J'ai avancé dans la rue laide, entre une double rangée de dentellières, gnomes cramoisis penchés sur leur coussin gagne-petit. J'ai trouvé la porte romane.

Je me jette sur la note. L'hôtelier vole le chef de bureau de la préfecture de police. Je le quitte sous une douce pluie d'orage. Quelle bonne besogne de page chamaniste dans l'air quand un orage se déclare. Je dis à des petits gardeurs de vaches à l'abri sous un gros arbre qu'ils devraient s'éloigner, qu'ils seront foudroyés. « Nous, on s'en fiche », me répondent-ils en riant, en se moquant de mes conseils. Ils n'ont pas quitté leur arbre. Ils sont en danger, mais il me plaît qu'ils pirouettent en faisant un pied de nez à plus averti qu'eux.

Je ne me lasse pas du même menu : tomates fraîches, charcuterie, vache qui rit, pêche, chocolat menier, citron pressé ou bien vin rouge selon ma tempérance ou mon intempérance. Mon dos à midi cherche un double dans un fossé, contre un poteau télégraphique, contre une meule, contre un cabanon. Il est sept heures du soir au mois de juillet dans les campagnes. Je m'arrête, je demande à ma mort qu'elle me prenne en été à la même heure, lorsque la lumière a mûri, lorsque dehors est une douce véranda. Que je meure lorsque l'aboiement du chien de l'infini baisse d'un ton, que je meure après le sursaut : le cliquetis au cœur des soucoupes du café où je vous ai attendue, Madame... Je t'en prie, fin de journée de juillet, prête-moi ton élégance. J'en aurai tant besoin quand je mourrai.

Le village de Polignac encercle les ruines du château féodal. Pas un jardin, pas une touffe d'herbe entre les maisons, les fermes. Les rues tournent en rond. La nuit, personne n'aime dans les ruines où des milliers d'aimants ont faim du metteur en scène qui les filmera, les romancera. Les ruines des Baux se sont mises en maison à Polignac. Même tombeau à fleur de terre qu'aux Alyscamps mais les ossements de la jeune fille qui aurait plusieurs fois mille ans manquent. Les campagnes maraîchères de Vincent Van Gogh reproduites des centaines de fois au-dessous du château.

L'orphéon de Polignac est mécontent de la visite du Prince de Monaco qui ne serait pas prodigue. Cinq mille francs pour plusieurs morceaux de musique seraient insuffisants. Je n'ai pas entendu la musique, c'est peut-être trop, beaucoup trop. La gardienne qui ferme à clef soir et midi la grille des ruines est satisfaite de la descendance des Polignac. « C'est elle qui m'a acheminée à La Bourboule, c'est elle qui m'a fait soigner, c'est elle qui a fait disparaître mon goitre », dit-elle, assise à côté du puits appelé l'Abîme, sa clef de soixante centimètres de long sur les genoux...

Bien sûr. La race des dames de charité c'est la race-filon qui se faufile, sort intacte du cahot des révolutions. Je regarde le donjon carré pendant que la gardienne me donne des détails de charité. J'entends la finition d'une race édulcorée, je réalise l'importance et le travail d'affadissement du temps depuis les seigneurs-jeteurs d'hommes dans le puits « l'Abîme » jusqu'à leurs descendants qui se soignent à La Bourboule.

Arriver à pied, sac au dos, à Chicago, à Séville, à Vicence, à Anvers, à Hambourg comme je suis arrivée au Puy, prendre d'abord une ville par ses faubourgs, enchaîner les prés aux trottoirs, passer de la semelle des labours à la semelle du macadam, c'est ainsi qu'on passe de l'indifférence à l'amour. J'ai croisé le car et son conducteur sur la route de Saint-Paulien à Polignac. La voiture pleine de touristes s'est arrêtée, le conducteur a quitté son volant. Les voyageurs ont cru qu'il y avait accident. Le même conducteur m'avait parlé un instant à La Chaise-Dieu. Nous nous serrons longtemps la main. Je voudrais fredonner la chanson de la chaleur humaine comme Yves Montand chante l'air de *C'est si bon.* Nous nous serrons encore la main en nous séparant. Les touristes nous voient à travers les vitres. Je suis quelqu'un.

— Il vous attend, dit-il avec contentement. Je l'ai mis chez Boite.

Le poids. Le fourre-tout débordant. M'en débarrasserai-je ?

C'est lui que j'aperçois par terre, dans la sciure, quand j'entre dans la salle du café-hôtel-restaurant. Le poids est à proximité de ma table. Je veux me souvenir de l'accueil du conducteur sur la route, je m'en souviens. Pourquoi n'est-ce pas ainsi à Paris ? Quand je croise des écrivains et que je les salue, ils me répondent, oh, ils me répondent, mais de leur Himalaya et pendant qu'ils me font un petit salut, un petit signe avec leurs lèvres, leur tête condescendante, l'Himalaya s'ébranle, tombe en avalanche, me couvre ainsi que la salle d'expositions, les tableaux, les sculptures que je ne vois plus. Je ne comprends pas qu'ils ne répondent pas autrement. Il est possible qu'ils soient ailleurs, qu'ils écrivent mentalement leurs livres en public. Je le souhaite.

Vu un grand nombre de prêtres et de religieuses dans les rues du Puy. Les couvents, les monastères en voyage m'étonnent et me rassurent. Ils sont sortis, eux aussi, de leur terrier.

Le jeune homme attaché au Syndicat d'Initiative qui prépare l'agrégation des lettres nous fait visiter la cathédrale du Puy. Le jeune homme de vingt ans est remarquable par sa simplicité, son érudition, sa finesse, son improvisation dans l'exactitude. Il est unique quand il dit « c'est gracieux », et qu'il désigne un détail du vaisseau. Il a juste dans le ton, dans le comportement, la pointe d'affectation qui le fait apprécier comme le bouquet fait apprécier le carton. Ce jeune homme, qui semble pauvre, très pauvre, est allé et ira plus loin que le Petit Chose. Il nous parlait de quatre cathédrales à la fois en nous parlant de celle du Puy. Il a, de naissance, des mains d'écrivain qu'il frotte l'une contre l'autre, qu'il claque l'une contre l'autre sans bruit, qu'il lève avec moins d'emphase, plus de grâce que le prédicateur en chaire. Ce jeune homme prédit l'art du XIIIe siècle, plutôt qu'il nous l'explique, nous le désigne. Nous l'écoutons plus loin que la basilique, plus loin que ses formules personnelles. Son timbre de voix est la traduction de son remous, de son travail intérieurs, de sa foi, de son indépendance en érudition. Dans la ligne ondulée de sa lèvre supérieure, enfantine, le bégaiement y est, mais le jeune homme n'hésite pas en choisissant dans l'univers religieux des créations. Il nous montre, nous souligne en joignant à la pensée les arabesques que font ses mains, ce qu'il y a de mieux, de plus enrichissant dans l'église. Ce privilège de l'art vivant nous l'obtenons par son intelligence. Les rosaces tournent sous le fouet des idées de l'adolescent-conférencier. Il a lu des livres, il a appris, il se souvient mais il a dans la tête une hélice qui balaie, qui aère, qui brasse, qui fait s'envoler le livresque, la paille du grain. Il a dans la tête du souffle, du grand air, il a de la personnalité dans l'activité. Il a en poche la clef de la Chapelle des Morts dont il ouvrira la porte deux fois par jour pendant trois mois. Il nous explique, dans la salle voûtée en berceau, que les chanoines se mettaient dans le climat de leur mort en demeurant des heures dans la chapelle, que c'était un de leurs devoirs. Montaigne aussi nous a recommandé cette thérapeutique. Le jeune homme nous charme plutôt qu'il nous attriste tandis que nous contemplons le bleu bleuet d'une fresque et que nous l'écoutons lui et le petit cri de longévité de la couleur bleue. La galerie de tableaux blancs se compose de pierres tombales adossées aux murs de la Chapelle des Morts. Nous baissons les yeux pour voir une collection. Il était temps. Nous étions quatre à l'entrée de la cathédrale, nous sommes vingt à suivre le jeune conférencier. Les prêtres, les étrangers qui ne parlent pas français sont attirés. Les deux vieux messieurs cossus de notre groupe qui font une reconnaissance de paternité en admirant ce fils admirablement abstrait avancent comme on avance des pions sur l'échiquier quelques vagues connaissances pendant la visite. Ils sont vieux mais ils sont hommes. Ils ripostent. Piètre riposte qui se perd dans la nuit de l'insignifiance. Nous les entendons sans plus. Les vieux messieurs cossus qui sont modérément jaloux — les passions se décomposent avec l'âge — glissent chacun un billet de dix francs dans la poche du jeune homme devenu indifférent quand il a fini de s'exprimer. Il s'éloigne, ses mains dans d'autres poches, le veston retroussé parderrière pour le martyre de la lignée des Charlus. Il va, réfléchissant à ses travaux personnels.

Les gares, les quais ne me font pas souffrir. J'ai sucé le sang, moi goule-touriste, des monuments historiques et je pars plus loin, repue, gonflée, moi punaise des artistes de l'art roman, pour sucer encore. Mon *five o'clock* sur un banc tandis que j'attends le train qui me rapprochera du mont Mézine est copieux. Des enfants émerveillés m'entourent. Je leur tends du pain frotté de pâté, une tranche de tomate que je leur sale, une rondelle de pêche. Les mères s'effraient en voyant mon partage et les enfants qui ont peur lâchent ce que je leur ai donné. Un employé de quai me gronde. C'est vrai, j'ai sali le quai.

— Vous avez vu, dit une mère à une autre, ce sadique de Londres... C'est peut-être comme ça qu'il commençait, il faut se méfier.

J'ai changé de banc, je me suis isolée. Je lis dans un journal littéraire les réponses des femmes écrivains à une femme-journaliste. Je lis que l'une d'entre elles a horreur des « déballages d'intimité » pendant que je déballe le triangle de fromage du papier d'argent.

Une religieuse de cinquante ans, assise en face de moi dans le compartiment, me donne un coup de genou, me fixe, ne baisse pas les yeux, ne détourne pas la tête, ne s'excuse pas. Cette religieuse n'est pas une paysanne. Je me demanderai longtemps pourquoi elle m'a provoquée, pourquoi je ne lui ai pas dit « pardon » gratuitement. J'ai manqué d'humilité laïque.

Je me précipite dans la salle d'attente de la petite gare de Retournac, je vide mon sac à dos, mon fourre-tout sur les banquettes. Je calcule, je trie, je range des cahiers neufs, mes vêtements les plus chauds dans une boîte de carton achetée dans une fabrique de carton du Puy. Je me délivre, je me dégage, je m'allège en expédiant le fourre-tout et son contenu à un ami qui réside dans l'Hérault, puis je m'engage dans un autocar qui me mène à Yssingeaux où je débarque à la nuit qui naît après tant d'accouchements d'ombre, tant de soupirs. J'ai repéré un hôtel à travers la vitre du car. Deux femmes jouent au ping-pong dans la salle immense, deux petites filles courent, crient, bousculent leur maman. C'est la clientèle de cet hôtel, grand par l'espace, la faillite, l'espoir. On a dressé vingt tables, on a éclairé vingt abat-jour bordés de marabout pour la publicité. Je m'assieds loin de la chapelle dédiée au dieu des affaires, je patiente, je regarde les joueuses. La balle de celluloïd roule entre mes pieds, rebondit sur le dessus de mon soulier ou bien cogne exquisement ma cheville. Les enfants la ramassent, avancent à quatre pattes entre mes jambes, lèvent la tête, me demandent avec leur regard une explication gigantesque. Je retrouve la même méfiance des mères, appelant, reprenant, appuyant leur enfant contre leur hanche. Il ne faut pas m'aborder. Je suis seule. C'est une tare. J'attends deux œufs cuits au plat pendant trois quarts d'heure et, de ma place, je vois la bonne de l'hôtel qui les achète à une épicière. Je me décourage. J'ai pénétré trop loin dans les coulisses de mes futures nourritures. Les joueuses, les enfants sont dans leur chambre. J'attends, je grille trois cigarettes, j'inscris chef de bureau à la préfecture de police sur la fiche, j'entends le crépitement de la graisse sous les œufs. L'hôtelière et la bonne se concertent, déchiffrent ma fiche dans la cuisine à l'éclairage chiche.

— Nous vous avons mis une larme de vinaigre, dit l'hôtelière qui se venge en prononçant le mot vinaigre.

Les œufs sont excellents.

Ici, les grandes dimensions ne manquent pas. J'ai deux lits, les draps sont gris. J'étrenne cette couleur, mais il y a plusieurs mois que des corps se sont glissés entre les draps. Mes deux lits ont l'importance d'un lit Louis XVI pour des guenilles d'os et de chair. Quant au plancher, sa saleté est antique. Je sors. Le vide, le couloir que la nuit a pris. Le néant m'intimide, m'influence. Je rentre dans la chambre, j'éteins, j'évite la poire électrique cognant le mur blanchi à la chaux, le mur qui laisse un peu de sa poudre sur le bout de mes doigts. Je m'assieds sur le lit. Affront et surprise. Le lit est une planche à repasser. Je me soumets. J'entre dans la ruche de la faillite. La voie était libre mais Dieu n'est pas venu. Le soleil est plus malin. C'est la nuit dans ma chambre, pourtant il danse devant mes yeux clos comme il dansait quand il se reflétait dans la rivière et que je fermais les yeux. Demain le soleil sur la rivière, les reliquaires en diamants de la nature contrebandière descendront sur le fil de l'eau. Je m'écroule sur le lit : Madame, ne m'abandonnez pas. Faites votre petite lumière orange dans l'hôtel du néant. Je dévisse la clef de voûte, je débonde mon cœur. Faites, faites des miracles. Sauvez-moi, existez dans la chambre. Le néant bouge, me brasse mais je ne meurs pas. Il faut que je fuie cette rade du néant. « Je vous aide, je vous aiderai. » La crasse monte du plancher en colonne. Je peux embellir, élever de la saleté morte. Le jet d'eau, né du sinistre plancher, parti comme une église et ses ogives se brisent, retombent en gouttelettes. Je vous en prie,

Madame : regardez mon architecture. Je retaille votre robe grise, vous savez, celle de notre dernière soirée d'été quand les piqueurs nous jouaient des hallalis à Montparnasse, quand leur musique de chasseurs ne faisait pas de mon cœur une feuillée, quand j'étais à l'abri des hécatombes de la nostalgie. Je retravaille votre robe dans la buée. Votre étoffe imprimée de Saint-Tropez sera fraîche, les paysages bucoliques seront mouillés d'innocence... Oui. Mettez-la, coiffez-vous pour moi, balayez la nuit avec vos doigts que mes épaules ne connaîtront pas. Je vous vois entre les gouttelettes. Coiffez-vous moins vite, Madame... Vous êtes trop habile. Moins vite... que j'accroche mes petits cœurs à votre diadème. Les gencives de la nuit ont mâché les portes. Entrez. De mon cœur s'en va la grande allée de la musique des orgues pendant que je vous attends. Vous êtes venue et je porte la main au cœur. Comment concevrais-je de vous saluer d'une autre façon ? Je vous désigne mon blason. Mon cœur, Madame, c'est ma croix d'honneur. Je me lève parce qu'il y a une différence quand nous sommes dans la même chambre. Trop d'intimité dans les quatre murs autour de nous. J'ai renoncé mais il faut que je me maintienne en état de guerre quand nous ne sommes que deux. Vous trouvez que je suis gauche, silencieuse, lointaine... J'ai tant à faire avec mon armure, mes pics tournés vers mes gestes, mon vocabulaire, mes regards. Je vous ai appelée d'Yssingeaux. Il fait un froid de Toussaint dans ma tête et c'est à la Toussaint que vous rentrerez en France. Je voyage, je suis un glacier qui se déplace. Marchez, parlez dans cette chambre. Je revivrai, je plongerai dans le temps de demain. C'est fini. Ce n'était que de la présence sur une fresque fanée, votre apparition. J'espérais un sacrement, j'espérais que vous déposeriez une couronne de carton sur ma tête. D'une absente, j'espérais une récompense, d'une couronne, un dorlotement. Je me coucherai et, comme tous les soirs, je me ferai gisant entre les draps et, comme tous les soirs, mon cœur, Madame, sera votre fournisseur.

Je nourris les voyageurs de l'autocar en leur disant où j'ai dormi. Eclat de rire général. J'ai passé la nuit dans un hôtel louche. Encore un malentendu. Il y a longtemps que la maison a cessé d'être la justification des rendez-vous mais en province les bonnes et les mauvaises réputations ne sont pas déracinables. Je rentre au Puy où je trouve des petits pains à quatre doigts pour mon déjeuner. Je vibre dès que je laisse la ville, ses agents, ses passages cloutés. Un bœuf boit dans le bassin d'une fontaine au centre de la ville et le bœuf boit sans son maître. Nous faisons halte au Monastier. Nous repartirons en car pour Les Estables (je constate que je vexe la contrée quand je prononce Etables. « Les Essetables », reprennent-ils).

J'ai repéré un couple avec deux ouvriers dans le café relais où je déjeune. Je les retrouve dans la limousine-autobus qui nous mène maintenant aux Estables. La femme de cinquante ans, au physique neutre, nous raconte ceci : la grange de la ferme qu'elle a acquise peut contenir dix mille valseurs, deux juments ont monté leurs mille kilos de valises. Les ouvriers qui les accompagnent, qui faneront, écoutent en baissant la tête. Son mari la regarde, il ne se lasse pas de boire du merveilleux à la source. La dame ajoute qu'elle prendra livraison de cent bêtes à cornes dans une ferme éloignée de soixante-quinze kilomètres de la sienne. Ses grandeurs me bercent en même temps que les cahots de notre limousine affaissée. Leurs ongles sont entretenus par la manucure. Les ouvriers agricoles le voient avec moi, ils baissent davantage la tête. Le mari, vêtu d'une culotte de cheval, d'une veste de velours rouge foncé, continue de boire à la source des exagérations. Grand, mince, nonchalant, le visage séduisant, une bouche à la lèvre inférieure fendue sous la peau comme si au temps où il était fœtus il avait joui d'un baiser impérissable. « On lui a demandé plus de trois mille autographes quand il était à la Légion, dit-elle, la paupière modeste. On l'a toujours pris pour Gary Cooper. » Les ouvriers agricoles rient par galanterie, ignorant à qui ressemble cet homme. « Je suis espagnol », nous révèle le faux acteur. Il a retrouvé sa dignité, son identité. La femme s'est lancée dans la description minutieuse des régiments marocains, des quartiers de Fez, de la beauté des réjouissances de ces régiments. Je me demande en même temps que les ouvriers si elle a fait fortune là-bas, si elle a enlevé son bel homme au régiment. J'ai appris aux Estables qu'ils géreront la ferme d'un avocat de Paris. Je les ai revus de loin, eux et leur gérance, du sentier qui conduit en haut du mont Mézinc, à quatre heures et sous quatre degrés de chaleur à la fin de juillet. Le vent se plaignait, la pierre ruisselait du mont, la ferme n'était pas grande mais elle était seule, sans voisins, sans arbres. La femme virile qui mènera l'affaire, qui s'est isolée en arrachant son amant aux jeunes filles brandisseuses de stylo, l'épouse du sosie de Gary Cooper a du cœur au ventre. Je n'ai obtenu aucune satisfaction lorsque je suis parvenue au faîte du Mézinc. Il m'est indifférent de dominer les paysages, de m'élever au-dessus des forêts, de découvrir d'autres monts. J'ai baissé les yeux, j'ai vu les rigoles de cailloux entre les torches des arbres nains. Du sol stérile, ascétique, sortaient des cervelles de pierre, la solidification des esprits. Le vent sur le Mézinc drainait des idées. J'ai fait l'excursion avec mes jambes au chaud dans les jambes d'un pantalon, utilité qui m'a été prêtée par l'hôtelier. Une femme âgée en deuil, à la grosse voix intimidante, interrompt souvent son courrier à la table de l'hôtel. Elle roule des cigarettes au-dessus du papier à lettres encadré de noir, elle me conseille de prolonger mon séjour ; je refuse. J'ai peur de ses malheurs.

Surprise agréable : un car à sept kilomètres des Estables me dépasse, s'arrête, m'attend. Je marchais en grelottant, le visage trop chatouillé par des mèches de cheveux, ayant perdu de vue deux prêtres à bicyclette. La colonie de garçonnets gueule plutôt qu'elle chante *Etoile des Neiges ;* elle gueule pendant les arrêts. Ce qui ne décourage pas le vieux paysan édenté, assis par terre à côté du chauffeur, qui veut nous honorer en nous désignant par leur nom les fermes que nous rencontrons ou bien apercevons. Ici c'est cent dix bêtes, ici c'est quatre-vingts bêtes, ici c'est soixante bêtes, ici c'est cent trente bêtes, annonce-t-il dans l'indifférence et le charivari. Il rit après chaque énumération. Le raffiné de l'autocar, c'est lui.

Je ne monte pas au Gerbier-de-Jonc tout en pierres. Je m'approche d'un tuyau de plomb dans le hangar d'une buvette dès que j'ai quitté l'autocar. De ce tuyau l'eau coule comme ailleurs, c'est pourtant la source de la Loire. La patronne de la buvette lave de la chicorée frisée dans le baquet débordant. « Après ce sera si grand », dis-je malgré moi à cette dame parce que je songe au fleuve, à ses plages, aux îles, aux environs d'Angers. « Il faut un commencement à tout », réplique la même dame blasée. Je trempe mon mouchoir dans la source de la Loire... Je ne me savais pas fétichiste en géographie. Je pars pour Ry-Pic, La Champ-Raphaël, Burzet. Il fait de plus en plus froid, de plus en plus de vent et la désolation monte avec la matinée, les aiguilles de ma montre. Je vois sur les bornes que je marche à six à l'heure. Je ne me réchauffe guère. Pas de maisons, pas d'automobiles, pas de cyclistes, pas âme qui vive dans les champs. Je suis abandonnée des vivants pendant deux heures et demie et c'est vers eux que je cours plutôt que je ne marche. Un chien a surgi d'un sentier poudreux. Cet épagneul-lévrier, ce châle de solitude en mouvement me fait me souvenir du chien extraordinaire tout en arêtes, tout en détresse, sculpté par Giacometti. D'où peut-il venir, le mien ? Il s'accroche à moi, il adopte mon destin pendant plusieurs kilomètres. Je ne saurai pas où et quand il a disparu. Je me rapproche de Ry-Pic. Le vent monte encore, me projette contre les rocs monstres, me projette vers les précipices. J'avance à tâtons, je m'accroche aux déchirures des rocs avant de faire mon pas. La route en ruban n'est que virages et j'ai le privilège de voir, de regarder mon chemin au loin, à trois, quatre kilomètres de l'endroit où je m'agrippe. Je crains à l'avance la rencontre de deux autos, le passage d'un car. Je serais de trop. Je retrouve la civilisation dans un couple de jeunes paysans, je suis amoureuse de la civilisation. Ils plongent leurs mains dans un panier d'osier où les nourritures sont en vrac. Je n'ose pas leur avouer que je leur donnerais volontiers mille francs pour me joindre à eux, prendre ce qu'ils prennent. Je leur demande si je suis sur la bonne route. J'ai ce que j'ai désiré. J'entends des voix, je suis reprise dans les filets de la civilisation. J'arrive à Ry-Pic dont la cascade en retrait, cent vingt mètres de hauteur, porte le même nom. Ici, les gratte-ciel ce sont les maisons dans les bas-fonds. Je vois encore mon chemin, chaîne de virages en épingle à cheveux à trois kilomètres devant moi. La nature est indicatrice quoique sauvage et désolée. Il est deux heures. La nature aussi fait la sieste. Un âne au bord d'un ravin penche la tête, me regarde, perd l'appétit. Je l'étonne, je lui coupe tout à fait l'appétit. Il part. Le son de sa cloche est amical, les bouclettes de bouse séchée ressemblent aux anglaises des petites filles soignées. Elles sont comiques sous son poitrail. Il me regarde encore, il retrouve son appétit. La sainteté dans l'indifférence, je ne l'ai rencontrée que chez cette bête.

J'ai soif. J'ouvre la grille de la première maison de La Champ-Raphaël. Une femme dont les cheveux gris tombent sur les épaules m'accueille, veut que je la suive. Je lui tends mon bidon d'aluminium, je lui demande du vin et combien. Elle m'a entraînée. Des enfants, une mère sont à table. Les murs, blancs dehors, sont noirs dedans ainsi que les casseroles, les mains, les visages, les pieds nus. Des poulets picorent dans les assiettes, des chiens lèchent les tartines beurrées. Tous m'accueillent, tous veulent que je mange avec eux. Je leur raconte mon voyage de la matinée en espérant qu'ils oublieront ce qu'ils m'ont offert. Je n'ai plus soif et je suis une ordure parce que leur misère m'a coupé l'appétit. Leurs mouches sont venues de mon côté à cause du parfum de mon rouge à lèvres. Les enfants me tirent par la main, me conduisent vers mon assiette dans laquelle leur mère verse du riz, des ronds de tomates. Un chat se soulage derrière le poêle, un poulet me prend une bouchée de riz. Si je ne mange pas, me dis-je, ils me tueront et ce sera logique. Je m'assieds, je soulève la fourchette de fer, je mélange, je m'attarde, j'avale, je rends à l'assiette ce qu'ils m'avaient donné. Les poulets battent des ailes, s'envolent. Je ne peux pas. Je pleure, je sanglote au-dessus de leur assiette, j'ouvre mon porte-billets, je donne cent francs à un des enfants, je recharge mon épaule avec mon sac à dos, je m'enfuis, poursuivie, rattrapée par la vieille femme aux longs cheveux tombants. Elle m'injurie en patois, fait glisser la fermeture de la sacoche, remet dedans mon argent plus sale que leur maison. Elle m'injurie toujours pendant que je fuis, que je demande de l'eau à trois cents mètres de là. Oui, il faut que je leur en parle.

« Quelle bonne maison au début du village », leur dis-je. Silence.

— Monsieur le curé m'a interdit d'acheter du beurre là-dedans, me répond la femme pieuse.

Après je réponds à des bruits de conversation que j'entends à peine. Une vieille dame et une jeune fille, institutrice dans une école libre, m'accompagneront et seront en sécurité pour rejoindre Burzet, disent-elles. Je regrette déjà les difficultés, la sauvagerie de ma matinée. J'avais des petites hallucinations. Une de ces bêtes qui rongent le bois dans une chambre la nuit rongeait mon sexe. Je me dis que si j'avais la force de refaire la même route de Burzet à Gerbier-de-Jonc à la tombée de la nuit, je me décernerais un prix de folie. J'ai trahi cette nature désolée en la quittant. J'ai rencontré la morale, ses hauteurs, dans les paysages, les atmosphères inhumaines. Je vois ma mère dans un rêve, la nuit, dans une chambre en face d'un couvent. Ma mère, enceinte à soixante-six ans, sort un enfant rouge de son nombril, me dit qu'on ne coupera jamais le cordon, assied ce paquet informe sur ses genoux, me permet de le toucher, puis le range dans son ventre.

Miracle géographique : je quitte Burzet à six heures du matin, dans le froid, le brouillard, la non-existence, j'aborde Aubenas en autocar à six heures et demie dans le soleil, l'activité. Des vendeurs de journaux crient avec l'accent méridional, des colis sont lancés de la plate-forme de dix autocars qui arrivent, repartent, tournent, stationnent. Je lis sur leur fronton : Alès, Avignon... Je m'émerveille de ma lecture et j'ai de l'indulgence pour les cigales sur la place. Nous démarrons en direction de Villefort, nous regardons tous en même temps à travers la vitre de notre car, un fameux cycliste, une fameuse bicyclette : à l'avant une masse d'hortensias bleu pâle ont engouffré le guidon, à l'arrière une montagne de poireaux d'hiver chevelus traînent par terre et ne s'enroulent pas aux rayons. Le cycliste mène sa machine les mains dans les poches, indifférent au car qui le frôle. Une jeune fille assise à côté de moi, vêtue d'un corsage noir, d'une jupe bariolée, chaussée de spartiates, a de la barbe. Son miroir m'ahurit ainsi que la faille dans son modernisme.

J'assiste à un festival de l'eau pendant mon trajet à pied de Villefort aux Vans. Elle s'écoule de tous les rocs à ma gauche et le roc mouillé a la même couleur de deuil brillant que celle du goudron neuf. Je vais en ayant à ma gauche les pluies, l'humidité d'octobre, à ma droite l'été. De l'eau dans les grottes, de l'eau dans les niches en pierre... Quel absolu dans la course au rendez-vous de l'eau qui court, qui tombe, qui rebondit, qui se meurtrit, qui s'accroche, qui repart... Quel martyre dans le mouvement, dans l'empressement...

Le maître regardait ses quatre chèvres noires. Elles léchaient le goudron du macadam ensoleillé, brûlant.

J'ai couché à l'hôtel Platon des Vans. Les enfants pleuraient, pleuraient. Supporter ce qui fut le plaisir des autres est parfois ennuyeux.

Le plus grand affront qu'on puisse faire actuellement à un automobiliste-touriste au volant est de lever le bras avant qu'il passe, de se croire dans la capitale, de confondre sa traction avec un autobus. C'est le déclin de l'auto-stop puisque des jeunes et jolies campeuses ne réussissaient pas auprès de conducteurs solitaires. Plus le sac au dos va se développant dans notre pays, plus les provinciaux et les paysans se méfient de lui. Ceux qui le portent, pensent-ils en le regardant au bord du sentier ou bien entre les bocaux de berlingots de leur étalage, sont des traînards, des chapardeurs, des évadés sans logement. C'est Cayenne la plume au chapeau...

Je lève pour rien la main avant le passage d'une camionnette sur la route des Vans à Génolhac privée de cars.

— Je veux bien vous prendre, me dit le conducteur, si vous voulez que je vous prenne derrière.

Le soldat, le paysan assis à côté sur la même banquette, se taisent, expriment quand même qu'il a tort de me prendre.

« Il faut que vous entriez là-dedans à quatre pattes. »

Je lis à l'arrière de la voiture que ce monsieur est boucher-charcutier. J'enfourne mon sac à dos dans la camionnette, j'enfourne ma personne. Je monte à quatre pattes sur du sable, sur des mouches vivantes, sur des petites billes de mouton. Une forte odeur : celle du bouc. Nous démarrons. J'étouffe. Je me cogne à la paroi de bois de sa camionnette aménagée pour le transport des bestiaux.

« Venez, dit le charcutier, venez près de nous. Vous aurez de l'air. J'ai chargé un gendarme la semaine dernière comme je vous ai chargée. Il en est mort... »

Je cours dans la camionnette, des mouches collées à mes mollets. Je me tends vers les hommes au grand air, vers le volant.

— Mort ?

— Oui. Un malaise. Les mouches. Les odeurs.

Il faut que je paie le parcours en leur disant d'où je viens, où je vais. Il a ralenti. Un gendarme avait fait signe.

Ils se serrent les uns contre les autres en silence, ils offrent une belle place au fonctionnaire en grand uniforme qui ne m'aura pas vue, qui n'aura pas su que j'avais soufflé sur le dessus de son képi, que j'avais fait s'envoler une mouche irrespectueuse. Le boucher-charcutier manie les virages de la route avec souplesse. La camionnette coule plutôt qu'elle ne roule, rivière sinueuse au-dessus des précipices. Nous arrivons tous vivants dans la foire de Génolhac et nous tournons longtemps aux alentours avant de nous caser entre une centaine de voitures à l'ombre. Des affaires sont déjà conclues puisque des moutons bêlent dans un camion de fort tonnage fraîchement repeint. Le camion, qui nous parle, nous dit ceci : « Je suis désinfecté après chaque transport. » Je me souviens qu'un imperméable bleu frileux en vitrine m'avait dit dans le froid et le brouillard d'Yssingeaux à six heures du matin : « Admirez-moi, je suis en acier, mes coutures sont soudées. » J'ai su que j'avais vraiment quitté Paris, les détours artistiques que font prendre à la publicité les étalagistes, j'ai su que j'avais tourné le dos à la jonchée de fausses feuilles mortes sur les premiers tissus d'automne apparus chez « Cendrillon », le drapier de mon quartier. Il est réconfortant qu'un vêtement vous parle un langage direct, vous affirme que toutes ses coutures sont solides lorsqu'on a renvoyé le nécessaire, lorsque les écharpes de brouillard flottant vous glacent le cou.

La foire aux chaussures, aux objets divers en nylon, aux gâteaux secs, aux légumes serrés dans les cageots des revendeurs est sillonnée de moutons dirigés par les montagnards en longue blouse noire plissée. Des jeunes filles à marier, en short, qui passent, qui repassent à la même vitesse, avec la même monotonie que le fer à repasser sur le molleton d'une table, poussent des cris, se pétrifient quand les bonnes bêtes à saigner frôlent la peau de leurs jambes. Bêtise et coquetterie, chiqué. Les vieux vendeurs de brebis me navrent quand ils s'excusent auprès de ces estivants qui n'ont de spartiate que la sandale. Si j'étais homme, je veux dire berger-vendeur à la foire de Génolhac... j'arriverais avec mon bien couché sur mes épaules, je me ferais le pasteur et la bête qui ont été peints sur les vitraux, je ne voudrais pas que la laine de mon mouton frôlât les estivants. Mon mouton glisserait de mes épaules dans le camion. Génolhac est bourré d'estivants. Pas de campeurs, pas de camping sur les prairies à la renverse. Où couchent-ils ? Pas de bicyclettes, pas de motocyclettes, pas de voitures autres que celles des marchands. « Ils couchent chez l'habitant », me dit-on. Pourtant les maisons sont petites. A midi, la chaleur est torride. Les cris des bêtes achetées et à vendre dominent le charivari de paroles des hommes qui négocient. Sept cochons, la peau idéalement nue, idéalement propres, dorment allongés, leurs pattes dans leur graisse, alignés sur la paille fraîche d'une longue caisse par terre. Je n'ai qu'eux dans le monde pendant mes deux minutes de contemplation. Les anges de la tranquillité au centre du commerce, sur la place de la décision des saignées... Leur couleur rose est dodue, mon œil est dodu aussi pendant que je les contemple. Je me dissimule entre les camions des bouchers qui débitent la viande à ceux qui les ont approvisionnés. Je les vois encore. Mon œil ingurgite, mon œil se frotte à la couleur rose de l'épiderme des cochons. De cette couleur je fais un baume et je me frictionne, moi pauvre âme toute seule dans la foire de Génolhac. Je ne suis pas alcoolique. Je suis solitaire. C'est la même chose. Je vous aime tous et je suis séparée de vous tous, ce qui n'est pas neuf. Ce qui l'est terriblement au réveil de tous les jours que j'ai vécus, que je vivrai. Je me débarrasse de ma peau avec ce que je trouve. J'ai fait ma cure de désintoxication dehors, dans le mugissement des bœufs, dans le grondement des automobiles. De ce rose, la couleur la plus précieuse des bêtes élevées dans les étables, mon œil en a bu une chope et mon œil fou de consolation a communiqué avec mon cœur. Il y a une mission dans une couleur, il y a une mission dans un objet. Le peintre qui a mis au grand jour la mission d'une paire de souliers est le missionnaire de génie de l'art moderne. Il y a épaisseur d'évangile dans l'épaisseur de sa couleur. Aurore audacieuse me console de la pointe de perfidie de l'aube de demain quand je contemple la couleur rose des cochons qui dorment au soleil ensemble. C'est eux que je peindrais si je pouvais, c'est sur eux que je verserais les tonnes de rose églantine, rose œillet, rose anémone des expositions. Ils avaient des roses la fraîcheur, l'éclat, le luxe et en plus le duvet rigide.

Pas de cars pour Florac. Un jeune homme de seize ans, un athlète vêtu d'un slip de satin vert, chaussé d'espadrilles de toile rouge, pèse ainsi déshabillé les pêches, le raisin, les aubergines, me dit que son patron m'emmènera, qu'il faudra revenir aux nouvelles à quatre heures. Je lui achète mon déjeuner. Quelle conscience il a dans le sang, dans les muscles, dans le hâle de la peau, dans la tête... Il travaille pour deux dans la fournaise, il boit de l'eau minérale entre les pesées. Un garçon d'une divine santé, me dis-je, parce que Maurice Sachs disait souvent « un garçon d'une divine beauté » et qu'il voyait souvent la beauté des adolescents avec des verres grisonnants et déformants. Quel mauvais déjeuner il eût fait dans les parages de ce beau marchand de primeurs... Fauché, Sachs aurait charmé, conquis sur l'heure un maquignon à qui il eût emprunté de quoi couvrir de cigarettes, de foulards achetés à la mercerie du village, de briquets, le sportif. Maurice Sachs allait vite en besogne. Cet homme admirablement naïf croyait qu'on brûle les obstacles comme on brûle les étapes. Il aurait même donné de sa personne au début qu'il eût fait sa cour et il eût, j'en suis sûre, attablé le vendeur à la meilleure auberge du village tandis que lui, soupirant, eût retroussé ses manches, vendu, pesé fruits et légumes, fait des affaires d'or pour le jeune homme ou bien liquidé la marchandise pour se libérer et s'enchaîner à cette nouvelle aventure selon ses dons du jour, sa fantaisie. Sachs abordait n'importe qui n'importe quoi. Ce qui ne prouve pas qu'il ne doutait pas de lui-même. Ce qui prouve qu'il avait trop observé les psychanalystes, trop retenu. Il dépassait de fort loin la frontière de leur thérapeutique. Cet homme qui a eu le pouvoir de faire circuler l'argent en une minute, de le dénicher de la poche des avares et de le faire disparaître dans la même minute par prodigalité, par désespoir — il se brûlait en brûlant l'argent — n'était pas que généreux avec cet argent des autres comme on l'a dit souvent de lui. Il était la générosité même dans ses pires calculs d'étourdi, dans ses audaces d'homosexuel amoureux, dans ses gaffes. Il ne se prenait pas pour Dieu. Il croyait que tout était permis parce que son innocence l'emportait sur sa ruse. Je peux affirmer qu'il est parti pour Hambourg comme on part pour l'Italie en voyage de noces, je peux affirmer qu'il est parti ivre de candeur, je peux affirmer que c'est cette candeur qui l'a tué. Ce n'est pas avec deux yeux secs que je l'écris : sa mort a été sa meilleure affaire.

Je suis une campeuse amateur exigeante. Je ne peux déballer mes nourritures, les disposer que sur un pré, sur de l'herbe nette, ratissée, égalisée par la langue du bœuf. J'ai l'illusion que quelqu'un dans la nature a mis de l'ordre avant mon arrivée. Je fuis le voisinage, les fouillis de ronces et, pendant que je mâche la sardine ou le carré de chocolat, je ne veux voir des maisons que la pente du toit. Je fuis les forêts parce qu'il est inélégant de croûtailler dans le temple des arbres. Les galettes de bouse durcie, nénuphars inévitables des grands prés ne me déplaisent pas. Il m'arrive d'étaler ma serviette-éponge sur elles ou bien de les observer en buvant mon eau coupée de jus de citron. C'est gris, c'est sain, c'est fermier. Il m'arrive de chercher mon coin au milieu des prés pendant trois quarts d'heure, pendant trois kilomètres. Je déballe, je sale, j'ouvre mon bec, je le referme sans proie, je remballe, je m'en vais plus loin parce que j'ai repéré du gazon plus vert, plus lisse avec des arbres plus silencieux. De prairie en prairie, ce reflet de bonheur que je poursuis ne se montre pas. J'apprends à me contenter de la présence des clochettes ambulantes au cou des chèvres invisibles sur le flanc des monts et si je lève la tête, le ciel est immensément d'accord avec ma condition de mangeuse solitaire. Dis, mon œil, que c'est bon de ruminer la frise verte de la rivière, la fourrure verte de la pierre pendant que le pâté glisse dans mon gosier... Tu ne seras donc jamais rassasié, œil, embrasseur de vert... Tu as un estomac de bœuf, mon œil. C'est la fin du repas. Soyons vieille puisque nous sommes seule, suçotons un bonbon à la framboise, regardons le balancement des gondoles vertes. Jouis mon œil, jouis, bâfre, dégueule puisque c'est chez toi que s'est logé Néron. Encore, œil hermaphrodite, encore... Ma verge pique, se cogne, ne déflore pas l'hymen entre les branches, ma verge après le déjeuner se bat en duel avec l'argent des peupliers. Un oiseau de velours va. Mon œil est une chatte qui se caresse à l'oiseau.

Je m'allonge sur le ventre, je jette mes bras devant moi, je suis en position pour le difficile exercice de vide après le déjeuner. J'élimine par la pensée les nourritures absorbées, les quelques maigres idées baladeuses, et il faut que cesse l'été de bourdonner dans ma tête. Je m'applique à faire de chaque pore de ma peau le calice du vide. La nef du ciel, je continue de la supporter quand je suis accouplée ainsi avec la terre. J'écoute une dernière fois jusqu'à ce que j'entende la résonance en enfilade des crosses des fusils reposés sur le pavé. Inexorable déplissement de ce bruit. Je dépose mes armes, je prie. Je prie tandis que les flèches de l'amour pleuvent sur mon dos, sur ma nuque, sur mes mollets, dans les calices de ma peau.

Madame, je me repens, je vous demande pardon. Vous êtes la lumière, je suis l'obscurité, vous êtes la beauté, je suis la laideur, vous êtes la force, je suis la faiblesse, vous êtes le courage, je suis le découragement, vous êtes la vivacité, je suis la lenteur, vous êtes la réussite, je suis l'échec, vous êtes la confiance, je suis la méfiance, vous êtes l'effort, je suis la paresse. Vous êtes célèbre par votre intelligence, votre éveil, votre travail. Il y a un abîme entre nous mais cet abîme ne m'effraie pas. Moi, zéro magnifique, j'ai l'audace de persévérer. Je barbote dans cet océan de contrastes. J'ai calculé que vous étiez célèbre, que je ne l'étais pas, j'ai calculé que vous inspiriez d'autres que moi et que je n'inspirais personne, j'ai calculé que vous resplendissiez et que j'étais invisible, j'ai calculé que d'autres que moi vous admiraient. Je ne veux pas calculer. Je veux vous vêtir avec un ample manteau de soirée au bel imprimé, je veux écrire dessus les additions que je vous offre du jour à la nuit, de la nuit au jour. Je me suis enchaînée mais vous êtes la liberté. Si mon cœur venait à manquer de race, si mon cœur devenait quelconque, je lui donnerais un coup de pied. Il faut que je retrouve mes œillères, que je ne marchande pas avec la réalité dans laquelle vous évoluez. Il faut que je fasse des travaux d'assouplissement, de rétablissement. J'étais jalouse. J'avais désappris à renoncer à vous. J'avais donc le cœur plein de haine puisque je calculais. Je me tais, je m'y remets, je cisèle le maillon de la chaîne.

L'argent circulait fort à la fin de la foire de Génolhac. Les vendeurs de bêtes changeaient leurs billets de cinq mille francs pour un paquet de gauloises, une boîte d'allumettes, un tube de pierres, un tube d'essence à briquet... Je palpais à distance la réussite de ce gros négoce. Les montagnards sont sobres. Celui qui avait vendu pour quatre cent mille francs de moutons s'offrait un verre de limonade, mangeait un croûton de pain, du fromage de chèvre qu'il taillait en artisan avec son couteau. Celui-là régla son rafraîchissement avec quatre billets de dix francs déchiquetés, se débarrassa de ses chiffons avant son retour à la ferme. Sachs surgit encore. Je frémis antérieurement, je songe au sort qu'il eût fait à ces liasses de billets, car à cet homme enrichi qui ne s'offre même pas un verre de bon vin, il eût emprunté. Sachs opérait seul, faisant le vide par magie dans un endroit bruyant, usant ses forces mentales pour dilapider au plus vite le bien d'un autre. Je n'imaginais pas voleur plus misérable, plus désespéré que lui.

Le marchand de primeurs quittera le village à six heures et m'emmènera. L'athlète me le dit en vendant sans relâche. Son slip mouillé de sueur a changé de couleur. La sueur s'écoule des mains du vendeur sur les pêches, le raisin, les aubergines que des vieilles paysannes vêtues chaudement emportent dans des paniers d'osier crissant, à couvercle. Je végète dans le café parce qu'ils se sont mis à parler patois tous en même temps et que ces mots dits par des bouches édentées sont indémêlables. Je ne m'habitue pas à leur sobriété à cinq heures du soir pendant que moi-même je bois de l'eau de Vichy (qui n'a de saveur qu'après l'ivresse). Décidément les maquignons de Génolhac n'ont pas l'argent meublant. « Avec un sou ma petite fille, je referais Rome », me disait ma mère. Avec un sou le paysan français referait la France.

J'ai vu dans le temple protestant de Génolhac la deuxième chaire de France pour la sculpture, l'importance de la construction, l'ancienneté, mais je suis insensible à la dentelle en bois. Les protestants chantent fort et souvent. Ils donnent tout leur souffle aux Psaumes, aux Cantiques. Le livre des Psaumes et des Cantiques à couverture de toile noire est ce qu'il y a de plus vivant dans un temple protestant en semaine. Je me suis assise sur un banc ciré, j'ai feuilleté les pages du volume usé, tiédi par les rayons du soleil, jauni par le pouce et l'index des fidèles. J'ouvrais un éventail suranné dans un temps présent inoffensif. Je me suis approchée de la grosse Bible au pied de la chaire, trop massive pour le support. Des grandes pages à grands caractères, des grandes pages souffre-douleur de la reliure commençaient à s'échapper du volume. Cette Bible n'en pouvait plus. Je me suis demandé si je la refermerais. Je n'ai pas osé. Je me suis révoltée. Je croyais que la malchance me poursuivait : la Bible était ouverte au Livre de Jérémie...

Voyage luxueux avec les jeunes gens marchands de primeurs, plutôt associés dans l'acharnement que patron et employé. Leur camionnette est démantibulée, la moleskine des coussins vole, le volant, la tige, les pédales, le champignon sont de la ferraille rouillée. Nous nous sommes assis sur l'osier des coussins éventrés, nous sommes partis à l'assaut des virages entre Génolhac et Florac. Ce n'est pas par galanterie mais par commodité que ces jeunes hommes m'avaient mise entre eux. Voici pourquoi : à peine avions-nous roulé pendant cinq ou six kilomètres, à vive allure, dans les sonnailleries de l'usure du véhicule que leur camionnette s'engagea, brusque, dans un sentier étroit, connu d'eux, sur lequel les roues glissaient. Nous traversions des prairies, nous descendions la pente de petits fossés, nous entrions largement dans un village. Ce manque de soin d'un automobiliste pour sa machine était un rêve. L'athlète en slip de satin vert debout sur le marchepied annonçait dans une corne de berger le raisin, l'aubergine, la pêche aux villageoises sédentaires pendant que nous roulions encore. Nous nous arrêtons avant les deux derniers coups de sept heures du soir, oasis de rythme à l'horloge de ce village sans nom. Le patron de vingt ans a le même minois énergique que le fils adoptif d'un certain Popoff (pseudonyme affectueux d'un poète de génie, d'un poète vivant), racole la clientèle avec son klaxon hurlant, se place en roulant encore tandis que son employé de seize ans qui a sauté du marchepied s'affaire déjà à l'arrière de la voiture en mouvement. Le patron a retiré d'entre mes chevilles la boîte de caramels. Il l'ouvre, jette le couvercle sur l'osier des coussins, entasse avec la paume de sa main les billets de banque dans la boîte, part avec la caisse et la monnaie. Des dames fermières qui tricotaient, qui se reposaient, qui surveillaient leurs enfants dans leurs landaus aérodynamiques en gardant des troupeaux de vaches et de chevaux ne sortent pas tout de suite de ce tricot bon conducteur de la somnolence, de l'engourdissement. Elles viennent enfin vers les jeunes gens et les primeurs avec des yeux vides, cherchent avec une voix énamourée si je suis une parente en vacances. Je leur crie « oui ». La balance dans mon dos va et vient, des caisses sont traînées dans la camionnette ouverte. La foire finie, les jeunes gens font encore de bonnes affaires.

— T'y veux qué j' t'aide, a demandé aux jeunes gens une drôle de voix d'homme.

Je me penche à la portière, je découvre que nous voyageons avec un sidi à la blouse et aux cheveux gris, casé entre les caisses, qui devra descendre de la camionnette à chaque halte. Il m'en veut. Je lui ai pris sa place. La plaine dans laquelle ils vendent fruits et légumes est protégée par un rocher-muraille. Ici, tiédeur, force de protection sont au bout du monde. Les maisons dorment derrière leurs volets, les troupeaux broutent dans une atmosphère de galerie de cloître. Nous repartons. Le souvenir de Maurice Sachs surgit encore. Je l'imagine vivant, assis où je suis assise, le profil de son corps humecté de la sueur odorante du jeune athlète, son bras touchant le bras nu brillant de rosée de cet adolescent rectiligne, incorruptible, sa tempe cognant parfois la tempe de ce jeune empereur méridional qui refuse jusqu'aux gauloises dénicotinisées... Je n'hésite pas : je préfère dans ce cas Sachs mort plutôt que martyr. C'est à l'homosexuel que je pense. Je l'ai vu tant de fois martyrisé par des jeunes gens, de beaux passants qui ne le voyaient pas, qui ne lui adressaient pas la parole, je l'ai vu tant de fois dédaigné par ces nullités, tant de fois Sachs se masquant l'âme et le cœur, tant de fois menant avec brio cette mascarade féroce — la sienne — tant de fois se tournant en dérision, mimant la gaieté tout en se fixant d'un seul œil dans le miroir au suicide, que maintenant je n'ai plus pitié de sa mort. Il a pu rendre avant quarante ans ce cœur, cette âme qui lui firent tant de mal. C'est justice. Il me faut beaucoup de courage pour écrire que le néant auquel il aspirait par tous les moyens aura été son plus gros butin de voleur parce que c'est le néant que ce prodigue voulait sans cesse détourner à l'existence.

Nous étions repartis mais nous nous sommes arrêtés en plein virage. Un jeune paysan nous avait fait signe comme j'avais fait signe au boucher-charcutier. Voici que monté sur le marchepied à côté du conducteur, se retenant à la voiture par contenance plutôt que par nécessité, ce jeune paysan raconte sa pêche tandis que nous roulons à quatre-vingts à l'heure au bord des précipices et que je m'attends à voir s'envoler une roue de notre véhicule. Nous déposons le contrebandier-pêcheur de truites deux kilomètres plus loin. Les jeunes gens que je croyais heureux et parfaits sont jaloux, découragés tout à coup dans leur commerce prospère.

Ce pêcheur, me disent-ils, prend trois, quatre, cinq kilos de truites par jour ce qui fait trois, quatre, cinq mille francs de bénéfice net par jour également. Je revois le petit saut gracieux pour descendre en marche, je l'apprécie d'autant plus depuis que je connais la valeur de ces deux pieds dans l'eau des rivières. Voici que ce même contrebandier nous dépasse à bicyclette. Nous roulions à quarante. « Il fait son petit soixante, c'est un champion du vélo », me dit l'athlète envieux. Nous roulons encore à quatre-vingts, nous le grillons dans un tournant. C'est dommage. La simplicité, l'aisance de ce contrebandier, as du guidon, étaient fascinantes. Ces aventuriers de campagne sont extraordinaires de doigté, de sûreté. Ce risque-tout que j'aurai connu indirectement cinq minutes n'a pas fait le moindre bruit. Je le reverrai, familier des dangers, le dos en avant, filant au-dessous de la gueule, au-dessous des grimaces, au-dessous des crocs de la roche.

De halte en halte dans les villages qui soupaient de tomates frites, qui se munissaient du même ravitaillement pour le lendemain, nous sommes arrivés enfin à Florac. Je ne pouvais pas charger mon sac à dos de choux, de blettes, de pommes de terre, les fruits étant tous vendus. Ces sportifs qui surveillent leur souffle ont refusé le pastis, le paquet de cigarettes. Il a fallu que je rentre dans ma peau sur le pavé de Florac (deux mille habitants environ, sous-préfecture de la Lozère, sur la rive gauche du Tarnon). Je n'aurai pas vu la source du Pêcher jaillissant au-dessus de la ville. J'ai cherché un gîte dans la nuit. Le Grand Hôtel Terminus en face du bureau de poste m'envoie à l'annexe d'un autre hôtel, cet hôtel me renvoie dans un café qui loue des chambres, ce café m'envoie dans un autre café. Encore une chambre fanée, encore une mise en scène immuable qui semble imitée des mises en scène de l'inoubliable Georges Pitoëff, encore des roses sur la tapisserie... Plus une chambre d'hôtel est triste, plus son papier est fleuri... Une fleur entre les autres est ma liane pendant que je me coiffe. Je m'assieds sur le bord du lit, je remonte jusqu'à la main du dessinateur, jusqu'aux pliures de ses doigts, jusqu'aux mouvements de balancier de son crayon pendant qu'il la dessinait. Mon peigne glisse de mes mains, tombe sur la descente de lit. Je suis près de la fleur et de son créateur. Moi aussi, je suis un pauvre type. Je dessine mes roses chaque après-midi avec un porte-plume et de l'encre sur les centaines de pages de mes cahiers. Je ne m'entête pas : je persévère. Je crois en mes millions et mes millions de fleurs, de demi-pétales que je crée lorsque je boucle la queue des lettres de l'alphabet. Ses roses à lui sont au soleil puisque la chambre est située au midi, ses roses à lui raniment et ramènent les amants qui louent ce lit, qui se perdent dedans. Mes livres et mes roses sont à l'ombre, au cimetière des invendus, à la cave. Pauvre type, me dis-je à voix haute pendant que je me poudre, que je blanchis ma laideur, pauvre type... Quelques années de marché noir... C'est ce que tu as réussi au cours d'une vie. Tu aimes, répond mon double qui a plus faim que moi, qui voudrait que nous partions pour le restaurant. Tu aimes, reprend-il. C'est la création et la réussite de chaque instant et c'est une création suffisante. Tu aimes : tu n'échoues pas. Mon double qui a un port de reine, mon double dont la traîne de haillons étincelle me dit : quittons cette chambre, viens. Nous aimons et nous avons faim. Nous sortons, nous abandonnons les roses de la tapisserie, nous les confions à la lumière du lampadaire municipal. L'anonymat de cette annexe est plaisant. Pas de gérant, pas de locataires dans les chambres. J'ai échoué dans un immeuble divisé en studios-cuisines au bord de la mer. Les marches éclairées par l'eau immense sont en pierres bleutées. J'appuie mon bras contre ma hanche, j'incruste mon coude dans le creux de cette hanche et c'est ainsi que mon double consent à me prêter son bras. Nous traversons un petit pont avec grillage bleuté aussi de chaque côté. Nous traversons un square où des ombres assises prolongent la sieste à dix heures du soir.

— Le restaurant Ménadier est ouvert tard, me répond une de ces ombres parmi les autres. Elle m'indique le chemin à suivre.

Toi, parle-moi, dis-je à mon double dans Florac la nuit. Aère encore avec tes pincettes. Minute, me répond-il. Tu marchais sur ta traîne... Je suis surprise. Une traîne à moi ? La tienne. Tu aimes : tu règnes avec de la soie. Dis, ma doublure, j'ai des inquiétudes. J'aime ce qui est beau, intelligent, célèbre, extraordinaire. Je ne sais plus si c'est facile ou difficile d'aimer tant de trésors en même temps. Dis, n'est-ce pas une composition de ma vanité ? Mon double a lâché mon bras. J'apprécie ces désaccords spontanés sans paroles... Nous allions, nous côtoyant, séparés, dans des rues noires que je ne connais pas, que je ne connaîtrai pas. Parle, ai-je mendié. Oriente un sentiment. Mon double a repris mon bras. Ne te débats pas, m'a-t-il confié avec tendresse, ne te débats pas après un choix. C'était choisi pour toi avant que tu naisses. Subis, mon petit, sans te poser des questions, la plus ancienne des maladies héréditaires. J'ai faim, a insisté mon double. Entrons dans ce restaurant, entre là-dedans en faisant valoir ta traîne. Si tu la leur montres, ils la verront. Encore, encore se parler une seconde ai-je supplié. Je n'ai que toi. Sépare-toi encore de moi, que j'aie quelqu'un... Tu le sais doublure que, séparée de celle dont la vie est ailleurs, séparée de l'inaccessible pendant cent cinquante jours, j'hiverne sur une croix ne voyant de l'horizon en bas que le trou de mon nombril. Prédis, doublure, prédis... Récite la formule : une dame brune à la nuit... Mon double muet a ouvert la porte du restaurant. J'entre dans les voix, la fumée bleue des biftecks, j'entre avec ma nouvelle science.

C'est le restaurant pour ouvriers qui ferme le plus tard à Florac. Ce n'est pas samedi soir. Ces hommes fatigués, aux rides empoussiérées, mâchent la salade frisée à dix heures et demie du soir ce qui est luxueux quand on n'a pas d'emploi du temps. Mais demain matin ils se lèveront tôt. Ils sont douze à la même table et j'ai une table pour douze sur laquelle un chemin de table remue : les mouches sont captivées par les miettes des dîneurs partis. Mange, mange, me dit mon double paternel, pour aimer il faut se nourrir. Un travailleur qui a pris sans doute de l'embauche un peu partout, qui désire épater répond tantôt avec des mots d'espagnol, tantôt avec des mots d'italien, d'anglais, d'allemand et même d'arabe à ses camarades qui lui répondent : ta gueule. La porte du restaurant s'est ouverte toute seule. Nous guettons. Le sidi dont la blouse et les cheveux sont gris, qui a voyagé dans la camionnette des marchands de primeurs réapparaît, le panier au bras, la main pleine de portefeuilles marbrés, fauves, l'épaule chargée de la liasse des descentes de lit. Je n'avais pas rencontré jusqu'à aujourd'hui un sidi âgé ; je n'avais pas rencontré un vieillard qui exerçât ce métier. Il m'a reconnue. Je le salue mais lui ne me salue pas. Il m'en veut. Donc il a l'habitude de se faire transporter par les jeunes gens, donc il est fixé dans la région, donc je lui ai volé sa place entre les jeunes hommes, donc je l'ai peiné, donc il est rancunier, donc ses voyages dans la camionnette comptent fort. Quels détours avant que je m'avoue que le sidi est seul, toujours seul, principalement seul lorsqu'il est assis avec d'autres sidis sur le trottoir en pente, devant la poissonnerie de la place Maubert. Les douze ouvriers se sont tus, impressionnés par le vieil homme chargé, par le commerçant errant. Un sidi, pensons-nous, malgré nous et à l'unisson dans le restaurant, ce n'est pas que de la pacotille. C'est un mystère. Où vend-il, quand vend-il, à qui vend-il ? Celui qui fait corps avec sa marchandise, qui ne fait pas d'affaires c'est le sidi. Les douze ouvriers l'ont considéré entre leurs cils mais aucun d'eux — ni moi-même — n'a eu ce courage inédit : lui offrir une chaise, l'accueillir. Il s'empare de cette chaise à ma table, ne me regarde pas, me dit quand même ailleurs que je lui ai pris sa place, sa bonne place dans la camionnette. Il s'assied au coin de la table des hommes, il ne se décharge pas par fatigue. Un, entre nous tous, a toussé parce qu'il faut prendre une contenance quand on dépasse les bornes de la muflerie, quand on manque d'éducation charitable. Pourquoi détestons-nous tant ces sidis pour lesquels nous avons de la répugnance ? Il n'y a pas de sot métier. Quand on est bête de somme et en plus bête de somme de sa marchandise, on traîne, on se traîne. Le sidi est forcément un traîneur par prudence professionnelle. Un transporteur de colliers, de bagues, de bracelets, de briquets, de médailles, de stylos en vrac dans un panier à ciel ouvert ou bien en vrac dans une bâche, ne peut pas marcher au pas redoublé. Il faut pour le sommeil des bijoux ciselés, beurrer la démarche. Quand on est repoussé partout, on perd l'habitude de se presser, de se lancer. Le sidi n'est pas sale. Il est sombre de teint, d'expression. Pourtant dès qu'il ouvre la bouche, qu'il propose avec scepticisme, dès qu'il parle, il fleurit nos oreilles. Quand ils me disent à Paris : « Ti veux pas ceci ? Ti veux pas cela ? » je tombe dans un lac d'euphorie. Leur familiarité est miracle. Mes oreilles voient pendant qu'ils me parlent, mes oreilles voient ces raisins en fleur que sont les grappes de jacinthes, mes oreilles voient bleu pendant qu'ils me disent « Ti lé pas genti ». Le sidi est un homme avachi parce que sa besogne est aplatissante. Ménager tous les jours de l'année un fonds de commerce sur une seule épaule, porter son pas de porte, sa croix sur cette épaule empêche de se tenir droit. Son costume, une longue blouse en toile de Vichy taillée dans le drapeau de la tristesse en dit long. Le sidi vêtu de son cache-détresse se confond avec le sculpteur, l'instituteur, le quincaillier. Nous repoussons, mais nous attendons le colporteur exotique, notre seconde habitude de consommateur d'ennui sur la terrasse. Je ne connais pas de gagne-petit plus angélique que le sidi quand il nous prête à la ville ou bien à la plage un portefeuille, un bracelet, quand il attend avec nous, quand il se demande de la même façon que nous nous le demandons, si nous allégerons ou non sa main, son bras du poids d'un bracelet, d'un portefeuille vide. Il se promenait autour du café, il grappillait l'espoir sur nos visages ce chien humain que nous regardions moins que le chien. Nous avons détourné la tête, nous l'avons chassé d'un regard et il a cru en nous. Il est venu. Il propose, il impose son prêt d'objets, il fixe mais il ne nous enchaîne pas avec des souhaits de rapace. Nous demeurons libres parce qu'il est nonchalant. Immobile, debout devant nous, travailleur des rues pendant que nous frivolons à la terrasse, le sidi est plus qu'un concentré de présence. Il est des gagne-petit, des déballeurs à la sauvette, des saute-ruisseau la conscience migratrice qui fond sur nous lentement quand il nous entreprend. Je supprime son panier à œufs, son étole de bretelles, de lacets, je lui laisse le battement des carpettes sur son tablier. J'obtiens après soustraction un notable d'apparence minable se promenant avec ses tapis d'Orient, ses hermines qu'il ne veut pas salir. Le sidi qui n'a pas vendu, à qui on a dit non sans une parole, sans un petit don de l'index remet dans son panier l'assortiment. Où que nous le rencontrions il est de cet errement au ralenti l'immuable carte de géographie et je n'imagine pas tournant plus nuptial que le tournant du café-terrasse où deux sidis adultes, panier au bras, se rencontrent par hasard, se parlent en chantant. Je ne décharge pas ma sensibilité sur lui. J'honore, j'inaugure, j'enlève la housse des partis pris avec laquelle nous accablions le sidi. Nous le reléguons dans le néant dès qu'il a quitté notre guéridon, nous le voyons encore de dos, déposant les parures de la faillite sur le guéridon suivant. Mais c'est comme si nous méprisions de la poussière d'homme qui se serait remise debout. Le méprisé est plus fort que le méprisant. Le sidi de table en table est plus qu'un mulet. C'est un rêveur mité, c'est un tisserand qui déroule en marchant avec ses chaussons de cendre le fil des échecs, des affronts, des résignations. Le sidi bien nourri, florissant, le sidi rencontré dans la neige d'un village de Normandie m'a possédée. Tant mieux. Il m'a endormie avec les vilaines couleurs d'une carpette et quand je fus tombée dans le sommeil que vendait d'abord ce charlatan, il me prit quatre mille francs en échange d'une horreur qu'il disait persane, que je trouvais belle au-dessous de nos haleines, au-dessus de la couverture en fourrure des prairies. Je perdis davantage la tête en retrouvant mes esprits. Je me pariai un bénéfice de quatre mille francs si je revendais cette ordure. Je n'eus pas le don d'envoûtement de mon sidi rencontré dans le département de l'Orne. J'ajoutai au poids de mes ballots d'œufs, de viande, de charcuterie, le poids de la carpette que je portai sur le bras comme une serviette, que je traînai avec mes poulets plumés, de cuisine en cuisine, rue Bonaparte, rue des Saints-Pères, quai Malaquais, rue Visconti, rue Royale, rue du Faubourg-Saint-Honoré... Je la jetais sur le carrelage des offices, je la faisais valoir avant de peser mes marchandises. J'espérais. Je croyais que je tenterais une cuisinière ou bien un valet de chambre et que l'un ou l'autre plierait en deux dans sa chambre ma carpette nauséabonde pour l'œil et que, réduite, sa laideur serait moins ambitieuse sur le parquet d'une chambrette. J'étais naïve. Tous la refusèrent avec des mines confites qui valaient des condoléances, tous devinèrent qu'en proposant la chose je me révélais une voleuse volée. Je ne me décourageai pas. J'ai eu l'audace, la folie de la présenter au gentil cuisinier de célèbres antiquaires. J'ai eu l'audace de la dérouler dans l'appartement de messieurs qui vendent des pièces de musée. Ma folie montait à mesure que je voulais m'en débarrasser. Je lui trouvais un peu de valeur parmi les hortensias bleus, les meubles jaune arachide. Le gentil cuisinier qui avait eu pitié la conserva quinze jours dissimulée dans un placard. J'emportai la même horreur vieillie, mais intacte. Nous avons vécu ensemble six mois. Je cherche, je ne me souviens pas où et à qui je l'ai revendue cinq cents francs.

Quand l'ouvrier cessa de tousser par manque de contenance plutôt que par contenance, le sidi se leva de sa chaise, fit un cliquetis mystérieux de bal masqué avec ses chaînes, ses lacets, ses bretelles, se permit de loin l'entrée de la cuisine du restaurant de Florac.

— Ti me donnes à manger, demanda-t-il sans voir, comme s'il parlait au Seigneur.

Pas de réponse, pas d'apparition. Les ouvriers s'étaient tus. Ils regardaient, ils écoutaient du côté de la cuisine. Le sidi harnaché ne bougea pas. L'homme qui avait toussé éternua à cause de l'odeur de graillon des œufs frits, des biftecks — mais on peut supposer qu'il éternuait pour autre chose. Une jeune fille venant de cette cuisine, foyer de notre angoisse à tous, passa devant le sidi, s'appuya des deux mains à ma table, se pencha, énuméra les mets.

— Des œufs, oui des œufs, bredouillai-je. Des œufs, des œufs, dis-je à grande vitesse. Des œufs, des œufs...

— Ti me donnes à manger, recommença le sidi.

La jeune fille avait passé, la jeune fille l'avait ignoré.

— Ne tousse pas toujours, a dit le vague polyglotte au faux tousseur qui dévisageait le sidi.

Le polyglotte gifla l'omoplate du décontenancé. Je redoutais l'arrivée des œufs sur le plat. Les ouvriers finissaient le fromage, les fruits, allumaient des cigarettes, se frottaient leurs biceps avec leur main, se racontaient leurs projets du dimanche. Le sidi patientait. Il était revenu à sa place. Il ne redemanda rien quand les œufs du plat glissèrent dans mon assiette. Des ouvriers assis à côté de lui le taquinaient, tiraient à eux les bretelles, les lacets. Une paire de lunettes prise dans son panier circula autour de la table, deux paires, trois paires, quatre paires de lunettes noires à vendre...

— Je suis beau ?

— Je suis beau ?

— Je suis beau ?

— Je suis beau ?

Les ouvriers nourris le demandaient au sidi affamé qu'ils fixaient derrière les verres fumés avec davantage d'assurance. Le sidi qui ne souleva pas les épaules parce qu'elles étaient chargées, qui ne risqua pas un regard du côté de mon plat regarda les autres, rendit regard contre regard, s'abstint de leur répondre qu'ils étaient laids. Il ramassa les lunettes sur les nez, en instituteur ramassant les compositions. On m'apporta la viande, la salade, la sauce pendant qu'il rapatriait ses objets. Je ne me dissimulai pas que son dos maigre voyait tout, savait tout, que son dos et son estomac étaient creux.

— Achaite, a dit le sidi au vague polyglotte qui se croyait irrésistible avec des lunettes de soleil.

— Achète, lui a conseillé le tousseur.

— Combien ?

— Quatre cents.

— Trois cent cinquante.

— Quatre cents, a redit le sidi qui considérait le client de haut, son pied en avant, cambré sur la toiture d'un donjon, son talon finissant en éperon, son éperon finissant en étoile de Mercure.

— Trois cent cinquante.

— J'té dis quatre cents. J'té dis, a-t-il ratifié.

C'est par veulerie personnelle que je me suis dit qu'un sidi qui a faim ne perd pas sa volonté, que son nerf du commerce ne fléchit pas. Le vague polyglotte a tendu les lunettes au marchand, les ouvriers ont ri de l'un et de l'autre. Je n'étais pas qu'à un spectacle où, en plus, je mâchais du bon aloyau. Quand le sidi eut rangé l'objet au-dessus des autres, il avança du côté de la cuisine avec son fonds de commerce.

— Ti donnes du café ?

Nous avons entendu, atténués, des éclatements de motocyclette dans une poêle.

Une géante en vêtements de deuil se montra dans l'embrasure, tenant un couteau huileux de beurre fondu.

— Je te donnerai rien.

Nous avons entendu que ce caractère redevenu invisible promenait dans la cuisine et dans le beurre frit d'autres tranches d'aloyau.

— J' te paie, a chantonné le sidi. Une voix d'oiseau logique.

L'homme à la blouse et aux cheveux gris s'est penché sur une table de marbre, a déposé le paquet de portefeuilles vides sur cette table, a fait un tri, a enlevé entre les autres les cuirs unis puis avec son bras qui tenait toujours le panier il a sorti de l'intérieur de sa blouse une loque qui avait été jeune comme les portefeuilles fauves. Il a tendu de son bras libre son portefeuille chichement gonflé dans la direction de la cuisine.

— J't'lé montre, a-t-il crié dans le même ton qu'un chant campagnard chanté par des vieilles femmes enrouées.

Les ouvriers se levaient de table, se disaient bonsoir sans discrétion. La voix du sidi a été couverte. Il a recommencé :

— J't'lé montre. Donne du café.

La géante ne répondit pas et ne réapparut pas.

Dans le brouhaha des au revoir des pensionnaires à la semaine, le sidi a recouché son argent derrière sa blouse, a repris les paquets de portefeuilles à la table, il est sorti en malheureux énigmatique de ce café-restaurant.

Je suis du sexe féminin, mon sexe doit se taire, demeurer neutre, se vouloir faible, effacé dans une salle de douze hommes, douze puissances d'indifférence après le boire et le manger. Que pouvais-je faire ? Prendre la parole, attaquer la géante, les ouvriers... Je ne me délivre pas d'une éducation innée, de ma saloperie d'hérédité de bâtard, je ne m'en délivre pas surtout dans un cas de terrifiante injustice comme celui-ci. Je ne peux pas parler en public au-delà d'un auditeur, je ne peux pas m'imposer. Ma réclamation dès le début eût tourné à la clownerie. J'aurais pleuré sur moi-même en défendant l'homme qui avait de l'argent et qui ne pouvait pas manger. Je suis une femme seule donc à cause de cette fatale anomalie, je dois la fermer. J'ai moins droit à la parole qu'une femme accompagnée. La géante commandait dans son fief, les ouvriers se désintéressaient dans leur cadre... Je n'étais qu'une cliente de passage, la cliente d'un repas, celle qui se met sur le côté... Prendre la nourriture dans mon assiette, l'empaqueter, sortir derrière le colporteur, lui donner mes nourritures... Je n'oserais pas accoster parce que le sidi ne mendie pas, parce que le sidi est un homme comme les autres. Il a un sexe et peu de soupirantes.

Il faisait nuit. Une qui offre son pain à onze heures du soir dans un bourg assoupi, une qui se fait transporter en camionnette par des vendeurs de primeurs, une qui dîne seule à ce même onze heures du soir, qui allume d'une main sa cigarette entre deux plats, une qui a une frange de cheveux devant les yeux, une qui me donne son pain quand je ne lui demande rien, ce n'est pas catholique, se serait dit le sidi dans sa langue.

Il y a treize ans j'avais offert la flamme de mon briquet-torche à un sidi qui se reposait sur une borne de Cassis. Il prit la flamme, remercia. Je m'en allai dans une atmosphère de solution correcte. Mon geste gâcha quand même mes vacances. Des pêcheurs, des vieillards et des enfants qui avaient vu, retenu mon geste pendant qu'ils faisaient la criée des promenades en mer devant leur barque pavoisée m'appâtaient ensuite avec des clins d'œil, des coups de langue.

Cassis est petit. Je devais tourner souvent en rond dans leur voisinage. Je me moque de leur grivoiserie mais je ne leur pardonne pas leur mépris du sidi qu'ils avaient fait retomber sur ma personne. Que mon pays est arriéré, que son horizon est bouché par le sexe...

Touché du doigt les fentes des troncs de l'église de La Malène. Par enfantillage, par dilettantisme. Désiré une aiguille à tricoter trempée dans de la glu, désiré cela à autant de distance que le harpon dans les eaux du Pacifique. Indifférente à la promenade en barque, promenade dite des Détroits qui se fait à quatre, cinq touristes. Un pêcheur à l'avant, un pêcheur à l'arrière piquaient l'eau claire, les cailloux, le fond, la clarté du Tarn entre les rochers. Pêcheur à l'avant, pêcheur à l'arrière, prestige des gondoliers vus sur l'écran avec ma grand-mère quand j'avais sept ans. A son épouse qui lui demandait si c'était beau, l'époux nîmois a répondu ceci : « Moi, je promène. » A ce Nîmois qui demandait s'il pêchait la truite là où nous glissions, le pêcheur-conducteur a répondu : « Faudrait un papier avec un timbre qui colle... »

Arrivée dans les Gorges du Tarn. Je boude les points de vue, le grandiose. Les tandémistes roulent en levant la tête. Je regrette La Chaise-Dieu, Saint-Paulien, Allègre, je regrette mes sinistres marches. Les touristes farfouillent sur les routes entre les monstres de pierre comme nous farfouillons dans les grands magasins de quatre heures de l'après-midi. Je me console avec des coqs, des poulets dans un pré à proximité des Détroits, des tentes de campeurs. Je me console avec les animaux domestiques à qui je donne des miettes. J'ai été chassée par les Nîmois, leur déjeuner à dix mètres de mon arbre. Je cherche pendant deux heures mon tricot neuf qui a dû tomber de la barque dans l'eau. J'enrage. Les objets m'humilient lorsque je les perds et je suis dans la peau d'une vieille maîtresse abandonnée à l'improviste. A Paris, j'avais allongé mon bras vêtu de la manche de ce lainage dans la fumée de la Camel qu'elle consommait. J'avais insufflé ma foi à mon tricot qui conservait dans les mailles le parfum de la cigarette. Je l'aperçois, plié, intouchable, invisible aux autres, chiffon bleu marine sur un mur de pierre, à portée de la main de la vendeuse de cartes postales des Détroits de La Malène. Nous sommes des Bonaparte entraînant le souffle de la victoire sur le pont d'Arcole quand nous nous élançons vers la bricole que nous avions perdue. J'ai gagné ma journée, je l'ai vaincue lorsque je retrouve mon aiguille dans une des fentes de mon parquet.

Je marche vite, je prends de l'avance à mon itinéraire, je vole deux heures de sursis à la bourgade, à la salle à manger, à la chambre d'hôtel qui me font quotidiennement peur, dans lesquelles je devrais plonger aussi de mes gazons, de mes routes... mes routes trop rarement vicinales, trop rarement rajeunies... mes routes, mes rubans que je n'ai pas froissés quand j'ai passé... mes routes, mes baromètres infinis d'équilibre... mes routes, mes entraîneuses de néant salubre, mes chères crevasses de voyage, mes routes, mes festins que je foule, mes routes, mes sujets dont je suis la reine qu'ils ne reverront pas.

Madame je vous aimais, je vous aime pendant que je marche sur la route du causse Noir, sur la route de La Malène au Rozier. Je vous aime, je ne dévide pas mon cœur sur les routes. J'aime en baissant les yeux. Je ne regarde pas les arbres, je ne jette pas un coup d'œil aux haies, à la ronce. Je disparais sur les routes avec le floc pour vous entier dans mon sein, le floc livré déjà à l'éternité.

Je tiens à distance la ville, le lieu de villégiature, le hameau, le chef-lieu de département d'Autun, le centre d'excursions jusqu'à dix heures du soir. Je me repose en me faisant les griffes de ma timidité agressive, je lis et je découvre Michelet dont les raffinements, les nuances de bon sens m'émeuvent. Je le lis entre les rochers du Tarn, entre les rochers de sa stupéfiante documentation. Style féminin quant au style de sa sensibilité, érudition spécifiquement masculine. Michelet qui nous dit que Camille Desmoulins aimait Mirabeau comme on aime une maîtresse, Michelet aussi a d'abord aimé les malheureux de 89 comme on aime une maîtresse. L'historien est venu après.

Sur la route de La Malène au Rozier, il me dit ceci : « Chose douloureuse à penser, la femme, l'être relatif qui ne peut vivre qu'à deux, est plus souvent seule que l'homme. Lui, il trouve partout la société, se crée des rapports nouveaux. Elle, elle n'a rien sans la famille. »

Je suis tenaillée par l'envie absurde de monter dans

un avion, de joindre Michelet, de lui raconter mes histoires de sidi qu'il comprendrait. Trop de gonflement du cœur, trop de lyrisme à la brasse mais tout cela sauvé par la précision dans la documentation et à son tour la documentation amortie par la sensibilité de Michelet. Pas amant de l'Histoire, mais amant de ceux qui ont fait l'Histoire.

« Je vous répète que c'était un papillonneur », me dit la tenancière du café, gérante de la pompe à essence, fermière, vendeuse de lait, revendeuse du journal quand elle l'a lu, veuve du chauffeur de taxi et de l'entrepreneur d'excursions, mère d'un fils agriculteur de dix-neuf ans en maillot de corps à la prestance d'un de ces empereurs romains dont j'ai vu l'effigie grisaille dans mes livres de classe.

— Vous insinuez que c'était un chasseur, ai-je répondu.

— Oui, un coureur.

Notre conversation tournait à l'équivoque, cette équivoque que nous entassent des comparses pendant un changement de tableau sur une scène de music-hall.

— Vous prenez des détours, ai-je persévéré. Vous m'expliquez que c'était un coureur de jupons...

— Si vous voulez, a-t-elle cédé sans comprendre.

Nous dînions d'œufs et de nouilles dans la cuisine tandis que son fils, les ouvriers agricoles, à part dans la salle fêtaient la coupe des blés avec du lapin sauté, du gaillac, des tripes dorées.

— Un sacré papillonneur votre journaliste de Paris, a recommencé la grand-mère dont l'œil allumé espérait un duel.

— Comment faisait-il, ai-je soupiré, tandis que

lassée par notre fade repas de femmes j'enroulais le ruban de pâte autour de ma fourchette.

— Le jour, il repérait. La nuit...

La voix de la tenancière s'était perdue à l'intérieur d'une marmite en fonte. Nous attaquions enfin les restes succulents des mâles.

— La nuit, ai-je demandé, poussée par le démon de la banalité.

— La nuit... mais la nuit il courait, s'est-elle écriée, jetant les débris roses et blonds du lapin sur nos pâtes alimentaires, nous commandant de boire l'eau avant le vin rouge que la grand-mère avait tiré au tonneau.

— C'était un papillonneur qui courait jour et nuit, a dit la vieille aux gencives d'acier. Vous le connaissez ?

Le fils, hercule dînant en chapeau de paille, nous apportait le saladier odorant mais peu fourni : cinq feuilles de batavia dont ces messieurs ne voulaient plus. J'ai pris deux de ces feuilles vertes à cause de mon grade de cliente.

— Je ne le connais pas. Il y a des centaines et des centaines de journalistes, ai-je confessé. Dites son nom.

— Papillonniste, a tranché la tenancière. Nous ne savons pas autre chose sur lui. Nous ne lisons pas les fiches de nos pensionnaires...

La vieille femme qui s'était levée pour mieux entreprendre la marmite en fonte sur notre table nous distribua un oignon confit, un rognon végétal en nuage savoureux.

— Tu te trompes, a-t-elle dit avec sévérité. La femme du papillonniste s'appelait Amélina.

Elle a jeté la cuillère en plomb dans la casserole.

Nous avons suçoté le prénom et nos douceurs

personnelles parce que l'oignon fondant s'était épluché tout seul dans notre bouche.

— Papillonniste et marié, ai-je soupiré.

J'ai été punie dans l'instant : j'avalai l'oignon. Les hommes dans la salle ont mis en marche la radio dans ce même instant.

— Donnez-nous du gaillac, ai-je dit. Qu'on en finisse...

Je n'ai pas ajouté « qu'on en finisse avec la barricade des injustices entre la salle de café et la cuisine, entre le vin blanc moelleux des messieurs et le vin rouge en coup de trique des dames ».

— C'est deux cent cinquante francs, m'a dit la vieille.

Elle n'a pas ajouté non plus : « Nous ne vous prenons pas à la gorge, nous vous donnons du temps pour réfléchir. »

— Qu'on en finisse avec les coureurs de jupons, qu'on en finisse en trinquant, ai-je conclu.

— Puisque vous le voulez, débouchez, a dit la vieille.

J'ai joui de la présence glacée du col que ma main étranglait. Ces dames ont essuyé des verres de cérémonie.

— A la santé des coureurs de jupons, ai-je dit aimable.

J'ai levé mon verre, j'ai rencontré le leur.

— A la santé du papillonniste, a rectifié la veuve.

Elle a mis ses coudes sur la table. Nous avons décidé à trois, sans paroles, que nous boirions une autre gorgée de gaillac.

— Sa femme l'accompagnait partout, a-t-elle rêvé.

— Dis au moins Amélina, a commandé la vieille. Ils

sont partis, on peut les appeler par leur nom. Vous avez de la chance ce soir, a-t-elle sifflé. La radio... Il y a trois ans qu'on ne la touchait pas, la musique. A cause du veuvage...

— Ça commençait vers les dix heures, a enchaîné la fille. Tous les soirs à la même heure il nous disait : Je vous confie Amélina cinq minutes... Je ne serai pas long. Il montait dans leur chambre, votre chambre...

— Et puis nous, nous commençions la vaisselle, a dit la vieille, envieuse, rancunière. Mangez. Nous le faisons nous-même notre chèvre.

Le fils, pour ses compagnons de moisson, le fils coiffé de son chapeau de paille a pris sur un rayon plusieurs bouteilles de digestif, ce qui a attristé la mère et la fille.

— Je vous offrirai une liqueur douce à la fin du repas, ai-je avancé pour les consoler parce que je ne suis pas immunisée contre les picotements, les tiraillements d'avarice.

— Jamais, a déclaré la vieille. Je ne bois pas. Ma fille vous l'offrira, a-t-elle commandé le regard méchant dirigé sur l'autre.

— Vous fumez ? ai-je dit à la vieille à qui j'ai tendu mon paquet de gauloises vertes.

— Oh ! s'est exclamé la fille.

— Je fumerai quand je serai riche. Toi fais-le si tu veux. Je ne gaspille pas l'argent des autres...

— Je veux bien essayer, a dit la fille, mais le jour de mon mariage ça ne m'avait pas réussi.

— Qu'est-ce que tu vas nous chercher, a dit la mère qui circulait dans la cuisine. Tu es veuve maintenant. C'est fini.

Elle nous a tourné le dos, elle a abandonné des gâcheuses à leur gâchis.

— « Il montait dans leur chambre »... Vous le disiez tout à l'heure, ai-je rappelé. Vous ne voulez pas continuer ?

Le claquement de mon allumette l'avait emporté sur la voix du chanteur bellâtre dans le poste de radio.

— Tu seras malade et je ne te soignerai pas, a marmonné la mère.

Nous avons entendu le bruit du fœtus du marc de café jeté sur la pierre de leur évier par la vieille.

— Fumez... Deux bouffées, ai-je murmuré, mais fumez. Désobéissez, ai-je signifié avec un clignement d'yeux amical. Je vous en prie... « Il montait dans leur chambre »... Vous vous êtes arrêtée là.

La mère s'est assise en face de la fille.

— Montre-moi à quoi tu ressembles ? a-t-elle dit à celle qui fumait la gauloise verte sans gaucherie.

La fille a écrasé la cigarette dans son assiette.

— Ce que tu peux gâcher, a dit la mère. Raconte, la cliente le demande. La vaisselle des hommes à faire... Dans une demi-heure on monte. Raconte

— J'essuierai, ai-je dit. Laissez-la parler.

— Attendez que je reprenne mes esprits, a dit la fille grisée par le parfum de liberté dans une odeur de tabac. Il descendait toujours cinq minutes après de leur chambre avec le drap de leur lit plié sur son épaule. Le falot, il l'allumait dans la buanderie... pas devant nous. Il revenait dans notre cuisine, il portait tout.

— ... « Maintenant nous partons, Amélina, mais avant donne-moi ton bras. » C'est ce qu'il disait tous les soirs. Tu t'en souviens ?

La mère coupait la parole à sa fille, elle la questionnait par cruauté.

— Ce qu'il était gentil le papillonniste, avec toutes ses épingles de sûreté, a dit la veuve dont les coudes ont glissé sur la table.

Nous avions eu d'elle une Carmen mélancolique qui appuyait son menton sur ses poings.

— Elle n'était pas laide, elle n'était pas jolie... C'était sa femme. Elle le suivait partout, a dit la veuve.

— Où allaient-ils ?

J'ai craint que mon filet de voix anéantît le récit.

— A Capeluc, a répondu la mère.

— A Montpellier-le-Vieux aussi, a répondu la fille.

— C'est loin ?

— Capeluc, c'est la montagne à une heure de marche d'ici a dit la mère.

— Montpellier-le-Vieux à trois heures de marche par les raccourcis. Le papillonniste les connaissait mieux que nous les raccourcis, s'est extasiée la fille.

Le fils de dix-neuf ans, bronzé, musclé, toujours coiffé de son chapeau de paille, la nudité découpée dans son maillot de corps a surgi :

— Je veux le marc.

La vieille lui a obéi.

— Quand ils arrivaient de la montagne...

— Bras dessus, bras dessous, a crié de l'arrière-cuisine la mère, en guise de parenthèse sadique.

— Le papillonniste jetait le drap blanc par terre.

— Et il mettait le falot au milieu pardi, a chantonné le fils qui attendait de sa grand-mère une bouteille de marc. Tu lui racontes ça ? Raconte-lui l'histoire de l'Autrichien qui portait le bois à la place de son cheval... Je me sers, a-t-il dit.

Il a allumé une de mes cigarettes à la cigarette que je tenais.

— Il faut que tu voies au mulet. Ne bois pas, mon fils, lui a dit la vieille. Elle a couché sur ses bras une bouteille enveloppée dans du papier de soie. Verse, mais toi ne bois pas.

— Je boirai autant que je voudrai, a-t-il dit. Il l'a démunie, il nous a saluées avec son chapeau de paille qu'il a remis sur sa tête ronde d'empereur.

— Je vous sers la liqueur ? nous a demandé la vieille douloureusement avare.

— Servez, ai-je dit pour sa fille.

— Dis-lui ce qu'il lui disait, a commandé la vieille. Dis-lui ce que le papillonniste disait à Amélina quand le drap était ouvert, quand le falot était au milieu du drap...

— Amenez un autre tire-bouchon ! a crié le fils, le chef de famille.

La vieille lui a porté l'outil quand elle a eu fini de mettre le désordre dans un tiroir.

— Je ne me souviens plus, a gémi la veuve.

— Je crois que ce récit vous peine. Ne continuez pas, lui ai-je conseillé. Ne vous souvenez pas...

J'ai versé la liqueur dans nos verres. J'ai vu qu'une lumière d'abat-jour rose lui montait du ventre jusqu'à la tête.

— Oh si, je me souviens, s'est-elle exclamée, en aïeule qui rajeunit. Tout me revient... Quand tout était prêt, il cachait sa femme derrière un mélèze, je vous parle de ça quand c'était à Montpellier-le-Vieux... Il ouvrait ses épingles de sûreté, il l'embrassait. Vous devinez où. Il la prenait par la taille, il la serrait, il la serrait... C'était elle qui nous le racontait le lendemain matin. Maintenant je l'entends comme si c'était hier.

— ... « Amélina ne respire pas. Je t'entends respirer. Si tu respires ça ne réussira pas. Taisons-nous. Ne respire pas. » Il était toqué votre journaliste de Paris.

La vieille les yeux ouverts, la bouteille de marc reprise à son petit-fils récitait en grotesque, en sphinx de la méchanceté, le récitait droit dans les yeux de sa fille.

— Tu cries, a dit la fille. Le papillonniste ne criait pas. Il lui disait sans crier comme toi : Je ne vois rien mais ils viennent. Ne respire pas. Ils viennent. Sa femme nous le racontait le lendemain.

La veuve a fermé les yeux, la vieille a jeté la casserole d'eau réduite en vapeur sur la cuisinière.

— Tu m'as fait peur, a dit la veuve à sa mère. Je suis tout engourdie. Amélina nous racontait le lendemain matin que...

La veuve nous a versé un autre verre de liqueur pendant que la vieille trafiquait avec ses seaux dans l'arrière-cuisine.

— ...Que son mari lui secouait la main, pâlissait quand le premier papillon commençait...

— A centrer son vol autour du falot.

— Si vous voulez. Il en venait de toutes les races. Des bleus, des gris, des gris avec des points bleus, des bleus avec des points or. Je me le demande pourquoi il se cachait avec sa femme. Le papillon, ça ne craint personne.

— ... Pour tenir sa femme serrée derrière quelque chose, a dit la vieille revenue parmi nous.

— Quand il y avait foule il rabattait le drap votre papillonniste, a crié de la salle le fils.

Nous nous sommes aperçues qu'il avait fermé le poste de radio. Les moissonneurs ont recommencé de bavarder dans la fumée de tabac. Il y a eu un essaim de chaleur humaine dans la salle à côté.

— Après il allait vite en besogne, a ricané la vieille. Les plus beaux il les piquait tout de suite avec ses épingles. J'ai vu ça de près dans leur chambre. Ça vivotait, ça tremblotait sur les planches, sur les murs...

— C'était un collectionneur. Ah ! que c'était un collectionneur, a répété la veuve. Je faisais leur chambre tous les jours et tous les jours...

— Tu nous l'as assez dit, a tranché la vieille. Tu ne touchais pas aux épingles de sûreté, à la poussière sur la taie d'oreiller, sur le tapis de leur table de nuit... Tu ne faisais plus le ménage.

— De la poussière de papillon ?

— Oui. Je te dépiquais ça, je te repiquais ça quand ça ne mourait pas assez vite, a expliqué la vieille.

— A quelle heure rentraient-ils ?

— Deux heures, trois heures du matin si c'était Capeluc... Quatre heures... Ils ne se quittaient pas. Je vous l'ai dit au commencement. Mais il faut que j'aide.

— Porte le café dans la salle, a dit la vieille.

Elle a rassemblé la vaisselle malpropre.

— Votre fille admirait le papillonniste ? ai-je risqué.

— « Admirait » ? m'a repris la mère. C'est tout ce que vous trouvez ? Mon gendre en est mort. Je ne lui pardonnerai jamais.

— Pardonnerez pas à qui ?

— A ma fille.

La vieille qui raclait avec ses ongles des restes dans une casserole est venue avec le récipient. Elle m'a dit à l'oreille :

— C'est lui qui a miné mon gendre.

J'ai dit oui avec la tête. Le fils était revenu avec sa mère :

— Je veux le marc. Tu me l'as enlevé.

La vieille qui a abandonné la vaisselle lui a obéi vite.

— Coucher... Va te coucher. Va te coucher, a commandé le jeune chef de famille à la vieille.

La vieille a déposé la loque mouillée d'eau au fond du seau à lait qu'elle essuyait. Nous ne lui avons pas dit bonsoir quand elle est partie.

— Vous l'admiriez, ai-je risqué une deuxième fois en le demandant à la fille.

J'attendais d'elle une assiette pour le torchon.

— Moi, moi, moi, a-t-elle répété. Moi ?

L'eau, la vaisselle malpropre des moissonneurs dedans ont valsé sous la lavette.

— Je le regardais, a-t-elle soupiré. Il les rangeait par couleur, par grandeur. Il les mettait sur des lignes... Sur des planches...

Elle m'a donné une assiette à essuyer.

— Nous avons eu aussi le fleuriste. Celui-là ne trouvait pas grand-chose...

Les moissonneurs se levaient de table. Nous avons entendu le bruit nourri des clous de leurs souliers sur le carrelage. La veuve a sorti de l'eau, secoué une assiette lavée avant de me la donner...

— Il disait que son chardon il le trouverait à Capeluc. Il ne l'a pas trouvé pourtant il l'a cherché la fleur, le fleuriste...

Elle m'a donné un paquet de fourchettes et cuillères à sécher.

— Peut-être qu'il n'existait pas son chardon, a-t-elle réfléchi.

— Peut-être qu'il ne l'a pas cherché assez longtemps, ai-je remarqué parce que je m'étais mise à vivoter comme elle dans un peu de chloroforme.

La veuve a remué les couteaux dans la bassine d'eau bouillante. Nous nous sommes réveillées.

— Deux mois, a-t-elle annoncé, deux mois ça fait du temps pour chercher.

C'est avec de la volonté qu'elle m'a tendu le paquet de couteaux à essuyer. Nous avons entendu le bruit plus nourri des souliers à clous des moissonneurs qui se dispersaient sur les pavés des rues.

— A la fin, est-ce qu'il était triste ?

Je parlais en m'endormant, en essuyant des tranchants.

— Quand il est parti, il était désappointé.

Le mot exact, juste, savant, nuancé qu'elle avait cueilli dans le champ de son ignorance m'a enchantée. Elle l'avait dit avec superbe. Un fleuriste n'est pas un papillonniste.

— C'était du chardon rare, a-t-elle recommencé, compatissante éphémère pour le fleuriste disparu. Du beige avec du coton au milieu... Il nous le montrait mais il ne l'a pas trouvé.

Le fils nous a offert du marc à onze heures du soir, lorsque la cuisine en ordre a ressemblé à un musée avec des objets dont on se sert.

— Si vous croyez tout ce qu'elle vous raconte... Je me sers ?

— Servez-vous. Je le crois. Je la crois.

— Voyons sale fils, a dit la mère orgueilleuse. Tiens-toi, tais-toi. Oh, non. J'ai fumé tout à l'heure.

La vieille qui dormait ne perdait pas à distance son autorité.

— Demain vous irez à Capeluc, m'a dit la veuve.

Vous verrez en haut la maison de la femme de l'Autrichien. C'est une Parisienne toute seule avec sa petite fille, son poste de radio et son âne. Vous verrez. Il n'y a qu'elle tout en haut... On frappe.

— On frappe, a dit le fils en chapeau de paille. Il a ouvert la porte.

— Est-ce que vous servez à cette heure-ci, a demandé une jeune femme de la ville dont on ne voyait que le visage intelligent au-dessous du visage bronzé du jeune homme.

C'était une de leurs connaissances. La veuve nous a présentées l'une à l'autre avec beaucoup d'application, de savoir-vivre dans l'intention, le désir de nous réunir tout de suite.

— Servez-vous, a dit le fils qui lui a tendu mon paquet de cigarettes. Venez avec nous.

La dame vêtue de rose et de mauve m'a remerciée.

— Venez un instant, a dit la veuve. Elle m'a entraînée dans un coin : C'est une artiste... C'est une accordéoniste. Elle joue à Nice...

L'explication avait été voyante.

— Que signifie Capeluc, ai-je dit en reprenant ma place à la veillée.

— Capeluc, c'est Seigneur, a répondu le fils.

— Si c'était possible, a commencé la dame. Elle a secoué les deux stores de cheveux ondulés. Si c'était possible, je me rafraîchirais volontiers avec un quarante-cinq degrés.

La veuve est partie le chercher dans l'arrière-cuisine.

— On lui parlait de l'Autrichien, a dit le fils. Quand il est arrivé au pays, tout le monde lui donnait quelque chose.

— Je lui avais acheté des souliers, un pantalon, a crié la veuve. Il nous était venu en va-nu-pieds... mon fils le sait mieux que moi tout ça.

— Je ne l'ai pas connu, a dit la dame avec mesure, avec regret.

— Tout le monde lui faisait la charité, s'est souvenue la veuve qui avançait dans la cuisine en tenant la bouteille par le tire-bouchon enfoncé dedans.

— Tout le monde lui faisait la charité. Il était noble, a dit le fils.

— Avec une particule ? ai-je demandé.

— Un noble autrichien, s'est impatienté le fils.

— Pour ce soir, la glace est finie, a dit la veuve.

— Je le préfère sans glace, a concilié la dame. Elle a rejeté ses stores soyeux sur ses tempes. Vous savez que je fuis l'eau. Il paraît que le père avait eu des mines d'or, a-t-elle insinué en demandant de la protection pour sa science douteuse.

Le fils, qui semblait l'avoir fait pour sa mère dès qu'il avait eu les reins solides dans son moïse, a débouché la bouteille d'apéritif sans qu'elle ait eu à lui dire un mot. Complicité dans la nuit des temps entre l'homme fort et la femme qui se croit faible. Le goulot délivré du bouchon délivrait la jeune dame. Elle souriait.

Le fils a bu du marc au-dessous de son chapeau de paille.

— L'Autrichien travaillait à la mine, mais il n'y a pas de mine d'or là-dedans. Je me sers ?

— Servez-vous. J'en ai un second paquet.

— Un double, a dit la dame à la veuve. Elle a levé la tête, elle a regardé avec tendresse celle qui lui versait du Ricard, qui emplissait d'abord la mesure sur le bouchon. Il me semblait que c'était une mauvaise invention des commerçants, cette cornue minuscule, juste.

— Je verse l'eau ? a dit la veuve.

— Vous êtes trop gentille. Je me servirai. Je préfère me servir...

Elle a arraché la faïence des mains de la veuve, elle n'a pas versé beaucoup d'eau dans le verre.

Nous avons regardé ce qu'elle faisait.

— Si j'ai confondu les mines, je m'excuse, a-t-elle dit au fils. Mais sa maladie c'est bien à la Légion qu'il la attrapée ?...

La dame au décolleté abondant a bu deux gorgées de suite pas par déformation de buveuse professionnelle. Par déférence, par détachement envers la réalité et l'irréalité des mines d'or.

— Ne parlez pas de maladie, a dit la veuve.

— Il est mort. C'est permis, a murmuré la dame aux épaules et aux genoux ronds. Elle nous a offert une Balto.

Le fils, qui a mis d'abord sa cigarette à la caisse d'épargne entre sa cervelle et le pavillon de l'oreille, a frappé la table avec son poing, mais il n'a pas frappé avec spontanéité.

— Qu'est-ce que tu veux nous dire ? a demandé la veuve.

Le fils s'est levé pour gonfler.

— Je veux vous dire... Je veux vous dire...

La dame m'a regardée. Nous nous sommes créé une famille avec nos regards.

L'adolescent debout, écarlate, gonflé, furieux, en chapeau de paille, faisait son enfant comme le fait une femme.

— ... Que je la sais l'histoire de l'Autrichien, que je la sais mieux que vous.

Il s'est assis, délivré.

La dame a remis un peu d'eau dans son verre.

— Je te l'ai racontée assez, a dit avec sécheresse la veuve.

— Tu ne m'as rien appris. Qu'est-ce que tu pourrais bien m'apprendre, toi, a ricané le fils. Je le sais. C'est comme ça.

— J'ai eu le tort de m'en mêler, s'est accusée la dame. Elle a redessiné les caractères imprimés sur le pichet, elle a, avec un doigt, écrit le nom de ce qu'elle buvait.

— Y'en a pas dix, y'en a qu'un qui la connaît la vie de l'Autrichien. Y'en a qu'un qui lui parlait au Rozier.

— C'était toi, a dit la mère fatiguée.

— Donc il aurait chipé sa tuberculose à la mine, a dit espiègle, pimpante, renseignée, étourdie, trop vivace, la dame accordéoniste.

Le fils a fait glisser son chapeau de paille en arrière, se préparant à mépriser, méprisant droit dans les yeux de la dame dont le doigt demeurait coi sur le pichet.

— Vous vous voyez le cadet d'une famille noble, d'un noble avant la guerre, vous vous voyez le fils d'un père ruiné ? Vous vous voyez, vous, à la mine ?

— J'ai travaillé jeune, a opposé la dame. Elle a gratté avec l'ongle et par maintien la pastille rose sur sa robe mauve.

— Qu'est-ce que vous allez comparer là, a dit le fils qui a remis son chapeau de paille en avant. Vous ne savez pas que la musique et la mine ça fait de la différence ?

— J'étais repasseuse... Je n'ai pas toujours été

accordéoniste, a dit la dame. Elle a bu une gorgée d'alcool en me regardant, moi, l'habitante du pays tout en bouffées de chaleur des repasseuses. J'ai appris le solfège beaucoup plus tard, nous a-t-elle confié.

— Qu'est-ce que vous allez encore comparer, a dit le fils dont la sévérité envers l'accordéoniste montait. Une repasseuse...

— Fais attention à ce que tu dis, a dit la veuve absente. Elle regardait partout dans la cuisine, guettant et souhaitant sans doute le vol d'un problématique papillon ressuscité.

— Une repasseuse et un noble ruiné, y a qu'une femme pour comparer ça. Il est allé à la Légion, mais ce n'est pas elle qui l'a rendu malade. C'est la mine, il me l'a dit. Ne cherchez pas des inventions.

— Il aurait dû se faire navigateur comme Armand, a dit la dame qui a regardé la veuve parce que la veuve en connaissait plus long sur Armand que le fils et moi-même.

— Armand ? Le vôtre ? a-t-il demandé avec dédain.

— Voyons, a grondé la mère qui s'assoupissait.

— Il dit vrai, a remarqué la dame. Le mien.

— Armand, ce n'est pas un noble. C'est un mécanicien.

— C'est un mulâtre, a dit la dame, apothéose de féminité.

— Tu fatigues le monde, a dit la veuve qui se rendormait en écoutant.

— Ne dors pas, j'en ai besoin, a dit le fils à sa mère. Dis-nous si c'est après la Légion ou bien après la mine que l'Autrichien a rencontré la jeune fille dans le square. Là, je confonds toujours.

La dame a bousculé le mollet de laine noire de la

veuve. Elle ne s'est pas excusée par crainte d'éveiller l'autre tout à fait. Vous fumez, m'a-t-elle demandé en me tendant son paquet de Balto. C'était de sa part timidité, galanterie plutôt qu'étourderie.

— Je me sers, a dit l'adolescent.

Il a barré la route, il s'est servi le premier.

— Je vous en prie, a dit la dame qui est venue me trouver avec son paquet sous mon visage. Il y a trois jours que je suis sans nouvelles, a-t-elle soupiré.

— Debout les morts! a crié le fils.

— Tu ne m'as pas fait peur. Je ne dormais pas, a murmuré la veuve. Elle a tendu son bas de laine sur son mollet. Tu me parlais, je te parle : la jeune fille du square, il aurait fait sa connaissance quand le mal empirait. Après la Légion, il lui a plu à cause du même mal qu'elle.

— Je sais maintenant, a dit le fils. Il a regardé le navire doré sur le paquet de Balto.

— Ça vous fait penser à Armand? a demandé la dame accordéoniste. Elle a repris son paquet de cigarettes à l'adolescent, elle a regardé le navire à l'endroit et à l'envers.

— Je crois plutôt que Monsieur réfléchissait au monsieur autrichien, au blason du paquet, ai-je lancé sur le marché aux sentiments.

La dame accordéoniste a semblé faire une découverte en me développant des pieds à la tête.

— Ce que vous devinez, ce que vous devinez juste, s'est exclamé le fils.

— C'était votre ami? ai-je questionné.

— Vous devinez tout.

Il a ri sans gaieté.

— Mon seul ami ! a-t-il laissé tomber en innocent, en passionné résigné, en veuf.

— Il le suivait partout, a dit la mère qui s'était rendormie dans un monde d'où on entend tout.

La dame accordéoniste nous considérait, le fils et moi-même, comme si nous étions deux terribles joueurs d'échecs.

— Du jour où il a connu cette fille sur un banc, il a été fichu.

— Qu'est-ce que tu nous racontes encore, a dit la veuve aux yeux fermés. Il faut que tu dises ça chaque fois. Tu sais ce qu'il me disait, à moi, l'Autrichien, à moi, dans cette cuisine ?

— Je ne voudrais pas vous déranger...

— Dites vite, a commandé le fils à l'accordéoniste. Qu'est-ce que vous voulez ?

— Je ne voudrais pas vous déranger... Mais je voudrais un autre verre. Un double, naturellement.

— ... pendant que je lui battais son jeune d'œuf dans son lait.

L'adolescent a soulevé les épaules.

— Donne ce qu'on te demande, a-t-il commandé. Il savait boire aussi de la gniole, et de la forte, l'Autrichien. Toi tu as la manie de pouponner. Dis-lui ce qu'il te disait.

— Quand j'aurai servi, a répondu la mère.

La dame accordéoniste n'avait pas coupé la parole par fragilité d'éducation mais par apeurement, par désir encore de conciliation, loin des déchirements sans ponctuation du fils de la maison.

— Maintenant que tu as versé, tu peux parler. Je le sais ce que tu vas dire. Rengaine, rengaine... Encore la même rengaine.

L'adolescent attaché à un étranger, à un noble, à un miné, à un mineur, à une légionnaire, à un malade, à un mort, a provoqué sa mère, l'a empêchée de parler tout de suite parce qu'il a eu besoin, par un regard perçant, d'imposer, d'exposer son cœur à sa mère, mais de l'exposer tant et avec tant de raideur que c'était une obscénité dans du silence. La veuve a rendu regard pour regard à son fils lui mettant des papillons noirs, en fer forgé, plein la vue. C'était entre mère et fils un duel pour des hommes qu'ils n'avaient pas eus.

— Armand est vigoureux, a dit la dame dont la gaffe a été une divine intention de diversion.

— Il me disait, a commencé la mère, il me l'a répété cent fois...

— Mille fois, a dit le fils.

— ... « Il n'y a qu'un malade qui peut aimer à s'en rendre malade un autre malade. » C'est tout. Non, ce n'est pas tout. C'est grâce au père de la jeune fille, quand elle a été morte, que l'Autrichien a vu sa pension s'augmenter de cent pour cent. Elle était venue ici, à Capeluc, avec lui en tout bien tout honneur. Elle était lasse des sanas et son père ne savait qu'en faire...

— Encore une jolie saleté comme député... Elle traînait dans le square avec ce qu'elle avait... C'est criminel, c'est sans cervelle.

— Il s'en était chargé et comme le père était député... il a été reconnaissant. Je me mets à sa place, a ajouté la veuve excitée. On vous l'a dit : elle ne voulait pas rentrer dans les sanas et son père ne savait pas où il la mettrait...

— Elle repose ici ?

— Dans notre cimetière.

— J'aurai des nouvelles d'Armand demain, a déclaré la dame accordéoniste, foncièrement optimiste. Elle a fait sauter de son corsage rose et mauve la cendre de cigarette, dernière parcelle du souvenir de la jeune fille dont nous parlions.

— Dans notre cimetière... avec l'Autrichien, côte à côte. C'est sa femme qui l'a exigé. On vous l'a dit : la femme qui vit toute seule avec l'âne et sa petite fille, la femme qui l'a fait enterrer à côté de la jeune fille que son mari aimait.

— La petite fille, ils l'ont eue après la mort de la jeune fille, m'a dit la dame accordéoniste.

— C'est un ange, me suis-je exclamée.

— On ne sait pas ce que c'est, a ronchonné le fils atteint, martyrisé par trop de souvenirs. Elle cherche du bois dans la montagne avec son âne et son enfant... C'est une Parisienne mais elle a du cran. Est-ce que vous m'en donnez une, a-t-il dit en allongeant son bras du côté des Balto ?

La dame accordéoniste a secoué son paquet de cigarettes. Ainsi la prise a été plus commode pour le demandeur.

— Il me semble que, dans cette histoire, vous avez davantage d'indulgence pour la femme légitime que pour la jeune fille, ai-je dit au fils toujours en chapeau de paille.

— Ce n'est pas une histoire, a dit l'adolescent au sentiment consciencieux. La femme, elle, elle n'était pas malade mais la jeune fille, elle, elle le contaminait.

— Qu'est-ce que tu nous racontes encore, a presque chantonné la veuve qui se rendormait. « Elle le contaminait... » C'était fait. Son haleine et la sienne, c'était pareil, mon pauvre enfant... Deux poitrinaires ensemble, quel mal veux-tu que ça se fasse ?

— Je vous laisse, a dit l'accordéoniste. C'est l'heure où j'écris à mon navigateur.

Elle était partie dans un bonsoir général, abandonnant ses cigarettes. « Je la connais, m'a dit la veuve, elle paie le lendemain, c'est son habitude. »

— Tu n'empêcheras pas ça, a dit le fils courroucé. Tu as beau être malade autant que l'autre, y'en a toujours un qui fait plus de mal à l'autre. Elle n'aurait pas dû venir là. Elle lui a donné sa maladie. Je ne changerai pas d'idée : l'air est sain à Capeluc. Il ne serait pas mort maintenant si elle ne s'était pas installée aussi dans le même air que lui.

— Il l'aimait. Tu n'y peux rien, a dit la veuve.

— Il l'aimait ! a repris le fils qui fumait comme on s'enivre quand on n'a pas soif. Il l'aimait ! Il aimait aussi son cheval.

— Tu l'as assez critiqué ! On aurait cru que tu étais jaloux de son pur-sang.

— Je le critiquais, s'est interrogé le fils. Il vivait à ce moment-là, a dit l'adolescent, avec de la tendresse lointaine. Si tu l'avais vu suer comme je l'ai vu suer pour son Monsieur. Il promenait Monsieur par la bride... Il courait quand Monsieur courait.

— Ce qu'il vous explique est vrai, a murmuré la veuve navrée. Son cheval l'épuisait.

— ... Il ramenait Monsieur à domicile quand Monsieur le voulait. Tu crois, m'an, qu'il se reposait ?

— Je sais tout ça, a dit la mère proche de son fils qui souffrait.

— ... Il redescendait et là... et là il chargeait le foin sur son dos qu'il montait pendant des cinq, six voyages... de quoi vous crever un homme pendant que le cheval bouffait.

— Tu vois, mon fils, ce n'est pas qu'elle, le cheval aussi...

— C'est surtout cette fille, a dit l'adolescent.

— Montre-lui ton mulet avant de te coucher, a dit la mère, sa consolatrice.

— Quelle bonne idée, ai-je dit à la mère et au fils. Si vous saviez comme je me plais dans les étables.

Je me suis calmée parce qu'ils m'observaient.

La veuve a apporté le falot du papillonniste qu'elle a allumé avec aisance.

— C'est à un petit kilomètre, a dit le fils, même pas. Six cents mètres... Vous venez ?

J'ai ouvert la porte du café, mais la nuit du dehors n'a pas voulu de cet hospice éclairé que je lui avais offert dans une cuisine. La nuit craint les portes trop sociables.

Nous allions dans les prés, les montagnes du Rozier, nous marchions sur la rivière, sur la cime des monts renversés puisqu'ils s'étaient laissé effacer. La route avait été mélangée aux surfaces noires.

— Qui est cette dame qui a fait soirée avec nous ? ai-je demandé au fils.

Nous avons traversé un pont, nous nous sommes engagés dans la nuit intense des campagnes.

— Une musicienne. Avec mon vélo je serais déjà arrivé, a dit le fils à voix haute.

— Et Armand ?

— Un mulâtre, un mécanicien.

— Vit-elle ici toute l'année ?

— C'est une estivante. Armand lui a prêté sa maison.

— Armand est-il marié ?

— Non.

— Et elle ?

— Non plus. Ils ont fait connaissance quand elle jouait de l'accordéon.

Je me suis tue. Un adolescent ne s'intéresse pas à trente-six personnes. Un adolescent dont le cœur et l'esprit sont assiégés par le souvenir d'un ami s'enferme. Nous avons marché chacun pour soi, chaleureusement séparés.

— Mais... c'est un cheval.

— C'est un mulet, a-t-il dit dans l'étable et l'écurie impeccables.

Le fils a vérifié la mangeoire, la tête de l'animal. Il a flatté le flanc brillant, il a fait ruisseler la paille fraîche avec sa fourche entre les pattes de ses bêtes.

— Un mulet ? Grand, fort et beau comme il est ?

C'était une bête magnifique qu'un marchand de bestiaux eût confondue de loin avec un étalon un peu moins haut sur pattes que les autres. La vie dardait dans sa robe. L'adolescent a soulevé son chapeau de paille, enfermé dedans une mouche immobile sur le flanc du mulet.

— Il n'y a pas de secret. Je le soigne, a-t-il déclaré. Il a remis son chapeau de paille sur sa tête.

Nous avons regardé les vaches, le mulet, nous avons été dépassés par la masse de tranquillité des bêtes.

— Après sa mort, pourquoi ne l'avez-vous pas acheté, le cheval de l'Autrichien ?

L'adolescent séparait le foin dans la mangeoire des vaches.

— La femme l'a vendu pour une misère... C'était

pas une bête pour une ferme, a-t-il conclu. Tout va bien. Faut repartir, maintenant. Vous êtes peureuse ?

— Oui et non.

Les vaches nous regardaient. Dans leur œil, pesait leur poids.

— Si vous n'êtes pas peureuse, je vous donnerai le falot. C'est toujours tout droit, jusqu'à la maison. Vous vous en irez toute seule. Faut pas fumer ici.

Les vaches ont détourné la tête avec majesté.

— Je n'ai pas peur, mais... mais vous ?

— Je ferai ma nuit ici, a dit l'adolescent.

Il a couru sur les échelons d'une échelle penchée, il s'est hissé dans un trou au plafond de l'étable, il a lancé, robuste et invisible, une botte de paille à mes pieds et la paille meurtrie par la pierre m'a faire croire à la sonorité, à la résonance d'une gerbe de caresses simultanées sur son corps.

L'adolescent, qui avait réapparu en chapeau de paille, répartissait sa litière à côté de celle du mulet.

— A demain, a-t-il dit quand il s'est relevé.

Il m'a donné le falot dont la poignée de fer rouillé a contenté ma main, il a cru que j'étais partie. Dans le froid vert des campagnes, à minuit, par la fente de la porte de l'écurie, j'ai vu l'adolescent s'écrouler à plat ventre sur la litière. La chute avait été définitive. Une mort envoyée par un peloton d'exécution à un jeune homme coiffé d'un chapeau de paille.

Il est onze heures du matin. J'ai commencé d'écrire à minuit et demi, de raconter mot à mot aux pages de mon cahier ce que j'ai vu, entendu, deviné, compris dans une cuisine et dans une écurie du Rozier. Qu'il est grisant de renseigner du papier blanc jusqu'à perte d'haleine... J'écris dans la chambre du papillonniste, à la table du papillonniste, sur le tapis du papillonniste.

Je tremperais volontiers la pointe de mon crayon à bille dans la poussière d'or, blanche ou bleue des papillons du papillonniste. Je suis sous les toits, enlevée aux cars, aux autos, à la chaîne des panoramas, au Syndicat d'Initiative. J'entends le fils, la mère, la vieille pendant que je n'abandonne pas le fils, la mère d'hier soir. Je regarde ce que j'ai vu, j'écoute ce que j'ai entendu pendant que je fais mon rapport en dialogues. Le fils qui crie dans la salle, la mère dans la cuisine qui lui répond, la vieille, de la rue, qui les appelle, sont mes cadavres qui vivent dans chaque sarcophage des lettres de l'alphabet que j'ai tracées pour eux de minuit et demi à onze heures du matin. Je les ai trahis, je les ai fixés sur mon papier. Ils croient que je dors, que je m'offre un gala de sommeil. Je suis la rapporteuse, la renifleuse qui n'a pas perdu une seconde. Je ne supprimerai pas ce que j'ai écrit puisque j'apprends à affronter mes actes. L'écriture est acte de faible, de velléitaire. J'ai fait du sale travail. Je n'ai pas pris ce qu'ils m'ont donné : j'ai exploité leur don. J'ai vu à la soirée d'hier une femme qui n'écrit pas, j'ai vu comment se comportait l'accordéoniste tournée vers son navigateur et vers elle-même. Que cette égoïste a de la grâce... Je suis pour l'homosexualité masculine, je suis pour mes déformations de naissance, pour des déformations qui m'ont précédée avant ma naissance. Mon père — dont je me désintéresse, qui n'a été pour moi qu'un jet de sperme, qui ne s'est voulu que cela après ma naissance — se serait complu dans un cercle de professeurs lesbiennes. Ma mère que j'ai aimée à l'âge de quatre ans — qui a été ma première passion — a détourné et brisé mon instinct en me mettant en garde contre le sexe parce qu'elle avait eu un grand malheur personnel. Elle m'a retirée du monde, de l'amour productif et de la reproduction insouciante quand j'avais huit ans. La description qu'elle m'a faite des dangers du sexe vaut celle du monstre de l'Apocalypse. J'ai eu peur définitivement. Je l'aimais : je l'ai trop écoutée. Je ne l'accable pas. Elle a été plus qu'une humiliée : un cas. Elle a réussi à me séparer de la société. Elle a sapé le gazon de la sécurité sous mes pieds de petite fille de huit ans. Elle m'a chargée de sa défaite. Les enfants qui n'ont pas la charge que j'ai eue se tournent vers les vieillards. Je me suis tournée vers ma grand-mère, je l'ai aimée du matin au soir comme un enfant aime Jésus. Ma grand-mère a été mon petit Jésus. Je ne me détourne pas du récit que j'ai écrit la nuit dernière, ce matin. Au contraire. Je cherche pourquoi j'ai trouvé plus passionnant que les autres le jeune fermier dont le premier amour aura été inspiré par un Autrichien. Je cherche pourquoi j'ai effacé les autres dès que j'ai eu deviné la force d'amitié amoureuse d'un homme pour un autre. Midi. Je ne me suis pas déshabillée, je n'ai pas récupéré le quotidien dans le petit déjeuner que j'ai refusé à travers la porte. C'est comme un grand malheur qui aurait fondu sur moi, qui me ferait vivre des jours et des jours, des nuits et des nuits sans que je pense à me reposer. C'est encore le roman de cet adolescent qui m'a mise dans cet état. La sonnerie de midi, celle de minuit sont universellement délivrantes.

J'ai faim à Singapour, j'ai sommeil à Oslo. Je ferme mon cahier, je le cacherai.

Je suis montée à Capeluc après le déjeuner. Le fils mangeait aux champs, la mère, la fille se vouaient à la pompe à essence, aux vaches, au représentant d'apéritifs, au bénéfice. La mère, la fille me méprisent et le fils me méprisera quand elles lui raconteront que je suis sortie de ma chambre à midi et demi. J'ai emmené mon cahier parce que je me méfie des paysans. Ils sont tous des curieux, des convoiteurs. Il faisait chaud, chaud à en gémir de chaleur pendant la montée du Rozier à Capeluc, par un chemin muletier. Il faisait trop de vent, trop de fraîcheur quand je suis arrivée, quand je me suis tapie au-dessous d'une avancée de rochers. La maison de l'Autrichien est sur la pente comme une cheminée sur le côté d'un triangle figurant le toit d'une habitation dessinée par un enfant. La femme qui a fait enterrer son mari à côté de la jeune fille qu'il avait aimée vit dans cette cabane de pierre avec son âne et sa fille. Pas longtemps. Cette Jeanne d'Arc sans cuirasse, sans épée, dont le cœur est armé, déposera la petite fille dans une pension, cherchera dans une ville l'argent pour cette pension. Le village attend cela d'elle. Son âne est retenu, sa maison rejetée. Je n'oublierai pas ce caractère que je ne connais pas, que je ne connaîtrai pas. Je pense à vous, Madame. Je ne me défais pas de vous, je ne me défais pas d'eux. La mère aimait le papillonniste. Le fils aimait le noble, le noble aimait la jeune fille, l'épouse aimait l'époux autrichien. Nous ne frappons pas à la même porte, pourtant nous nous trompons tous de numéro... Je pense à vous, je pense à eux, Madame. Je le dis à voix haute à l'ombre sous mon rocher de

Capeluc. Madame : ce mot est l'auréole de mes silences pendant votre absence.

Ma grand-mère, ma folie. Je l'ai tant adorée, avec tant de gravité, de confiance jusqu'au délire... Je l'ai aimée parce que sa longue robe noire ressemblait à une soutane, parce que la soutane est une robe d'homme, parce que les hommes en robe ont un sexe qui a disparu dans l'ampleur de l'étoffe, parce que ma grand-mère était longue, plate comme un prêtre, parce que je croyais qu'un prêtre n'était pas un homme. Craignant ma mère qui me séparait d'avance des autres en me décrivant des monstres, craignant ces monstres, je me suis tournée vers celle qui ne ressemblait ni à un homme, ni à une femme. Ce masculin n'était que tendresse, ce féminin n'était que caractère. Son visage que je revois sur l'unique et vieille photographie n'est pas beau. Il est viril. Un Mongol au visage ovale. Je réfléchis à ce que je vais écrire : ma grand-mère (qui se maria, qui eut deux enfants, qui fut veuve et dépourvue du nécessaire à vingt-deux ans) aura été le premier homosexuel auquel je me sois attachée avec passion pendant que je me réfugiais dans les plis de sa soutane de laïque. C'était un homme en robe qui me protégeait lorsqu'elle m'enlevait à ma mère et qu'elle n'avait pas peur d'elle. J'ai manqué de refuge quand la main de ma grand-mère s'est refroidie. Je suis sentimentale parce que j'ai soif de sécurité depuis que d'une fenêtre j'ai vu s'éloigner ma grand-mère dans le corbillard sur le toit duquel rebondissait la pluie du nord, le corbillard autour duquel se serraient les parapluies de quelques suiveuses. Il a fallu que j'écoute ma mère. Je suis sentimentale parce que j'ai eu des convulsions intérieures pendant ses descriptions. C'est la suite de ma maladie de frayeur. Ce sexe terrifiant dépeint par ma mère, je l'ai noyé dans le lac de la sentimentalité. J'ai attendu, j'attends, j'attendrai, je piétinerai jusqu'à ma fin dans les sables mouvants de la sentimentalité. Non. Je guérirai.

La compagnie des homosexuels m'est agréable parce que j'oublie qu'ils sont des hommes, que je suis une femme. J'ai eu dans leur société des moments d'égalité parce que le sexe ne comptait plus. Je ne me sens pas négligée lorsque je vis une soirée, plusieurs jours avec eux. J'obtiens d'eux des moments de sécurité comme j'en obtiens, avec l'extase en plus, de l'être à qui je me suis vouée. Leur œil ne s'allume pas, mais il ne s'éteint pas non plus lorsqu'ils me regardent en représentante d'un sexe neutre. Nous avons des rapports honnêtes : mon comportement avec eux est plus franc, plus sain que celui que j'aurais avec un homme malade dans un lit et devant lequel je me voudrais supérieure, ou bien avec un vieillard que je saluerais avec condescendance pendant que je traverserais la cour d'un hospice. Quand j'enlevai *Corydon, Les Faux-Monnayeurs,* aux casiers d'un cabinet de lecture, le libraire me confia que l'auteur des livres cités se plaisait dans la société de jeunes aventuriers et qu'il se faisait dévaliser par eux dans les chambres d'hôtels d'un port méditerranéen. Je coupai court. Je fus navrée pour cet auteur à qui j'avais donné enthousiasme, ferveur, pour *Les Nourritures terrestres,* lu à seize ans dans un dortoir, sous un drap, à la lueur capricieuse et clandestine d'une lampe de poche. Je ne le jugeai pas, mais je généralisai. J'ai cru que les homosexuels étaient des aventuriers qui se faisaient assassiner par des crapules. J'étais loin de la vérité.

Les homosexuels n'ont pas toujours la possibilité de choisir, ni celle de se montrer difficiles. Ils ont la nostalgie de l'adolescent cultivé, cultivable, adoptable, la nostalgie du fils, car les homosexuels ont l'instinct de la paternité avec, en moins, la vanité dans le prolongement du nom. Maurice Sachs, qui lisait souvent *Le Banquet,* qui enviait sans petitesse, en silence, la puissance d'attraction de Socrate, rêvait avec tristesse à un éphèbe intelligent, beau, fervent dont le cœur eût été de grande lignée. Il rencontra ce qu'il désirait avant de quitter la France, mais ce qu'il rencontra n'avait que douze ans. Gérard, petit juif au visage admirable de tristesse, de régularité, de romantisme, de sombre poésie dans les cheveux lisses, dans le timbre de voix, dans les yeux au fond desquels ne cessait pas la transhumance de sa race, Gérard, émouvant de détresse, de pauvreté, de décence dans les vêtements étriqués, les chaussures éculées, avait été mis à l'abri dans un village de l'Orne. Il crevait de faim et devait se lever la nuit pour voler un morceau de sucre, une cuillerée de confiture, un pruneau pour endormir ses entrailles. La mère de Gérard payait cher pour elle-même un hébergement sans carte d'identité dans un hôtel de Paris ; la mère, dont le mari déporté avait disparu dans des mines de sel, entretenait un vieux journaliste étranger, incapable, laid, malin, aryen, choyait près d'elle son fils aîné épris de poèmes modernes, de bars de zazous.

La mère vampirisée par son amant, par son fils aîné, écrivait des lettres moralisatrices à Gérard parce que cet enfant de douze ans était sa conscience. Elle oubliait de payer la pension. La mère refusait de reprendre son fils, l'hôtesse menaçait Gérard d'une mise à la porte. L'enfant détestait son frère, sa mère, l'amant de sa mère, avait un culte pour son père en sachant qu'il ne le reverrait pas. Maurice Sachs apprit tout cela de la bouche de Gérard, réalisa les difficultés de l'enfant, se consacra à lui avant son départ pour Hambourg et il me faut ajouter avec répugnance mais avec probité envers sa mémoire qu'il ne s'isola pas une fois dans une chambre ni dans la campagne avec ce jeune éprouvé. Il lui donna des leçons de français, lui récita du Rimbaud, de l'Apollinaire, du Villon, lui prêta des livres, lui fit manger du gâteau Parmentier qu'il confectionnait lui-même, des pommes cuites arrosées de crème fraîche. Enfin, il le ressuscita. Cet enfant qu'on disait paresseux, hautain, sournois, sortit rayonnant, loquace et rajeuni de la coquille de ses malheurs et reporta son amour filial sur Maurice Sachs qui devint de plus en plus généreux avec lui. Mais Gérard eut surtout le coup de foudre pour la littérature, les poètes que j'ai cités. Il apprenait par cœur, jour et nuit, *La Chanson du Mal Aimé.* Le père et le fils adoptif se surpassaient l'un pour l'autre dans la même dévotion des poètes. Maurice Sachs décida de quitter le village et nous raconta qu'il nous donnerait des nouvelles du Poitou quand il aurait trouvé à louer une petite maison. Je reçus de lui, huit jours après, une carte sur laquelle il me disait qu'il avait signé un engagement de travailleur libre à destination de Hambourg. Gérard ne réagit pas, mais la semaine suivante il eut la jaunisse. Je ne verrai pas une jaunisse plus intense dans ses yeux, à la racine des cheveux, sous les ongles. Il guérit, n'écrivit pas à Sachs, mais décida en homme qu'il rentrait à Paris par désespoir. J'appris plus tard que le fils aîné — seize ans — avait été ramassé dans un bar et qu'il avait entraîné dans la déportation sa mère, Gérard. Ils ne sont pas revenus. Maurice Sachs n'a pas su qu'il avait été aimé comme il avait désiré être aimé. La mort a encore parachevé un amour.

Les homosexuels qui ont l'instinct de la paternité, le désir d'adoption, témoignent de beaucoup de désintéressement dans cette procréation abstraite. Les homosexuels sont souvent les fils agacés et déroutés de la femme repliée dans un homme, de l'homme replié dans une femme. De cette inversion, dont le père et la mère n'avaient subi que le frottement de deux caractères, le mâle tout en souplesse, la femme toute en rudesse, est né le fils, inversion de chair et de sang. Le père dans ce fils a perdu sa pâle virilité, la mère dans ce fils a gagné en féminité contrariée. C'est une femme autoritaire qui a fait toute seule le fils, mais comme il lui manquait du sperme personnel, ce fils est encore elle-même exacerbée, écartelée entre le sexe faible et le sexe fort. Les « folles » sont la réincarnation de femmes qui n'avaient pas voulu plaire à l'homme, de femmes qui ne plaisaient pas et qui sont revenues vivre un enfer sur terre. Les « folles », plus grandioses que les coquettes, ne sont pas des Célimène dont l'âme est en calcaire. Les « folles » sont des petits enfants qui ont choisi la femme pour sainte patronne. Des prostituées, elles ont cet agglutinement de candeur et de rouerie. Les « folles » pèchent publiquement par excès de zèle. Elles jacassent parce qu'elles sont allées à la grande école des salons de thé avec la même bonne volonté que les élèves des écoles du soir. Leur vanité est née dans un salon de couturier. Elles sont possédées par le désir de l'absolu puisqu'elles désirent toutes les robes des mannequins, toutes les fourrures dans les vestiaires des théâtres, tous les dessous dépliés dans les catalogues. Elles se font frileuses en été, se drapent dans un drap de lit, décrochent une tenture, arrachent un rideau de percale à une fenêtre, font cela pour se donner l'illusion d'envelopper, de préserver, de réchauffer leur sexe exilé. Elles n'ont pas le sens du ridicule. Tant mieux. La peur du ridicule est mesquinerie, avarice de soi-même. C'est contraire à la sainteté. Nous avons appris par l'écrivain de génie Jean Genet que les « folles » ont des martyres, une sainte dont le nom est Divine. Les « folles » veulent être ce qu'elles ne seront pas jusqu'à la persécution. Les homosexuels qui fuient la femme et qui la cherchent en même temps, soit en eux-mêmes, soit dans un autre, qui confondent l'artifice avec le féminin, qui sont fascinés par ces artifices sont des masochistes satellites. Leur nostalgie est incommensurable. Un homosexuel n'est pas tout à fait généreux. Il a la nostalgie de la générosité. Un homosexuel n'est pas réellement avare. Il a la nostalgie de l'avarice. Un homosexuel amoureux n'est pas vraiment malheureux. Il a la nostalgie du don, du sacrifice. Les homosexuels qui ont l'horreur des femmes sombres, découragées, évitent la société des lesbiennes parce que, disent-ils, elles sont tristes. De la femme, ils veulent une plaisante façade morale. Des masses d'homosexuels qui sont des errants ont ceci de commun avec les juifs : l'entêtement dans la chasse aux distractions. Ne pas s'ennuyer, maxime des juifs et des homosexuels. Quand une femme a pleuré devant eux, elle a perdu son prestige. Sa valeur a fondu dans ses larmes. Ce qui prouve que les homosexuels sont des désespérés écorchés. Ils sont friands d'histoires comme on est friand de primeurs au printemps. Ils préfèrent papoter plutôt que ruminer, ressasser. Ils sont plus astucieux que les ressasseuses. Ils parlent et ils s'oublient. Dans le monde dit « normal », ils ont une maîtresse pour laquelle ils se surpassent : leur mère. Amour platonique qui ne peut pas aller plus loin, réhabilitation et annulation de l'inceste. Pour leur mère, ils ont des intentions, des cadeaux de mari ou d'amant que les mères n'ont pas eus de leur mari ou de leurs amants. Je crois qu'ils ne savent pas qu'ils sont le conflit vivant de la femme qui les a enfantés ; même s'ils le savaient, ils auraient pour elle la même générosité de cœur. C'est à Capeluc, montagnette que j'ignorais il y a deux jours, que je pense à eux en général, que j'y pense longtemps et facilement, que je le confie à toute vitesse à mon cahier.

Madame, je ne vous étais pas infidèle pendant que j'écrivais cela puisque vous êtes moi-même, puisqu'on m'a dit qu'on pouvait aimer deux êtres à la fois. Je suis l'écorce, vous êtes la sève. Vous êtes la tige dans mes artères pendant que vous êtes absente. Je n'avais pas besoin de penser à vous pendant que j'écrivais sous le toit de mon rocher de Capeluc puisque je suis la chasse dans laquelle vous, mon absente de France, vous reposerez jusqu'à votre retour.

Dîner morne de quatre fantômes dans la cuisine du Rozier ; la veuve, le fils, la vieille, moi-même. Notre oiseau-accordéoniste n'est pas revenu se poser dans la cuisine. Je ne la reverrai pas. Mort volage de chaque passant qui s'éloigne...

Montée le lendemain matin jusqu'à Montpellier-le-Vieux. Petite excursion à pied de vingt-deux kilomètres. Pris des raccourcis, suivi les coups de pinceau rouge sang sur les pierres des dirigeants du Syndicat d'Initiative. Ils ont mal ensanglanté le roc. Trop de plaques de sang lorsque le chemin s'indique lui-même et pas assez lorsque le sentier se perd... J'ai trépigné, j'ai grincé des dents, j'ai juré, j'ai appelé parce que je m'étais perdue sur un plateau, parce que j'avais tourné en rond (comme si je ne tournais jamais en rond...) pendant une demi-heure. J'ai eu le pressentiment de la grandeur d'un désert, le pressentiment de l'effroi. Se perdre, c'est espérer avec férocité. Se perdre, c'est tomber dans le carnage du souhait. Je me perdais et voulais me perdre dans les mauvais sentiers qui n'aboutissaient nulle part. Sur mon plateau, je voyais loin mais je ne voyais rien, sur la route au rebut, à ma droite, sur la route où reposait la poussière soulevée par les chars des Mérovingiens, mes cris planaient. Il faut que je sois de plus en plus seule. C'est donc un devoir ? J'ai pleuré parce que les chemins se détournaient, me faussaient compagnie. Je repeuplais ce que je pouvais avec la fumée de mes cigarettes. J'ai été un moment pour l'indépendance de la bonne route. J'ai encore juré, trépigné, grincé des dents. Ils étaient pourtant mes compagnons, ceux à qui je plais sur les routes puisqu'ils me sifflent. Mes chers fredonneurs de solitude, mes vibreurs de bise, mes parcoureurs de vent d'hiver, mes chers, mes chers poteaux télégraphiques. Que n'ai-je le talent de chanter ce que chante leur bouche infiniment grande, infiniment fermée...

Les dépêches, les appels téléphoniques sont des confidences transsibériennes quand je les entends se répercuter au-dessus des blés brassés par février... Je préfère cette plainte de la steppe aux gouttes de cristal. Je préfère le point d'orgue le long de la portée de musique élevée aux notes piquées des concerts dominicaux. Je me tais, j'écoute ma misère d'hiver, ma misère d'été fredonnée dans les dépêches de l'univers. Je me retourne. On me sifflait cette fois, on m'appelait, on avait besoin de moi... Non. C'est une ville qui a besoin d'une autre ville, c'est un village qui a besoin d'un autre village, c'est un continent qui appelle un autre continent. Je ne peux pas entourer mes trouble-solitude. Il y a « danger de mort ». Je les ai retrouvés sur le plateau. En me perdant, j'avais eu le pouvoir romantique de faire de la nuit avec le jour de onze heures du matin. Maintenant, j'ai le temps puisque je me suis retrouvée, puisque je suivrai à travers rocs, arbres, broussailles mes coursiers du plaintif jusqu'au « Chaos rocheux de Montpellier-le-Vieux ». Je cite mon guide Diamant. Pourquoi suis-je venue ici ? Je suis venue ici parce qu'elle me l'a conseillé, parce que je crois en elle, en ce qu'elle me conseille. Je m'attache à ce plateau couvert d'herbes grisonnantes, à ces verdures devenues paille avec l'âge, je m'attache à cet entracte de plaine, à ce quartier de plaine entre les monts. Je ramasse une boulette de terre sèche, je me souviens... Je me souviens d'une rempailleuse de chaises. Il y a au moins vingt ans que j'emportais, que j'emmenais partout la femme que j'avais découverte cramoisie, ivre morte dans une allée aristocratique, dormant sous la nef des arbres, dans de l'herbe qui adoucissait le bord du talus. Les portes à glissoir de l'inconscient se sont entrouvertes pendant que je jouais avec de la terre. Je me souviens de cela jusqu'à crier grâce. Je jouis de ce retour en arrière jusqu'à l'orgasme. Le temps passé devient miroir, le souvenir devient éveil d'une Belle au Bois Dormant. Je recule de miroir en miroir, d'image en image, d'année en année, de jour en jour, d'heure en heure jusqu'à ces vingt années en arrière. C'est un souvenir surnaturel, c'est un aperçu sur un monde fabuleusement important que j'ai pris, que j'ai gardé et dont bénéficiera aussi ma mort. Je suis effrayée pendant que je mets à la caisse d'épargne de mon cerveau les tonnes de rocs de Montpellier-le-Vieux. Je suis effrayée : nous avons tous des Pompéi dans la tête, nous avons tous, quand nous mourons, des villes d'archéologues classées dans notre cervelle. Je frissonne, pourtant ce n'est pas nouveau : nous sommes des porteurs de musées, de lacs, de forêts, de rues, d'opéras, de chantiers. Des savants modernes font des fouilles dans notre tête. Nous avons des inspecteurs qui ouvrent avec leur passe-partout les coffres-forts de notre inconscient et de notre subconscient. Nous appelons ces inspecteurs, qui nous époussettent à l'intérieur, des psychanalystes. Je frissonne encore, je frissonne quand même. Une seconde a eu la vastitude de vingt années, une seconde a contenu vingt années. Le temps a été ma vision. Je marchais sur les flots pendant que je me souvenais ainsi. Ma tête a été balayée par le voile de lucidité de la dame blanche comme étaient balayées mes jambes par le même voile de la même dame blanche pendant l'orgasme. Je me souviens qu'une poussette m'avait dépassée, que j'avais revu la rempailleuse couchée dans la poussette, que son mari décharné tirait, aidé par un chien à demi égorgé par l'effort, par la chaîne. La question qui m'est imposée est noblement inutile. La question m'est imposée. Pourrais-je vingt ans après, si elle m'apparaissait sur le plateau — ce qui n'est pas impossible — pourrais-je prendre la rempailleuse par la main, l'emmener dans ma chambre du Rozier, la dessoûler d'abord, la déshabiller, la dépucer, la laver, la peigner, la rhabiller, la ramener renouvelée à l'homme. J'ai jeté la boulette de terre sèche que je tenais dans ma main gauche, j'ai jeté mon crayon, mon cahier. Je n'ai pas pu délaisser ma respiration. Le soleil ne voulait pas que je le néglige à travers mes paupières closes. Je me suis demandé si les aveugles sentaient ainsi la présence irréfutable de l'astre quand il ne nous chauffe presque pas, je me suis dit que j'étais stupide. On n'imagine pas ce qu'on n'a pas vu, ce qu'on ne verra pas. Je me suis dit qu'il est impossible de demander cela à un aveugle de naissance. Je lui coupais les ongles des pieds, je lui éclaircissais ses ongles, les paumes de ses mains, les pommettes de sa trogne... Je pouvais l'imaginer, je pouvais fignoler dans de la propreté. J'imaginais. Mon savon ne me coûtait pas cher. J'imaginais la charité. Joli trafic, jolie excursion, jolis ciseaux à ongles... J'imaginais pour aimer, pour avoir le cœur puissant, je m'étais mis dans le cœur les fameuses petites dragées d'Hercule. Fini. Je me suis suffisamment distraite. Pourrais-je ou bien ne pourrais-je pas ? Je lui donnerais cent francs. Il y a des établissements de bains. Irais-je, si j'étais dans le même état que le sien, irais-je me présenter à la receveuse dans l'entrée de l'établissement de bains ? Non. Vingt ans après, je ne peux pas, je ne peux pas. Il y a un abîme de sécheresse entre ma toilette de ce matin, sa crasse de plusieurs semaines. Qu'ai-je fait pendant dix minutes, sinon confondre le chemin de l'indifférence avec celui de la charité. J'ai dévalisé la rempailleuse, je lui ai dérobé ses verres d'alcool, son poids de saleté, sa couverture de confort sur son corps, sur son visage. Je l'ai dépouillée et je l'ai affublée de mes aspirations. La crasse est le saupoudrage général de quelqu'un qui a été blessé partout, qui a endormi ses blessures avec du noir. La crasse est aussi la poudre Exoteplix de l'âme. Rengaine. Rengaine ton aspiration à la bonté. La bonté est la vertu la plus mal élevée. Je pensais aux aveugles. Il faut se vouloir aveugle avant de distribuer. Je ne renonce pas. Une sainte se métamorphoserait en chatte, râperait avec sa langue en hermine le visage, le corps de la rempailleuse jusqu'à éclosion et multiplication d'une fleur dans chaque pore obstrué de l'épiderme. La sainte créerait sur le visage, le tronc et les membres une serre avec du lilas d'hiver. Je ne peux pas, je ne peux pas renoncer à la rempailleuse. Je suis impuissante mais je ne renonce pas. Elle boit, elle est en détresse et je suis responsable puisque nous sommes sœurs jumelles, puisque nous vivons du même oxygène. La rempailleuse qui m'est apparue en bas, sur la route des Mérovingiens, m'a dit : « Suffit mêle-tout-quatre-assiettes... »

Je me mets debout sur le plateau avant Montpellier-le-Vieux, je me lève pour vous, Madame. Il m'a été accordé de me donner pour rien à vous, en renonçant à vous. Revenir vers vous est un soulagement. Je vous dis que mon activité est grande pendant que je me consacre à vous. Vous baissiez la tête, vous écriviez dans un café, vous m'ignoriez. Ce fut le miracle. Vous m'avez pris mon cœur et vous me l'avez rendu vierge et dépendant tandis que vous baissiez la tête, tandis que vous écriviez dans un café, tandis que vous m'ignoriez. Vous êtes mon pèlerinage sur les cinq continents, vous êtes mon but et mon relais, vous êtes ma pépinière de relais d'où je m'élance pour donner davantage. J'ouvre en grand mon chemisier déboutonné sur ma poitrine, je m'écartèle. Il faut de la place, il me faut la surface du plateau de Montpellier-le-Vieux sur mon buste que j'ai raboté, il me faut respirer autant que toutes les plantes sur le plateau, il me faut amener le bon air, la chlorophylle des arbousiers, des pins sylvestres jusque dans la châsse où vous reposez pendant que vous avez quitté la France. Vous n'êtes ni morte ni vivante. Vous êtes absente. Je vous avais fait une place dans mes entrailles pendant que je vous disais au revoir en vous serrant la main comme les autres fois avec modération et c'est là que je vous avais embaumée pendant que le taxi m'emportait dans la nuit avec mes reliques. Il est insurmontable ce hoquet de la mort quand vous partez pour trois mois. Maintenant, vous vous décollez de mon sang, de ma moelle, de mon cérumen. Je suis fakir et je ne vous raidis pas. J'assouplis l'absente. C'est le moment où, moi, je m'absente. Je me veux néant puisque le néant est providence chaque fois que je commence à vous recréer. Attendre, se vouloir point d'orgue entre les phrases des grandes orgues. C'est cela la soumission, c'est cela le silence d'amour. J'avais commencé de bâtir pour votre résurrection. Je ne pourrai pas dire avant de mourir qui a terminé pour moi, qui a travaillé pour moi... J'ai patienté dans ma nuit jusqu'à vous oublier, jusqu'à m'oublier, j'ai patienté dans mon ample capuchon de nuit. J'ai su que j'avais du retard sur le miracle que j'avais souhaité quand j'ai ouvert les yeux, quand mon vêtement de l'attente a fondu. Vous êtes venue, vous m'apparaissez dans vos habitudes. Je vous revois sur le plateau de Montpellier-le-Vieux comme je vous reverrai à Paris. Vous réapparaissez et vous réapparaîtrez porteuse des siècles de réalité dont je vous ai chargée. Vous baissez la tête, vous écrivez à votre table, vous créez et vous continuez un article dont je prévois le retentissement. Je vous vois travaillant, ne bougeant pas vos pieds studieux. J'ai dit « silence » à mon cœur pendant qu'un arbuste dans les environs saluait de votre côté. Qu'il a bien traduit la souplesse, l'élégance, la grâce, la jeunesse que je désire acquérir, ajouter à chacune de mes pensées pour vous.

Trouvé, cueilli sur le causse Noir un chardon qui pourrait être la fleur introuvable que cherchait le fleuriste collectionneur du Rozier. Je l'ai aplati, après cueillette, entre deux pages du papier Bible du tome I de l'*Histoire de la Révolution française.* J'ai trouvé la fleur vingt minutes après ma vision sur le plateau. La soie, les formes, les couleurs sont mystiques. Visité la cité dolomitique. Les trous dans les blocs sont des fenêtres, des rectangles vides de maisons abandonnées ou bombardées. Cette ville naturelle qui semble pourtant construite par des géologues a des rues avec des noms. L'homme a supprimé, avec des définitions, du colossal dans du merveilleux, l'homme a voulu que nous sachions à quoi ressemble chaque monstre en pierre d'une ville éternellement inanimée. C'est encore une légende puisque c'est réel à distance. Je déjeune sur la terrasse de la ferme-restaurant et il va de soi que je suis seule dans la région, sur la terrasse. J'ai mis le chardon dans l'assiette du client, du vis-à-vis qui ne viendra pas. Je suis redevenue une enfant pour obtenir de la compagnie. Mon chardon m'impressionne. Son envers : un enchevêtrement d'étoiles et un enchevêtrement d'épines mauves ; une hostie ouvragée, déchiquetée, piquante, blessante. Son endroit : un nid de duvet d'anges jaunes et brillants, un nid plat comme la lune dans la matrice du chardon. Je fais le pari en mâchant l'omelette que la fleur m'éclairera la nuit puisque la soie du chardon à midi est déjà de la lumière. La serveuse m'explique plus tard que le blond vêtu d'une robe de toile beige jusqu'au-dessus des chevilles et dont une ficelle prend la taille, que l'homme dont la barbe mordorée a poussé jusqu'au-dessous de la ceinture, qui ramène deux bœufs à l'étable est un missionnaire en vacances. C'est dommage. J'avais cru d'abord à l'apparition rarissime d'un ermite de vingt-cinq ans. Au retour, j'ai grimpé sur les genoux de pierre en pierre. Je m'agrippais à toutes les ronces de toutes les descentes, ma jupe relevée me servant de gant. Les paysans qui sont méfiants croiront en mon excursion parce qu'ils croiront en mes mollets qui saignent. Bouilloire chantante dans mon cœur lorsque du sentier je suis tombée nez à nez avec un petit garçon de huit heures du soir qui balançait sa laitière. Mon avenir dans l'avenir de ceux qui déjeuneront de pain et de café au lait a été douillet.

Un chauffeur a bien voulu m'emmener jusqu'à Meyrueis, dans un car spécial de touristes belges avec une forte majorité de femmes seules que je boude parce que je me regarde dans trop de miroirs. Ces dames me tiennent à distance aussi par le regard, allant et revenant de mon sac à dos sur le plancher du car à ma coiffure négligée, à ma jupe noire empoussiérée. Je représente trop une privation d'armoire à glace. J'inquiète, j'inspire des mains qui tâtent des ondulations, des turbans, des diadèmes en foulard imprimé, des couches de laque cyclamen sur le bout des doigts. Route constamment vertigineuse entre le causse Méjean et le causse Noir, chauffeur constamment consciencieux et engagé dans son travail de protection de trente vies humaines. Tous descendus une dizaine de fois pour admirer, s'étonner, mesurer la profondeur des précipices. J'ai vécu une matinée de déclics d'appareils photographiques, j'ai assisté au mitraillage des paysages, à la mise en conserve des panoramas. Rapacité des touristes qui faisaient leur marché dans un kodak, qui suralimentaient leurs souvenirs de vacances. Revu le sidi âgé dans Meyrueis, avant le déjeuner. C'est incroyable, me suis-je dit à voix haute. J'ai craint avant le déjeuner, les restaurants de Meyrueis, l'œil rancunier, l'œil logique du sidi à mon égard. Je l'ai fui jusque dans un pré à deux kilomètres du bourg où j'ai déjeuné de tomates, de thon, de fromage, de raisin. Reprendrai-je leur car, irai-je à l'aven Armand ? Je me le demande en lisant le journal, en limant mes ongles, en marchant, en détaillant les étalages des merceries, des épiceries. Je me méfie de la réputation de la grotte. Puisque c'est beau, puisque c'est si beau, c'est déjà fini. Vous me l'avez trop déflorée dans vos louanges. Je monte dans le car vide, je descends, je remonte, je redescends... Je me décide parce que j'ai bu un café-filtre. La Bruxelloise avec son stylographe, son cahier ouvert m'a précédée dans le car. Nous quittons Meyrueis, j'aperçois le sidi âgé qui boit une chope de bière à la terrasse du meilleur hôtel. Serait-ce son déjeuner ? Cela ne finira donc jamais entre toi à qui a été refusé le vivre, et moi qui ai été servie ? Déçue encore par la grotte de l'aven Armand, avant de la visiter. Pourtant la tenue du guide me fascine. Le ticket d'entrée pris au guichet comme si nous allions jouer aux courses dans un souterrain à Auteuil coûte cent cinquante francs. C'est décevant à l'arrivée. Le guide à la casquette de faux officier de marine encerclée de trois galons dorés fouette l'air avec sa badine, tandis que ceux qui ont payé se groupent, considèrent avec ennui un paysage désolé, dépouillé, un paysage qui n'a plus de valeur pour eux parce qu'il n'est pas au-dessous de la terre. Le guide a les pieds dans des Pataugas, les jambes dans une culotte de cheval qui dénude ses cuisses tellement elle est moulante. Il fait les cent pas, tourne autour de nous, joue avec sa badine. J'ai peur, j'ai très peur de notre supérieur. L'intérieur de la grotte, l'entrée m'évoquent les petites cheminées des fours crématoires trop bien décrites dans un récit hallucinant. Le guide a la morgue d'un célèbre garde-chasse dans un roman anglais. Il se campe devant moi, me méprise, me dédie un des moulinets de mépris avec sa badine. Je me cramponne par la pensée à ses Pataugas, je me dis et me redis que dans le désert du causse Méjean un homme effronté porte des Pataugas que j'ai vus dans les maisons de chaussures les plus peuplées de Paris. Je me dis et me redis que la mort ne peut pas l'emporter sur ma vision confortable des pieds de ce guide de trente ans. Le dernier client range ses coupures dans son portefeuille, le dernier client a payé son passage pour un voyage sans retour. Le guide, à cause de sa casquette, de sa culotte de cheval, de sa badine, m'a changée en une juive persécutée il y a dix ans. Je n'ose pas boire un cognac dans la buvette, je n'ose pas retarder la visite, je n'ose pas renoncer à la grotte, je n'ose pas me séparer des touristes. Je m'isole dès l'entrée comme si je pouvais espérer parce que je serai la dernière victime dans la fournée. Il faut que nous descendions cent marches glissantes, que nous nous retenions à de grosses chaînes, que nous écoutions le guide qui s'est élancé vers notre mort et qui nous crie qu'il y a douze degrés de chaleur dans l'escalier. Nous faisons deux, trois pas sur chaque marche boueuse d'humidité. J'ai peur de mourir dans l'escalier. La pente est forte, elle a quand même la douceur d'une allée entre les fauteuils d'orchestre d'un music-hall. Ils sont arrivés dans la deuxième entrée, ils m'attendent. Un petit effort, a crié le guide. Un petit effort pour mourir répète l'écho dans ma tête. J'ai froid à la tête, j'ai un turban funèbre quand je me joins aux touristes, quand je m'embarque sur la passerelle supérieure de ce vaisseau de stalagmites et de stalactites. Maintenant j'ai peur de me suicider malgré moi, comme j'ai peur d'une défenestration par moi-même quand j'étends le linge sur les cordes, hors de mon appartement au sixième étage. Nous avançons un par un sur un terrain glissant, nous nous crispons sur les chaînes. Dès que je cesse de regarder mes pieds je suis convaincue de ma chute dans le vide. Une jeune fille souffreteuse, la gorge enveloppée de foulards blancs, d'ouate, a peur autant que moi. Regardons, dit-elle sans tourner la tête de mon côté, comme si elle se parlait au pluriel. Nous regardons la voûte qui a tant pleuré et qui a sur nous la supériorité de ne pas se séparer de ses larmes. Quelle multiplication, quel entassement sur chaque larme qui ne se détachera pas, qui ne tombera pas dans les profondeurs de la terre. Je m'imagine avec les larmes que j'aurai versées de l'âge de quatre ans à   (ici un blanc puisque je ne peux pas prévoir la date de ma mort). Je m'imagine me déplaçant avec les cierges de l'affliction suspendus à mes paupières, je l'imagine et je souris de toutes mes larmes, mais qui se seraient cristallisées. J'aime trop les vaisseaux dans les églises, les voûtes modestes et élévatrices dans les caves pour apprécier une nef qui me fait baisser la tête. Le guide au loin qui parle d'un palmier, d'une grenouille, d'une vipère, d'un cactus, d'un cyprès couvert de givre, désigne les métaphores rigides avec sa badine. Je ne vois que des bougies géantes de gâteaux de première communion, la mèche en bas. Je préfère l'outillage fantastique, les réflecteurs, les passerelles, les chaînes, les cordages, je préfère ce studio de cinéma à la grotte. Des touristes veulent extirper quelque chose au néant, crient leur prénom, attendent le renvoi de l'écho, veulent que leur soit rendu ce qu'ils ont envoyé jusqu'à l'antichambre des riens. Oui, ils ont extirpé leur double à ce néant lorsque leur prénom fantôme leur est revenu. Réconfort et guérison quand je suis sortie de l'aven Armand, quand j'ai revu le cirque de mamelons, le désert ondulé. Abandonné le car, les touristes, revenue à pied à Meyrueis. Petite promenade de trois heures et demie. Lu à la page deux cent quarante-deux de mon Guide Diamant, paragraphe de l'aven : « La visite n'est nullement fatigante et dure une heure. » Joui en marchant du désert, des arbustes nains, de cette ampleur de stérilité. Repris le bourg de loin, par les enseignes sur les hangars.

Je ne trouvais pas la valeur d'une alvéole d'intimité dans le monde pendant que je ne dormais pas entre dix heures du soir et quatre heures du matin. Je me voulais immobile, mon squelette craquant de méfiance à Meyrueis. Je sais maintenant que j'avais peur de mourir sur les marches suintantes de la grotte parce que j'avais revu le sidi aux cheveux gris, parce que j'ignorais, parce que j'ignorerai s'il avait déjeuné ou non, si le bourg de Meyrueis l'avait accepté ou bien rejeté. Je craignais de mourir avant d'avoir trouvé une solution humaine entre lui et moi. Je mourrai, avec dans ma tête le sidi à qui on a refusé la viande, le pain, le vin.

Commencé la journée du premier août avec une serviette de toilette tiède que la repasseuse m'avait remise chaude dans la salle de café de l'hôtel. Douceur des cuisines. Ma main ne bougeait pas, l'ange de ma propreté séchait ma peau. Quitté l'annexe de l'hôtel avec la légèreté de cœur du voyageur de commerce, flâné, expédié par avion une lettre pour la Norvège, déjeuné dans un restaurant de routiers, dans lequel je ne cessais pas de surveiller avec angoisse le remuement des perles de la portière. Le sidi âgé n'a pas réapparu.

Marché depuis le col de la Serereyde jusqu'au sommet de l'Aigoual, traversé des bois de hêtres, de mélèzes, dominé la Vallée du Bonheur, suivi une bande d'étudiants et d'étudiantes méridionaux.

Je les dépasse, je reviens sur mes pas, je leur demande s'il y a un hôtel-refuge au sommet de l'Aigoual. Me serais-je exprimée en hébreu ? Je lis dans leurs yeux ronds qu'une femme seule sur le chemin de l'Aigoual, son baluchon enfilé par un bâton (le chauffeur du car emmène mon sac à dos à Le Vigan), doit se taire, doit disparaître. « Nous ne savons pas ma belle », me répond en mentant une moustache de dix-sept ans. Je pars et j'enrage et j'entends qu'ils gloussent, qu'ils se réfugient dans leurs gloussements parce que je suis le contraire de la sécurité, de l'établi. J'ai de l'écume dans la tête et au cœur. Je me tourne, je leur crie pendant qu'ils descendent tous dans un sentier de la Vallée du Bonheur : « Merci mon divin, merci du renseignement mon divin »... J'entends le mot « divin ». Il descend avec eux dans la vallée, il se propage de bouche en bouche. Une vache dans un pré qui considérerait sa rumination dans ma pupille me manque jusqu'à la souffrance pendant que je vais, que je fredonne par bravade avec moi-même *Le Pêcheur au bord de l'eau.* Bavardé heureusement avec des ouvriers des Ponts et Chaussées avant d'aborder le sommet, goûté sur une borne, suivi leurs mouvements. L'eau, après leurs efforts, s'écoulera dans un tuyau à l'intérieur de la terre. Ils m'ont offert le goulot de la bouteille de vin qu'ils dénichaient de dessous des fouillis d'orties ombragées. J'ai refusé, je l'avoue. J'ai refusé. Pendant que je taillade le fromage sur mon pain avec mon couteau de Morzine, pendant que, assise sur la borne de la route, inactive, suivant les gestes de leur labeur dans la chaleur de cinq heures de l'après-midi, comme si les ouvriers étaient de simples mouches sur une nappe blanche. Je me souviens des cantonniers bretons dans la salle à manger d'un hôtel aux environs d'Angers. Les patronnes réchauffaient la salle dépeuplée au mois de septembre, elles la ranimaient et la repeuplaient à sept heures du soir avec des airs de valses qui se déroulaient sur un tourne-disques à l'intérieur d'un placard entrouvert. Nous mangions, les hommes et moi-même, notre potage en musique. Les huit cantonniers bretons n'ayant pas d'autres cavalières m'invitèrent tous à la fois. Je dansai huit valses avec eux puisque la valse est la danse que je dessine proprement avec mes pieds. Chaque valse terminée, nous échangions un baiser sur chaque joue avant de nous séparer, ce qui me fit, ce soir-là, une récolte de seize baisers amicaux avant la fin de la journée.

J'admire au sommet de l'Aigoual la vermine d'arbres sur la pente des monts ; je me découpe avec l'œil une tranche de panorama, je savoure dans le détail. Pas plus que mon estomac, mes yeux ne peuvent bouffer un panorama, un troupeau de bœufs en une fois. Le conducteur du car m'a donné de faux renseignements. Pas de couvertures, pas de lit de camp dans le refuge. Rien sinon un bat-flanc. C'est décidé. Je ne coucherai pas ici. Je m'attarde avec tendresse sur la pente en bois parce que j'ai couché sur le bat-flanc de la prison de Rouen après la Libération. Nuit de rafle, nuit unique. Nous découpions nos dernières cigarettes, nos dernières tablettes de chocolat en quatre parts, nous les partagions, nous étions quarante-neuf prostituées, plus moi-même, trafiquante maladroite arrêtée le matin par des Anglais. Dans la cellule, un Noir emprisonné chantait *Old Man River.* Je donne mon paquet de cigarettes aux ouvriers qui chantent dans le camion des Ponts et Chaussées, qui ont voulu m'emmener avec eux jusqu'à l'Espérou où je coucherai.

J'ai couché dans un hôtel face à face avec le chalet universitaire des étudiants de Montpellier. On ne parle que du commencement d'incendie d'un camion gazogène garé dans un pré à côté de mon hôtel, dont l'arrière contenait du foin. Estivants, étudiants, villageois, campeurs sont consternés, surtout par l'étouffement de l'incendie. Réussi à tuer le temps jusqu'à deux heures de l'après-midi. Déjeuné de tomates, de sardines, de vache qui rit, de raisin sur les hauteurs d'un pré. Des maçons arsouilles allongés à côté d'une villa qu'ils bâtissaient ont appelé des étudiantes qui partaient en promenade à une heure de l'après-midi. Les maçons ont échoué, le chant tenace d'un oiseau invisible a buté l'hymen des jeunes filles qui s'éloignaient en se donnant la main. Stationné trois heures à Le Vigan, entré dans le grand magasin où je ne pouvais pas palper, végété à la terrasse d'un café sous le regard nul de la statue du chevalier d'Assas. Je me suis sentie privée du sixième arrondissement de Paris à cause de ce nom.

J'ai demandé abri dans une ferme à la sortie de Nant, au domestique italien qui réparait les chaussures de ses maître parce qu'il pleuvait et qu'il tonnait. Les fermes françaises sont sales. L'Italien qui m'a accueillie avant le retour de ses maîtres me le dit sans paroles, s'excuse pour eux dans mes yeux. Les bâtiments, les dépendances sont nombreux — ils ont dû réunir trois fermes abandonnées se touchant —, ils ont des couvertures entretenues, des murs bien reprisés. J'ai vu autour du hameau qui appartient à une famille, que cette famille avait grandement récolté. Ils sont riches. Pourquoi vivent-ils de génération en génération dans le même et vaste taudis : la salle commune ? Pourquoi se ravalent-ils au rang de leurs truies baignant dans le cloaque vert bouteille de la porcherie ? J'écris pour répondre d'abord aux pages blanches de mon cahier. Il faut que je réponde. La ferme de l'Aveyron dans laquelle je me suis mise à l'abri n'est pas un cas particulier. Les fermes étaient sales en Savoie il y a deux ans, dans le Maine-et-Loire il y a un an, dans la Haute-Loire, l'Ardèche et le Gard, le Tarn, la Lozère, le Lot cette année. La boue des sabots en petits pâtés, en guirlandes sur un carrelage rouge récuré à sec serait de la décoration joyeuse dans l'œil de l'inconscient des propriétaires, des enfants, des visiteurs. Les paysans qui se portent bien, qui respirent ce qu'il y a de meilleur, qui voient ce qu'il y a de plus simplement beau : le ciel, la lumière, l'espace, qui sont des travailleurs réguliers, s'imposent le même château de saleté, d'obscurité, de laideur que celui de la Séquestrée de Poitiers dès qu'ils reviennent des champs. C'est plus grave et c'est au-delà de l'avarice. Il y a déséquilibre entre le cadre de santé de leurs travaux et le décor misérable, insalubre dans lequel ils engendrent, se nourrissent et se reposent. Le paysan français avec la même persévérance que le névrosé, renie dans sa maison la clarté, la gaieté. Il est comme le neurasthénique grand collectionneur de ténèbres, de caves délabrées hissées à la surface du sol. Le paysan dès qu'il est chez lui renie l'oiseau chanteur, son contremaître exquis et perpétuel. Il imite, surpasse, détrône avec la nuit sur ses murs, entre ses doigts de pied, la taupinière, le terrier. La salle commune dans laquelle vit le paysan est souvent en pur style masochiste. Le paysan qui veut contrarier la nature dont il est rassasié a bâti à l'intérieur de sa maison une forteresse d'obscurité contre le soleil, la verdure. Il maltraite les étables et les écuries comme il se maltraite lui-même. Huit fois sur dix le paysan français veut pour horizon devant la fenêtre, aux quatre repas de chaque journée, ce mausolée de fumier qu'il a exposé et élevé dans la cour principale de sa ferme.

L'ouvrier agricole italien qui a ressenti lorsque je suis entrée la nouveauté, l'exotisme de mon sac à dos comme on ressentirait la chaleur d'un rayon de soleil qui nous viendrait de Tahiti, qui ne parle pas français, a réussi à se faire comprendre quand il m'a demandé si j'étais allée à Florence. Je suis une voyageuse moins grande qu'il croit. Je réponds non, je lui coupe la parole avec rudesse, je lui demande à mon tour s'il veut changer les rivets de mon sac à dos, je lui change ses idées, je combats sa nostalgie de Florence. Maîtres, enfants, grands-parents qui ne m'avaient pas vue, qui enfermaient les bêtes, qui sont revenus chez eux me font payer tout de suite mon droit d'abri. Il faut que je dise d'où je viens, où je vais, si je suis célibataire ou mariée, le poids de mon bagage, le nom de l'hôtel où j'ai couché la nuit précédente. Pendant que je remercie l'Italien avec des cigarettes, un coussin de velours rouge a été déposé au milieu de la longue table puis un petit enfant nu dessus, ce qui fait sur la table un rectangle qui ne sera pas couvert de mouches. Le paysan se meut l'été dans ce voile de crêpe, de deuil bourdonnant et saccadé qui est l'essaim des charognes dans la salle commune. Un père parmi les autres a la mission de surveiller et de distraire l'enfant nu sur du velours. Je me sauve, j'emporte la vision d'une maternité inattendue, d'un tableau vivant ressemblant à une Nativité au musée du Louvre. Je me sauve, je respire tout : la générosité des nuages, la lourdeur, le gris fer du ciel, l'odeur ferrugineuse de la pluie d'orage, le puissant roucoulement du tonnerre. Je me sens délivrée jusqu'à conclure que je me suis mise à détester les paysans français, les croquemitaines trop gâtés de notre époque, qui sont devenus inhospitaliers jusqu'à refuser la menue monnaie pour une tasse de café, une tartine beurrée, la refuser avant de les servir. Comment entendraient-ils puisqu'ils sont ivres d'argent et que ces avares sont des Bacchus qui plongent leur gobelet dans le tonneau aux billets de banque des foirails.

Vingt kilomètres à pied sous la même averse, le même orage, vingt kilomètres que j'ai fini d'expédier à l'arrière à quatre heures de l'après-midi après une deuxième halte de deux heures sous un amas de gerbes de seigle que j'ai rassemblées, dérangées, mouillées avec l'eau du ciel. J'ai fait fi et renié des fermes isolées que j'aurais atteintes, des fermiers méfiants qui ne m'auraient pas prêté leur grange pour mon déjeuner. Tant pis pour eux si j'ai malmené un dix millième de leur récolte. Quel somptueux réconfort j'ai obtenu de ma chambre à coucher-salle à manger pendant que je changeais de chaussettes, de tricot, pendant que je déjeunais sous mes gerbes de seigle... J'ai obtenu pour vingt kilomètres sous la pluie, la vision d'un facteur tassé sur son vélo, dans son capuchon. J'ai dit deux fois « Violette » à voix haute, j'ai fait ainsi l'inventaire de ma présence.

Le gros index pointu des flèches indicatrices, le commandant de la solitaire, m'a manqué pendant ma traversée du causse dans l'orage. Mon cœur a battu, Madame, lorsqu'un berger m'a dit que j'arrivais à La Couvertoirade. J'avais souligné ce nom pendant que vous m'en parliez, pendant que sur une banquette de café vous me dirigiez vers lui un mois d'avance. La Couvertoirade... Fameux équipage de syllabes, fameux troupeau de trois cents têtes qui m'accueillent tout en s'éloignant du village que j'aborde. Il ne pleut plus mais le ciel est indécis, la lumière de l'après-midi est déjà du crépuscule de théâtre. Deux bergers sans pèlerine, au visage et au chapeau ronds, l'un assis sur une pierre à proximité de l'enceinte du XIVe siècle, l'autre debout, l'épaule appuyée contre la muraille fortifiée, les pieds croisés, discutent sorties, broutages.

Ils sont là, mais la place est vide. C'est la solitude surnaturelle, sur un plateau, au début d'une pièce de théâtre avant la prononciation de la première parole lorsque le rideau est levé et qu'il y a abandon avant le vrai départ du spectacle. Les bergers qui m'indiquent un chemin avec la main, qui ne m'ont pas vue, qui ne me voient pas ne sortent pas de leur rôle d'acteur pour le décor de leur village abandonné. Je monte jusqu'à l'église, je rencontre une niche dans laquelle me disent des enfants en vacances des moines ont calé une statue de bois qu'ils avaient taillée, sculptée le lendemain qui suivit leur représentation théâtrale dans les rochers. Une maison habitée sur cinq. Les ruines se font lentement dans les autres maisons, l'herbe veut devenir jardin sur les escaliers, sur les toits, sur la marmelade de pierre, dans les pièces vides. Ce qui vit, ce qui parle, ce qui tousse dans le village est plus fantomatique que le silence, que le désert. La buvette, le facteur, les cartes postales me donnent un mauvais frisson de la réalité, le frisson qui passait sur mes dents quand j'avais dix ans et que je mangeais avec une fourchette de fer. J'abrège ma visite par respect pour ce village qui agonise avec l'aide d'un siècle et dont chaque minute de ruine tombe d'un rosier. La Couvertoirade... Lente péniche dans l'éternité.

Un berger m'accueille aussi quand j'arrive au village du Caylar après m'être égarée sur la route de La Cavalerie. Je préfère le mamelon ruiniforme du Caylar à Montpellier-le-Vieux. Les pierres, plus petites, sont de grosseurs plus humaines et plus dramatiques. C'est une ville de cailloux sur une pente et la ville en elle-même est représentation théâtrale. L'ensemble à six heures du soir au mois d'août a eu même force de clignements que les lumières de Paris lorsque je les revois dans le train électrique de Saint-Rémy-lès-Chevreuse. Je bénéficie de l'ampleur et des traînées d'orage aux abords du Caylar, du flottement bleu ardoise dans l'air. Je ne bouge pas, je vois, pourtant ce crépuscule wagnérien me guide, m'entraîne comme si j'étais aveugle. Je possède la perspective et je n'irai pas dans le village de maisons vraies du Caylar. Je ne le connais pas mais je l'enveloppe, lui et sa hauteur, avec mon œil prêt et endimanché des premiers jours d'ouverture de l'Orangerie. Le berger qui s'est fait remplacer par ses chiens, dont le bâton au bout de son bras lui fait une cape de gendarme étranger retroussée par un sabre, m'accompagne sur la route, me montre où le car s'arrêtera, me transportera jusqu'à Saint-Affrique. Il me dit adieu de loin, brandit son bâton pour moi pendant que dans le car j'agite ma main pour lui. Nous ne sommes que trois voyageurs. Deux sidis adolescents au premier rang bavardent, rient, ont même visage, même corpulence, mêmes rires, même voix, même béret basque verdi. J'observe un jeune homme dont le bonheur, l'insouciance vont jusqu'au dédoublement. Un jeune homme s'est multiplié par deux pour devenir deux fois heureux. Je bats des mains en pensée. Je croyais que des paysans brûlaient des herbes autour des villages que nous traversions mais ce sont des brumes voyageuses que nous traversons aussi. Nous avançons dans un avion. Plus loin, déchirement de clartés morbides, prophétiques dans le ciel; plus loin, nous regardons tous ensemble l'orée d'une lumière ensoleillée dans le ciel, tandis qu'il pleut à notre droite. Jeune et céleste matinée de lueurs en fin de journée.

Dîner chaud, copieux dans une honnête salle à manger de routiers et de voyageurs de commerce, excellente soirée dans la petite chambre au-dessous du toit, dans le même hôtel. Luxueuse digestion puisque je ruminais du regard d'autres toits de tuiles franchement rouges et que dans le carré de ma lucarne je regardais le glissement des mamelons ; je faisais voyager un bonbon au citron dans ma bouche. Dormi quatre heures malgré cette mise en route, malgré un édredon dans la tête. La propreté de mes chaussures de toile qui séchaient sur le rebord de la lucarne a eu la valeur de la propreté d'un lendemain pendant que je les distinguais à deux heures du matin.

Je revois les deux sidis adolescents encore rieurs, encore bavards. Ils déballent des sacs de dames, des chaussures, ils plongent leurs mains dans le même carton d'origine américaine, ils font leur étalage au coin d'une rue, sur le trottoir d'un café moderne. La ville est indulgente parce que c'est jour de marché, parce que la chaussée de la rue principale a été retournée par les cantonniers. J'ai le courage de ne pas tomber dans la molle et commode conclusion. Les deux jeunes gens ne sont pas les fils du sidi âgé qui me tourmente et me tourmentera. Je perds mes habitudes de vagabonde organisée, je retrouve mes habitudes de citadine routinière pendant que je choisis des hebdomadaires dans une librairie. Saint-Affrique est une ville chargée d'un nom trop beau pour elle, trop écrasant.

Je vous ai rencontrée, Madame, dans la couleur, dans la forme, dans la pierre d'une cathédrale, d'un archevêché, dans les roses du jardin entre la cathédrale et l'archevêché. J'ai été fouettée d'amour, de surprise, de beauté, jusqu'à m'écrouler, me changer en un tas de loques dans ma chambre d'hôtel. Vous ne m'êtes pas apparue. Nous n'étions plus à Montpellier-le-Vieux. Le matin, à midi, le soir, à minuit, j'ai effleuré le grain de votre peau avec mes doigts, avec mes cils, avec mes joues. Moi religieuse dès qu'il s'agit de vous, j'ai frôlé avec mes lèvres l'épiderme ardent de la cathédrale. Vous, c'est elle. Vous, Madame, ma beauté solide. J'atteindrai le valeureux par l'inutile, je m'imposerai encore des devoirs de fidélité envers vous dans mon univers qui n'est pas le vôtre. Il ne m'est pas et il ne me sera pas permis de vous donner des preuves. Un chien mourant à vos pieds ne serait qu'un chien en aimant à vos pieds. Vous avez tous les droits puisque vous n'avez rien exigé. Vous grandirez encore. Je vois le déroulement de la voile, le mât de votre renommée dans notre pays, dans les pays étrangers. Chaque battement de mes paupières quand je veille est acquiescement pour la montée de votre célébrité. Je suis par le battement de mes paupières le merci frémissant de ceux qui vous apprécient. J'ai trouvé vos dimensions. Vous avez le doux visage volontaire des milliers d'ouvriers qui ont mis cent ans pour bâtir une forteresse. Les donjons sont vos atours. Vous êtes ma cathédrale albigeoise, vous êtes ma forteresse. J'ai mon chemin de ronde autour de votre tour de taille. Donjon à gauche, donjon à droite : vous et vous Madame. Votre visage d'absente s'effaçait. J'ai revu votre front dans la pierre enflammée de la cathédrale.

L'arrivée à Albi sur une place de transit réservée aux autocars a été nulle. Le conducteur a bien voulu me présenter aux propriétaires d'un hôtel de la rue Balzac. J'ai peur des villes mortes de une heure de l'après-midi, qui somnolent, que je compare à des panthères somnolentes. J'ai peur de la salle de café dans laquelle le chauffeur m'a introduite. J'ai dit oui. Je logerai ici parce qu'il est trop tard pour reculer, parce que je ne blesserai pas mon guide. Je cherche ma chambre dans les couloirs de la détresse, j'entre dans le sanctuaire du délabrement et de la désolation. Je suis dans un bouge où l'on ne tue peut-être pas. Je pourrais appeler au secours puisque ma fenêtre est au-dessus de la rue, me dis-je. Il y a des fenêtres en face de la mienne mais elles sont cuirassées de volets. Les locataires en vacances subsistent dans leurs volets. Mon lit. C'est déjà le lit du désespoir. Le porte-savon creusé dans le lavabo qui a été un lavabo à eau courante est gluant. C'est du pus que le client précédent m'a laissé en souvenir dedans. Puisque nous, névrosés, nous obtenons mieux que les équilibrés ce dont nous avons besoin, je me demande comment je m'y suis prise pour acquérir pendant dix-sept nuits, dix-sept chambres et dix-sept fenêtres qui m'ont refusé l'espace, le ciel de la grandeur d'un mouchoir de poche. Le chauffeur du car, rose et bon vivant qui m'a amenée ici a été mon pourvoyeur de misère. J'ai de l'argent mais je suis timorée ; je n'ose pas me présenter dans un hôtel cossu avec mon sac au dos, mes vêtements poussiéreux. Je n'ai pas suffisamment d'argent non plus pour faire oublier mon sac à dos, mes vêtements modestes, pour loger tous les jours dans ce qu'il y a de mieux. Enfin, j'aurai eu quand même la petite lucarne généreuse de Saint-Affrique... Cinq cents francs exigés, donnés d'avance pour une nuit pendant laquelle je me désolerai de n'être pas née lapin des champs... Comme la bête de somme qui n'a pas le don de la parole ni celui de la révolte, je paie et je me tais. Je ne sors pas les objets de mon sac. Il coûte cher en nausées le voyage du demi-pauvre, du demi-campeur. Vous osez vous plaindre, hôteliers, vous osez avancer que le campeur c'est la ruine. Quand on ne voyage pas seul, quand on a une automobile, quand on a la force de porter sa chambre à coucher dans sa hotte, des palaces, il y en a des centaines dans les prés, au bord des ruisseaux. Pourquoi nous, écrivains qui ne réussissons pas, peintres ou sidis, n'avons-nous pas dans chaque grand département un centre d'accueil digne de ce nom ? Pourquoi faut-il que nous nous confondions avec les parias ? Ecrire. Profession dérisoire puisque dix, quinze hôteliers ont eu le même sourire de pitié après qu'ils s'étaient jetés sur ma fiche de résidence. J'avais eu la naïveté d'avouer ce que je faisais de mes journées lorsque j'avais renouvelé ma carte d'identité égarée. Le mauvais sourire de ces écumeurs me détériore et me fait douter de Maurice Sachs qui m'installa sous un pommier de Normandie avant son départ pour Hambourg, qui jeta sur mes genoux un cabas contenant un cahier neuf et qui me dit, affectueux, ironique, convaincu : « Maintenant que vous avez tout ce qu'il vous faut, écrivez. » Il dit et il me tourna le dos. Par discrétion.

Pharmacie du docteur Bobo. Enseigne d'une pharmacie d'Albi à proximité de la place aux autocars. Divertissement et consolation en sortant de l'hôtel. Téléphoné tout de suite à Saint-Affrique où j'ai oublié des cahiers. Je sais que je les retrouverai, je sais que la lucarne prodigue en toits, en paysage, me protège. Grande amabilité de la serveuse. J'ai la révélation de ma solitude pendant que je l'écoute, pendant qu'elle est affable dans l'appareil téléphonique. C'est un bonheur imprévu sa voix, sa promesse de m'envoyer mes papiers puisque j'écoute ma respiration par volonté de me distraire, d'escamoter, de survoler la cabine téléphonique dans le bureau de poste. Un papillon vole au-dessus des fleurs.

Des bolides en forme d'obus creusés crépitent, renâclent, roulent sans bruit, ronronnent ou bien éclaircissent leur gosier métallique. Il est inscrit sur les banderoles qu'il y aura course d'automobiles le lendemain. Les champions du volant se font la main avant la répétition sur le terrain. Je me suis redressée, exaltée. Il est contagieux ce frémissement de force dans le moteur d'une Alfa-Roméo... Mais après je me suis réfugiée dans le magasin des Monoprix. Objets jumeaux, déjà vus dans les rayons du magasin des Monoprix du faubourg Saint-Antoine dans lequel je fais des pèlerinages quand je suis à Paris. C'est ma morphine, mon centre d'imagination. Pendant que le diffuseur avec sa musique de danse crée une atmosphère de thé dansant à neuf heures du matin, déclenche, favorise, maintient un climat de prodigalité, de dépenses superflues, d'achats fantaisistes, je me raconte que l'abordable se mesure ici à l'inabordable. J'achète jolis foulards, jolis mouchoirs, robes imprimées, bracelets que j'astique au miror. Je fais là-dedans des provisions de féminité raisonnable et mes folies ne laissent pas de traces. Monoprix me change en sophiste dès que j'ai poussé le battant de sa porte. Il est la chapelle dans laquelle je me console de mon manque d'argent. Tous les objets sur les rayons sont à ma portée. Acheté au Monoprix d'Albi deux bouchons pour ma gourde d'aluminium, un cahier. Pas trouvé une clé universelle dans ce magasin. Besoin de revoir les cafés, leurs terrasses, la mécanique chapliniste des garçons au tablier blanc qui vont du dehors au-dedans et du dedans au-dehors. Je n'entre pas mais je sais que pour cinquante francs je boirai, si je le désire, un café filtre ou bien un anis de la même qualité que ceux de l'hôtel Ritz. Surabondance d'agents de police, de gants blancs, d'étuis à revolver en cuir blanc à cause des bolides dans la ville. Mes pieds hésitants sont à Paris. Quand le ronronnement des automobiles de courses s'est éteint dans les rues, j'entends le ronronnement de la cathédrale que je ne connais pas. Elle ronronne sous la caresse des siècles, elle s'impose sur les guéridons des terrasses, à l'intérieur d'une carte Michelin d'un Anglais, elle vibre dans le Guide Bleu que consulte un Chinois. Je tourne en rond sur la place, je tremble parce que moi touriste, je vais me fiancer à un monument et que je ne me décide pas et qu'il est trop tard pour reculer. Je la fuis. C'est si vite défloré avec l'œil la construction. Je l'évite mais je communie, Madame, avec vos paroles concernant la cathédrale d'Albi. Je me suis engagée dans une rue commerçante où l'angle d'une pharmacie d'un pharmacien artiste est l'angle d'une maison à l'italienne. Je revois sur l'encadrement des fenêtres Florence dans le film *Païsa.* Patrie de la beauté, berceau de l'art... Formule que je détestais. Elles sont justes, vraies puisque je me dirige, que je suis un chemin que j'ai suivi avant d'être née. Je retrouve une patrie que j'avais perdue en naissant. Me voici patriote et j'ai été rapatriée pour elle. La cathédrale que je n'ai pas vue, dont le ronronnement de présence est le ronronnement de sept siècles me révèle qu'hier j'étais une exilée. Je me compléterai pendant que je la regarderai. J'ai su à Albi que la beauté n'est pas le superflu mais le nécessaire. J'ai des réactions, des trucs de petite fille. Je ruse avec mes regards baissés, j'avance avec une visière parce que je refuse la vision de la cathédrale à distance. Je veux recevoir d'elle un choc de poitrine, je l'ai reçu. Mes dix-sept chambres sordides se sont écroulées sous le choc. Je n'ai pas vu, je ne verrai pas Dieu mais j'ai contemplé, touché, admiré jusqu'aux larmes de joie une forteresse de beauté. Ce sont mes épousailles avec la construction militaire. C'est une rafale d'enthousiasme qui m'a jetée contre les briques de la cathédrale. Je ne serais pas jetée plus violemment contre un mur de New York un jour de tempête. Je vous dois ce rapatriement, Madame, puisque vous m'avez dirigée sur Albi. Une hauteur de quarante et un mètres de style gothique, quarante et un mètres d'élévation en plein air sous le grelottement de la clochette des églises m'ont consolée. Je n'ai pas cherché Dieu dans les murs. J'ai trouvé les milliers de maçons soulevés de terre qui ont bâti ce qu'il y a de plus solide, de plus secret sur la terre : un donjon. La couleur est celle d'une rose violente, c'est la couleur de la foi que vous aviez dans vos mains, briquetiers. Vous l'avez laissée dans la brique de la cathédrale d'Albi. Ici qu'il est lisse l'amour moyenâgeux, qu'elle est chantante la patine des orgues dans la briqueterie. Enceinte. Le mot est exact si je regarde le commencement de l'enflure, si je vois le mur qui met au monde la tour. J'ai du bégaiement à l'âme, j'ai du bégaiement dans les yeux. Je vois trouble. C'est le cœur qui monte à la tête, c'est le coup de foudre après l'amour. Je ne peux plus regarder, je ne peux plus lever les yeux. Je suis écrasée par la citadelle des efforts.

J'étais venue reprendre haleine dans les restes du cloître de Saint-Salvi, respirer avec modération à proximité de l'herbe de la pelouse, à proximité du puits coquet. La musique d'une valse jouée à l'accordéon arrivait jusque-là, aidait à la retombée de la réalité.

— On visite, a demandé une voix.

C'est une vieille femme rondelette, bien nourrie, décidée, vêtue d'une robe bien taillée, coiffée d'un canotier de paille noire qui illumine ses cheveux blancs : c'est une Albigeoise.

— Je visite, qu'y a-t-il à voir ? ai-je dit par enfantillage.

Nous nous sourions.

— Venez avec moi. Je vous emmène.

Je la suis et j'ai de la difficulté à la suivre, cette boule de fleurs sur fond gris pendant qu'elle descend l'escalier de Saint-Salvi. J'ai détourné la tête par pudeur, par respect des dons inégaux entre la cathédrale et moi.

— Vous l'avez visitée ?

Il faut que je revoie ce que j'ai épousé.

— Je n'ai pas visité. J'ai regardé du dehors, lui dis-je.

— Entrons.

Elle me viole la vieille dame, elle me bouscule sous le baldaquin blanc en dentelle de pierre. Elle pénètre dans la cathédrale et je vais malgré moi, pénétrer en soudard. Voici la minute de mon voyage pendant laquelle je suis devenue Judas. La croyante a trempé ses doigts dans le bénitier, m'a tendu ses doigts mouillés — ce qui est serviable — avant de faire le signe de la croix. J'avoue que j'ai manqué de courage, de franchise et que, par manque de temps — je n'avais qu'une seconde pour réfléchir, refuser ou bien accepter —, par crainte de l'offenser, de l'humilier dans sa serviabilité, de la perdre, de la refroidir, j'ai avancé ma main, j'ai effleuré ses doigts bénis, j'ai fait le même signe qu'elle en espionnant parce que je ne savais pas si je devais commencer de droite à gauche ou bien de gauche à droite.

— Vite, vite. Venez vite, a-t-elle commandé.

Nous avons couru dans une allée du bas-côté. Je me suis raconté que je me serais déchaussée à l'intérieur d'une mosquée, que je l'aurais fait comme les autres fidèles des mosquées, je me suis dit que j'étais à Albi l'invitée de la vieille dame et que je devais me soumettre aux rites de mon hôtesse, je me suis agenouillée avec elle devant l'autel.

— Regardez ! a-t-elle dit.

La vieille dame me parlait à voix haute :

— Sa robe lui va bien. Elle est bien faite. Je m'y connais. Je suis couturière.

Nous avons regardé longtemps le visage de cire, le corps allongé de la jeune fille, sa robe vert et or, dans le cercueil de verre au-dessous de la nappe de l'autel.

— Qui est-ce ? ai-je demandé après que nous fûmes éloignées.

— C'est sainte Cécile. Mais venez, venez vite.

Elle a couru dans la même allée du bas-côté.

— Les vitraux ont été volés à M. le curé, m'a-t-elle expliqué, et M. le curé a dû les remplacer avec son argent à lui.

Je suis sceptique, hésitante. Il est possible que la couturière brode une histoire.

— Venez vite dans le jubé, a-t-elle commandé. On visite justement.

Je peux me séparer d'elle, l'isoler dans un groupe qui écoute le sacristain.

— Dentelle de pierre, dentelle de pierre, dentelle de pierre... Je n'entends que cela pendant que sous l'influence de la réaliste je fais le recensement des anges dans le jubé, à l'intérieur de la clôture de pierre : soixante-dix têtes différentes, soixante-dix ports de tête différents, soixante-dix regards, soixante-dix sourires différents, soixante-dix expressions différentes, soixante-dix dais en forme de clocheton emboîtant, protégeant, auréolant la tête de soixante-dix anges. C'est à Albi que j'aurai eu la révélation de l'univers de résonances du sculpteur. Soixante-dix variations sur le thème d'un sourire céleste. Mes yeux écoutent une fugue à soixante-dix voix composée dans la pierre. Je reviendrai demain, je détaillerai les bêtes, les hommes, les visages des monstres, les bouches, les grimaces de luxure des bêtes, des hommes et des femmes creusés dans le bois des stalles du jubé.

— C'est le registre des Grâces. Vite, vite. Ecrivez vite la grâce que vous demandez. Je vous attends. Vite, vite.

Elle a reculé par discrétion mais elle m'a forcé la main. Les pages du registre sont couvertes de demandes et de signatures illisibles. Au-dessus de ce que je demanderai, j'ai lu : « Protégez le foyer que je vais créer. » « Faites que je sois reçue à mon certificat d'études. » Je me suis décidée. J'ai demandé : « Faites que Jean Genet aille au Paradis. » J'ai signé.

Le même signe de croix avant notre sortie par politesse envers les habitudes profondes de celle qui m'a accostée.

— Je vous emmène à l'archevêché, a-t-elle déclaré sous le même baldaquin en dentelle de pierre.

— Oh ! ai-je répondu, je ne voudrais pas abuser de votre temps. On vous attend peut-être chez vous... Je peux y aller seule.

Mon immense, ma puissante, mon ardente, ma grande extérieure c'est ici que je te préfère et je préférerai toujours les murs aux chefs-d'œuvre à l'intérieur. Je ne te connaissais pas mais je ne pouvais pas me passer de toi, ma forteresse de simplicité. Ta jupe ronde... Quelle perfection de sévérité dans ta féminité, dans la forme du donjon. Il faut que j'écoute ailleurs le geyser des grandes orgues, à l'intérieur des murs on me parle.

— Venez, venez, a dit la vieille dame.

— Elle est belle notre cathédrale mais vous la reverrez. Mon mari est fou, j'ai le temps jusqu'à sept heures.

— Vous ne l'avez pas avec vous ?

Des touristes sont montés dans leur automobile de luxe, petit jouet brillant à quelques mètres de la capitale du gothique. L'automobile s'est engagée sur une route de rêve. Elle est partie. Ils l'ont vu le chef-d'œuvre de l'élévation.

— Mon mari, ils me l'ont rendu. Avez-vous remarqué la belle voiture. Il est devenu fou il y a quinze ans. Je lui cède. Il est sage.

— Puis-je vous demander ce qu'il a ?

— Des hallucinations.

Elle me l'a avoué avec gaieté, elle m'a prouvé sa générosité en m'avouant aussi avec simplicité une maladie que d'autres cacheraient, baptiseraient d'un autre nom.

Nous avons passé le seuil de la construction féodale pendant que ma bruiteuse infatigable me racontait une histoire de marquise, de maîtresse (qui signifie épouse dans sa bouche), d'un marquis de la Mayenne qu'elle aurait rencontré comme elle m'a rencontrée, qu'elle accompagnait sur le Pont-Vieux tous les soirs. Elle m'a dit qu'elle me conduirait sur le Pont-Vieux après le dîner, ce soir...

Demi-mesures cruciales de l'homme qui veut être seul et qui ne le veut pas. L'écartèlement entre le désert et la société. Je n'ai pas osé me consacrer aux briques de l'archevêché. Je reviendrai demain. J'ai observé les fleurs, leur transparence, la plate-bande bleue au pied du mur de la loge du concierge. J'ai regardé le sol par volonté de ne pas prendre tout de suite ce qui est haut, ce qui me soulèvera, ce qui me dépassera. Ce n'est que netteté, ordre, propreté. Tant de nuits que je vivotais et patientais dans la saleté hypocrite des chambres d'hôtels... Je me suis récurée pendant que j'ai regardé le sol de la cour d'entrée de l'archevêché. Elle est réconfortante ici l'organisation, la surveillance, l'influence des Beaux-Arts... Je ne peux plus résister à mes consignes. J'ai levé les yeux, j'ai vu la puissante porte fortifiée, j'ai vu le berceau des lignes brisées, j'ai vu d'autres portes dans leur vaste mantille de pierre, j'ai vu la fortification au cœur de la charmille de briques.

— Vite, vite, a dit la vieille dame, que je vous montre les cloques de notre archevêché...

Mon guide me violait encore. J'ai levé la tête. Je l'ai vu tout de suite le donjon de l'archevêché.

— Qu'est-ce qu'une cloque ? lui ai-je demandé.

— Les clous, les clous, a-t-elle répété avec largesse. Les clous des prisonniers qu'on pendait, a-t-elle ajouté.

Nous regardions dans les murs les trous des clous qui retenaient les pendus.

— Nous avons des oubliettes. Il y a des gens dedans, m'a-t-elle dit avec suffisance.

Je me suis penchée en même temps qu'elle.

Il a fallu que je lui promette que je la prendrais chez elle à huit heures, ce soir ; j'ai son adresse dans mon porte-monnaie.

Pas de chance. J'ai la société d'une vieille dame couturière. Quand j'ai tant à faire avec la société colossale de la cathédrale et de l'archevêché. Je n'irai pas, ai-je dit au sabot, à la vitrine d'une droguerie. Je suis libre, ai-je dit encore au sabot dont une moitié a été peinte avec de la peinture vermillon, marque Renaulac. Je me suis éloignée, j'ai tourné le dos à la cathédrale. Sa grandeur de demain matin sera pour les touristes suivants... J'ai décidé que je glisserais un papier sous sa porte, que je lui écrirais que je quitte Albi. J'ai décidé que je dînerais dans le café de l'hôtel de la rue Balzac... Il est sept heures. Je m'affaisse malgré le prolongement de vie que je lis sur les ardoises du Syndicat d'Initiative. Minuit trente : départ pour Lourdes. Quatre heures et demie du matin : départ pour Sète. Des Albigeois et des Albigeoises qui voyageront cette nuit dorment entre leurs draps, dormiront la nuit prochaine dans leur literie. Je me révolte contre moi-même parce que je ne me décolle pas de Paris pendant neuf mois. Anvers... Je le désire tant. Anvers et Harlem en Hollande, puisque Harlem en Amérique ce n'est pas possible, et Amsterdam... Pas suffisamment d'argent. Je copierai des adresses le soir pendant que j'écouterai la musique des concerts retransmis. Je vivrai des semaines, des mois dans le même autocar, je ferai le tour du monde dans le même autocar, j'avancerai sur les flots de l'Atlantique, de la Méditerranée, assise dans mon autocar. Ce sera ma limousine de voyage, ce sera mon pourfendeur de villages.

— Il ne faut pas que je traîne, ai-je dit à la serveuse de l'hôtel. Je suis attendue.

J'ai cherché sur le visage des ouvriers s'ils m'avaient écoutée, mais ils mangeaient et m'ignoraient. J'ai vu qu'en disant cela j'avais été un roman pour un couple de vieillards pauvres, inséparables, soigneux, fatigués. Ils commandaient une omelette, un fromage. Ils étaient descendus en pantoufles d'une chambre qui ressemblait à la mienne. Ils avaient l'air satisfait ; ils étaient deux contre la désertion de l'hôtelier, contre le délayage des objets dans les chambres. Mon lit à Paris me dorlote trop, je suis trop favorisée pendant que je peux balayer, cirer, blanchir, repasser. Mes mains sont mes bourgeoises. Une prostituée, ponctuelle avec les heures creuses, lisait un feuilleton dans un format réduit ; elle avalait un chaud potage des familles. Une autre prostituée habituée du restaurant limait ses ongles au-dessus de son assiette vide qu'elle saupoudrait. Elle criait qu'elle attendrait son mari. J'irai et je me sens forte, l'égale des dîneurs parce que je suis attendue dans Albi par la vieille Albigeoise ? Je me peignerai et me poudrerai dans les rues. J'ai peur de la revoir, ma chambre d'hôtel.

Je suis revenue sur la place du Vigan aux cafés illuminés. Rassemblements autour des voitures de plaisance des coureurs automobiles qui dînaient dans la meilleure brasserie.

Je m'engage dans une rue que je reconnais, je montre au gardien d'une maison Renaissance le papier sur lequel j'ai inscrit l'adresse. Rue inconnue, me déclare-t-il, on vous a trompée. Je ne l'ai pas cru. Je crois en la vieille Albigeoise. Je cherche. Je redemande la rue aux rares passants qui se croient accostés par une créature, qui m'éloignent en s'éloignant. Je veux la revoir parce que l'avenir avec elle est incertain. Je cours, je reviens sur mes pas, j'entre dans un restaurant. La rue existe, me dit-on. Je sors du restaurant, un passant boiteux qui la connaît aussi me met dans le bon chemin. Elle m'attendait devant sa porte. Elle me reproche mes vingt minutes de retard, elle ne croit pas en ce que je lui dis pendant que je lui raconte ma course dans la ville. Une femme vêtue d'un tailleur, le parapluie de nuit manié comme une ombrelle, une femme que je n'avais pas aperçue s'est détachée de l'encoignure. Je distingue dans le clair-obscur sa fausse guimpe de mousseline mal attachée avec des épingles de sûreté à l'intérieur des revers. Coquetterie bâclée, parure inquiétante. J'ai un malaise. La vieille dame qui nous a présentées l'une à l'autre ajoute :

— Maintenant il faut y aller. Ce n'est pas éclairé tous les jours.

La femme qui nous suit s'affirme dans notre dos par le bruit de son parapluie sur les pavés d'Albi. Ma connaissance à mes côtés a changé, perdu de son assurance. Nous nous taisons, nous avançons en voleuses avaricieuses, serrées de près par un flic. Je leur dis en tournant souvent la tête du côté de notre suiveuse, où j'ai dîné, où je coucherai. Je serais, selon elles, dans le bouge d'une rue mal famée. Elles s'animent à l'unisson quand il s'agit d'un assassinat éventuel : du mien. La vieille dame redevenue entreprenante m'a entraînée dans une impasse.

— Vous, est-ce que vous venez ? a-t-elle demandé à l'autre.

— Je n'irai pas, a répondu la femme au parapluie qui était déjà installée en sentinelle devant l'impasse dans laquelle nous nous étions engagées.

— Ne vous tourmentez pas, a chuchoté la vieille Albigeoise. Demain vous mangerez ici.

Nous étions dans la cuisine d'un restaurant. Une bossue dormait, elle a sursauté.

— Ne vous tourmentez pas, m'a redit la vieille

dame en pleine lumière. Elle n'est pas venue parce qu'elle est folle.

La bossue promettait qu'elle me donnerait à manger.

— Prenez l'adresse, a conseillé la vieille Albigeoise, c'est plus simple : restaurant Sainte-Cécile, rue Sainte-Cécile.

La femme de quarante ans, notre Louis XIV nocturne, nous attendait, elle et les ronds de jambe de son parapluie. Elle s'est effacée.

— Si vous boudez, vous pouvez continuer, lui a dit la vieille dame.

J'ai supposé que ce faux Louis XIV, qui maniait le parapluie avec la même aisance que le Roi-Soleil sa canne voyante, devait de l'argent à la restauratrice.

— Qu'est-ce que vous ferez de votre dimanche? m'a demandé la vieille Albigeoise. Vous prendrez le café chez moi après le déjeuner. Vous verrez mon mari. Il n'est pas dangereux.

— Venez à côté de nous, ai-je murmuré à la femme qui nous suivait.

— Laissez donc ce sale caractère où il est, a claironné la vieille Albigeoise.

La femme à la guimpe de mousseline, au visage intelligent et fermé, ne s'est pas jointe à nous.

— Demain? Je visiterai le musée. Où nous emmenez-vous maintenant?

— Devant la cathédrale. Où voulez-vous qu'on aille avec un sale caractère à ses trousses?

Non, je ne m'enfuierai pas. Je ne suis plus libre, je ne peux pas abandonner la femme au parapluie.

— Vous visiterez le musée Toulouse-Lautrec? a questionné la femme.

Elle s'est jointe à nous.

— J'ai habillé sa mère, a dit la vieille couturière. Je me souviens d'une robe en pelure d'oignon.

— Ce n'est pas possible. Vous êtes jeune. Vous ne pouvez pas avoir connu la mère de Toulouse-Lautrec, ai-je dit.

Je ne peux pas soutenir que j'ai reçu de l'autre un coup de parapluie sur le mollet mais je peux affirmer que j'ai été touchée durement par un bâton pendant que je doutais.

— J'ai soixante-huit ans, a dit avec superbe la vieille dame.

Son âge avoué a été une entrée de plus dans une noblesse célèbre à Albi pour laquelle elle tirait l'aiguille.

— Vous oubliez qu'il est mort jeune, m'a dit la femme sur un ton grondeur.

Elle défendait et justifiait la célébrité relative de la couturière avec la mort de Lautrec.

Nous avons fait du calcul mental. C'était possible.

— Elle était grande et maigre avec un long nez. C'était une grande dame... Non, elle ne parlait pas de son fils. C'étaient les soubrettes qui en parlaient pour elle dans la ville. L'araignée... Racontez-lui, vous, l'histoire de l'araignée.

La femme au parapluie a changé de place. Elle est venue à côté de moi. Elle a braqué l'objet sous son aisselle.

— L'autodafé... L'autodafé...

La femme à la guimpe de mousseline le répétait à elle-même dans un monde où elle était seule avec le tas de cendres des œuvres calcinées.

— Dites-le, ai-je soupiré, si c'est vrai qu'ils les ont brûlées...

— Je n'ai l'air de rien mais je vous conduis tout droit devant leur maison, a dit la vieille dame qui s'est mise au milieu. Parlez-lui de l'araignée.

— Vous n'entendez pas que je lui parle de l'autodafé, a répliqué la femme. Ils les ont brûlées parce qu'il s'était lancé dans la bohème...

— La famille les a détruites ?

— C'est à envisager, m'a répondu lentement la femme dans une proposition de désespoir élégant, peu appuyé.

— Le clocher là-bas... C'est ça, annonçait la vieille couturière ragaillardie par sa science.

— Les soubrettes racontaient que le peintre interdisait d'entrer dans sa chambre.

— ... et qu'il vivait dans la saleté, a continué la vieille Albigeoise. Il détestait le ménage.

La femme au parapluie s'est renfrognée.

— Lautrec choyait l'araignée. Il craignait le massacre de la toile d'araignée, a expliqué la femme à la guimpe de mousseline.

— Voici sa maison.

— Celle de ses parents, a nuancé la femme au parapluie.

Nous longions des feuillages nocturnes préservés par des murs, du ciment, des grilles. La brise d'une soirée d'août ne pénétrait pas dans le jardin trop défendu.

— Il y a une lumière. Ils sont là, a dit la vieille Albigeoise.

Nous regardions ce que la couturière appréciait et admirait : une tourelle, un clocher, un castel. La citadelle de la noblesse embourgeoisée.

— D'ici aux maisons closes il n'y a eu qu'un pas, ai-je dit à la femme méditative. Quelle cathédrale d'ennui...

— Je vous montrerai les derrières, a déclaré la vieille Albigeoise.

Projet en surimpression sur mes paroles qui l'avaient choquée.

La femme de quarante ans s'est exaltée :

— Lautrec a toujours eu beaucoup d'argent. Il était riche, très riche...

— Tant mieux. Ça compensait, ai-je murmuré.

J'ai cru que je la freinerais. Elle battait une drôle de mesure avec le manche du parapluie dans le creux de son aisselle.

— Quittons ces lieux, ai-je conseillé. Nous parlerons en marchant.

La vieille Albigeoise satisfaite de la promenade avec des dames qui conversaient a marché devant nous puis elle a tourné la tête du côté de la lumière dans la maison des Toulouse-Lautrec. La femme m'a attaquée :

— L'ennui, l'ennui ! Ce n'est pas l'ennui qui l'a chassé d'ici.

Elle s'est tue, elle a frappé les maudits pavés de la maudite ville d'Albi dans laquelle elle dépérit probablement d'ennui.

— J'aurais dû emmener Loulet avec nous, a dit la vieille dame qui nous précédait.

— Vous voulez tuer Loulet, a dit la femme chaussée de chaussures en daim noir, de forme minable. Vous savez bien qu'il a fait les foins et qu'il ne peut pas se promener.

— Voici notre cathédrale éclairée, a dit la vieille

Albigeoise. Méfiez-vous : vous serez suivie quand nous nous quitterons. Nous sommes toujours suivies quand nous nous promenons. Je lui dirai : si vous avez fiacre, valets, équipage, femmes de chambre, j'en suis. C'est ce que lui dirait aussi une de mes vieilles clientes. A soixante-seize ans elle est plus difficile que moi. Nous en parlions hier.

Nous n'avons pas ri de ces deux vieilles valeurs cocasses.

Nous nous engagions sur le Pont-Vieux d'où nous verrions les masses féodales.

— Lautrec, Mademoiselle ou Madame, est parti d'ici parce qu'il ne régnait pas sur eux, parce qu'au milieu des nobles, dans son monde avec ses deux jambes brisées, il n'était pas le maître, tandis que là-bas, là-bas...

— Criez moins fort. La croix, vous voyez la vieille croix sur le pont, c'est tout ce que la Révolution a épargné, a dit l'Albigeoise. Il faut nous rapprocher...

— Je vous jure qu'il se sentait le supérieur dans les maisons closes. Il avait tant d'argent...

— Surtout un crayon. Vous m'attristez, ai-je avoué.

Oui, le nain couvert d'or m'attristait davantage que le nain peignant en bras de chemise, en chapeau de jardin. Je voyais de mémoire ses binocles sur son nez et ses binocles qui résistaient à la dorure me consolaient.

— Est-ce que vous avez goûté nos gimbettes? a demandé la femme au parapluie. Vous verrez, vous verrez. C'est toute la saveur du Moyen Age dans la bouche...

— Le jardin de l'archevêché, ai-je crié.

Mon cri a porté puisque la femme à la guimpe de

mousseline et la vieille Albigeoise se sont mises à l'écart.

Je peux, Madame, vous remercier pendant que je regarde de loin le jardin de l'archevêché d'Albi dans un doux rêve de lumière à neuf heures du soir. Vous me l'avez conseillé. M'y voici. La reconnaissance est un retour à l'esclavage. Tant pis. Je vous suis reconnaissante jusqu'à l'angoisse de m'avoir amenée ici. C'est à Paris, sur la banquette d'une brasserie que vous m'avez donné Albi. Je ne l'oublierai pas. Je pensais souvent à ce jardin dont vous m'aviez parlé et j'y pensais à découvert dans les Cévennes, sur le plateau de la mort, de l'austérité, de la pureté des causses. Je vous l'avoue. Il m'est arrivé de stationner le soir au début de votre rue d'hiver et de votre rue d'été à Paris. Pour vivre, tousser, me frotter l'œil dans votre rue. C'est dans votre rue aussi que j'ai reçu la même haleine qu'ici. Cette haleine de réflecteurs des monuments historiques. En me conseillant une visite à Albi, vous avez, des tableaux anciens, sorti les petits paysages au second plan, ciselures en peinture, que je préfère au sujet. Vous avez mis en avant, fortifié les tours, les donjons minuscules à la limite du nuageux. Vous avez changé mes petits trésors sur un rang modeste en acteurs massifs soumis à la batterie des réflecteurs. Ma loupe, c'est votre œil à Albi. Je vous dois ce changement de rang. Je ne verrai pas avant de mourir rassemblement plus élégant, le rassemblement féodal dans le tendre arrosage de la lumière électrique. Ce que je reçois en ce moment je m'en sépare, je vous le donne enrichi, je le souhaite, d'être venu chez moi.

Nous avons convenu que je reverrais la vieille dame

le lendemain dans la cathédrale de neuf heures du matin, à la messe.

— C'est une épave, c'est une divorcée, est parvenue à me confier la couturière.

Cela a été chuchoté dans le bruit de sa clé réveillant la serrure.

— Votre chemin c'est le mien, a dit la femme à la guimpe.

De son parapluie elle a fait encore un objet de majesté.

J'ai demandé sans spontanéité si elle avait été frappée par la ressemblance du maigre prophète Isaïe, sculpture à l'extérieur du jubé de la cathédrale, avec Gide.

— Oh moi, vous savez... Je suis démodée. Je n'aime qu'Eugénie de Guérin.

— La sincérité n'est jamais démodée.

Nous avons végété en silence.

— Je ferai attention à ce que vous me dites quand j'irai, a-t-elle concédé.

Sa guimpe de mousseline était tout à fait dérangée. J'ai craint une crise de sa part à dix heures du soir. Je ne pouvais pas préciser le genre de cette crise.

— Venez avec moi.

Elle a ouvert son parapluie, elle l'a refermé devant la porte du gardien.

— C'est si fragile, s'est-elle attendrie tandis qu'elle secouait l'objet. Nous pouvons entrer. Vous ne le savez sans doute pas, mais nous sommes dans la rue Timbal.

— Nous ne pouvons pas entrer ici !

— C'est classé monument historique à toute heure, s'est-elle écriée.

Qu'elle dit, ai-je pensé.

Nous étions dans une cour de rêve historique, au cœur de l'entretien d'un style et d'un édifice. Je devinais plutôt que je voyais les frontons, les sculptures, les fleurs naturelles de la propagande des Monuments Historiques.

— C'est ici que François Ier a mangé des gimbettes, m'a-t-elle expliqué. Suivez-moi.

Je l'ai remerciée. Elle m'avait conduite au-dessous des dessous rigides de l'escalier.

— Le soir quand les gens de ma maison ont été méchants je viens le voir. Il y en a qui sont méchants dans ma maison. Il est toujours blanc par n'importe quel temps. Il plisse comme ça jusqu'au dernier étage. Vous l'aimez ?

Je me suis exaltée avec elle :

— C'est comme un coup de vent dans une jupe écossaise et ce sont les marches à l'envers... C'est comme le grand, grand tourbillon de la robe d'Argentina pendant qu'elle dansait et c'est de la pierre. C'est comme un colimaçon. C'est...

— C'est plus que tout ce que vous me dites.

— C'est une traîne contrariée.

Elle a réfléchi : « C'est une femme qui a empoigné sa longue jupe mais la femme est partie, a-t-elle dit pensive. Elle nous a laissé la révérence d'une jupe... Non. D'une jambe dans les plis du tissu. »

Nous avons contemplé l'envers rêveur de cet escalier de pierre blanche.

— Maintenant il faudrait me ramener, a-t-elle suggéré. Les gens sur les paliers me font des niches. Ils ne veulent pas que je sorte le soir. Vous aimez les maisons Louis XV ?

— Je ne sais pas, je suis ignorante.

— J'habite dans une maison Louis XV. Quand je vous crierai : « Tout va bien » de la fenêtre, vous partirez. Ils m'auront laissé entrer chez moi.

Ce qu'elle avait dit, elle le cria de la fenêtre au dernier étage de sa belle maison. Mon arrivée à Albi a été consommée quand elle a refermé la fenêtre.

J'ai cherché des pâtisseries et des boulangeries à dix heures du soir. Je trouvais des stores, des franges, des doublures de vitrines. La forme, la saveur de la gimbette m'intriguaient. Plus que cela. Le gâteau que j'attendais de mon dimanche à Albi prenait une valeur d'hostie. J'aurai demain ramassé dans ma bouche le corps vivant du Moyen Age, la chair et le sang des éleveurs par milliers des murailles de la cathédrale d'Albi. Je mâcherai du donjon, de la tourelle, du contrefort, du clocher, de la nef, du bois de poutrelle, du mortier d'échafaudage, de la brique gothique. J'avalerai de la flamme religieuse, je boirai à longs traits. Il suffira de communier dans une boulangerie d'Albi. Des jeunes campagnards venus à la ville pour la course d'automobiles tournaient autour des voitures basses qu'ils inspectaient à côté de la meilleure brasserie.

Une heure du matin à ma montre de métal rose. Elles ne sont pas venues, elles ne viendront pas. Je les guette, je les imagine, je les appelle, je les repousse, je les crée. Il est pour elles mon manège d'ombre et de lumière dans la chambre. J'éteins, j'allume, j'éteins, j'allume... La lumière les anéantira, la nuit les ranimera. Les punaises m'obsèdent pendant que, sur mon lit dur, je fais des projets de recueillement dans une pâtisserie à l'heure de la messe, pendant que je sanctifie d'avance une friandise. Ma chambre aussi est mauvaise. Je me gratte, je m'hypnotise ; j'ai de la vermine dans le sang à cause de la chambre d'hôtel. Les allées et venues n'ont pas cessé dans le café ouvert la nuit, dans la rue, ni les appels, ni les cris d'hommes, ni les coups de sifflet envoyés avec les lèvres. Il était inscrit que je me débattrais avec de la vermine imaginaire. Je suis arrivée à Albi et, malgré moi, j'ai consulté les ordres et les consignes sur l'ardoise des névroses. Je suis libre, mais je ne peux pas me lever de mon lit, me sauver, m'offrir une meilleure nuit dans un meilleur hôtel. Je me suis créé un destin de malaises en venant ici. Ouvrière consciencieuse de mes délabrements, de mes écroulements, j'ai consulté le tableau du jour dans la loge des défaites pendant que je me suis élancée vers ce qu'il y a de fortifiant à Albi. Il m'apparaît mon destin. C'est un métier à tisser que je ne suis pas forcée d'occuper. C'est un métier sur lequel je tisse à l'avance la longue étoffe de mes malheurs. Les punaises ne viennent pas, les hommes dans le café se calment, la rue, par ma fenêtre ouverte, se range, moisit. Mais je suis capable de croire, hélas, que le silence conspire. Passive, je réfléchis. Puisque j'ai la générosité littéraire, hélas encore, de me tourmenter pour un sidi à qui on a refusé le couvert, j'aurai la générosité de créer un chemin de ronde qui sera un chemin d'amour dans cette chambre, pour la chambre. Je creuserai des meurtrières, je me planterai sur le plancher, moi et mes deux seaux d'huile bouillante. Je défendrai les murs, les objets, la crasse contre les envahissements des miasmes. Je te hisserai, garni, jusqu'aux hauteurs de ma cathédrale. Qu'importe si je ne fais qu'accabler avec ma sensibilité sans emploi des murs et des objets. Je n'abandonnerai pas cette chambre d'hôtel. Je ne peux plus te quitter.

Je le savais : le silence conspirait. Dans la rue Balzac, à deux heures du matin, un homme pleure et crie :

— Qu'est-ce que je t'ai fait ? Dis-le ce que je t'ai fait.

Je me suis cachée sous le drap parce que je suis responsable. Un homme pleure et crie au-dessous de ma couverture.

— Dis-le-moi ce que je t'ai fait.

Je me lève, je me précipite à la fenêtre. Celui qui se tait marche à côté de celui qui souffre. Sacoche en bandoulière à gauche, sacoche en bandoulière à droite. Ce sont des livreurs et des encaisseurs. Leur pas est régulier ; ils sont massifs, ils se tiennent droits. Je le regrette, mais ce ne sont pas des hommes en état d'ivresse. Quand un homme pleure, il pleure vraiment. C'est la première fois que j'en entends un pleurer et c'est à Albi que j'aurai entendu gémir le même. Cette énigme est partie et me laisse un souvenir. La ville dort, la ville est plus lointaine que l'homme qui pleure et qui s'éloigne.

Acheté et mangé une gimbette dans une pâtisserie. Gâteau en forme d'étoile, friandise historique, dure à croquer, sévère, qui se conserve un mois. Je ne suis pas déçue. Il est incontestable que la saveur rudimentaire de la gimbette est une saveur mystique.

Je pars mais je ne me sauve pas en vaincue de l'église. Les mines, cette affabulation dans le recueillement des paroissiennes qui ont communié, qui appliquaient leurs mains jointes sur leurs lèvres, qui reviennent à leur place, lugubres, morbides, compliquées, se voulant figées dans la douleur comme le veulent les adolescents, m'ont révoltée. Je me demande pourquoi, pourquoi manger tous les jours en se levant la chair de celui qu'on aime et qui vous a aimé. Notre mémoire n'est pas si courte. Je danserai, Madame. Je danserai puisque je vous ai avalée avant votre départ, puisque vous êtes descendue en moi, puisque je vous porte, puisque mon absente est mon fruit, mon enfant. Je ne divague pas, je ne confonds pas les religions dans la cathédrale d'Albi.

Quand j'écris : j'ai découvert dans la cathédrale au bord de l'allée centrale une vieille femme en grand deuil, une naine au long nez, qui portait binocle, qui avait moustache et barbe, qui priait admirablement, debout devant son prie-Dieu, je n'ajoute rien, je ne retranche rien. La naine était le sosie en jupon du peintre Toulouse-Lautrec.

Qui serait-ce d'autre que la vieille Albigeoise qui me frappe l'épaule dans l'allée de la cathédrale ?

J'ai décidé que j'offrirais l'apéritif à la femme au parapluie. De palier en palier, sa maison Louis XV est un beau reste. L'escalier monte avec l'aisance aérée d'un prince mais c'est quand même du défroqué. Déchirures aux murs, haillons de la tapisserie, cartes de visite jaunies sur les portes... Je frappe à une porte d'époque, j'entends retransmis dans le poste « Le Grenier de Montmartre ». Je m'excuse, je me suis trompée. Un homme écossait des petits pois sur un piano de concert, dans une salle transformée en cuisine. Je frappe chez elle, la femme à la guimpe de mousseline n'a pas répondu ; je frappe à une troisième porte. Je suis chez une demoiselle, m'avertit le bristol. Retentissement des pas, réminiscence de la résonance dans la grande galerie au musée du Louvre.

— Même si elle était chez elle, elle ne vous ouvrirait pas. Vous avez tort de la fréquenter. Elle est méchante. Vous avez tort.

La demoiselle au papier gris, aux cheveux gris, au teint gris, à l'accent méridional, se demande ce que je déciderai.

— Elle m'a dit que les locataires dans cette maison sont méchants.

— Vous avez tort de la revoir.

— Je suis de passage. Ce sera passager...

— Quand même. Faut pas, Madame.

— Je voulais l'emmener. Nous aurions bu un apéritif ensemble.

— Si vous l'emmenez, vous paierez.

— Justement, je veux payer.

— Vous ne devez pas, Madame. Il ne faut pas la fréquenter.

— Pourquoi ? Elle était gentille, hier soir. Elle est gentille.

— Elle est méchante.

— Elle m'a montré un si bel escalier...

— Vous paierez si vous l'emmenez.

— Je paierai. Je veux payer. Elle n'est pas méchante. Elle est fine.

— Oui, Madame, elle est fine.

— Je crois que vous vous trompez.

— Ses deux divorces, ses deux maris, sa famille qui ne la voit pas... Ils ne se trompent pas, eux.

Un claquement de porte. La demoiselle, qui ne m'a pas fait entrer chez elle, m'a expulsée.

Déjeuné au restaurant Sainte-Cécile. Le service éclair est commode. Un jeune homme sportif va du monte-charge aux tables autour desquelles d'autres sportifs dévorent, regardent souvent leur montre-bracelet. Tous seront à la course d'automobiles, sauf un couple qui ne veut pas manquer non plus les actualités au cinéma. Indifférente aux rires moqueurs des jeunes gens qui rient parce que je suis seule à table, parce que je lis, parce que je me suffis. Pas revu l'infirme qui dormait la veille au soir. Elle existera dans ma mémoire en météore de l'insignifiance.

— Pourquoi la déteste-t-on ?

— On ne sait pas qui c'est et elle s'est absentée trop longtemps, me répond la vieille Albigeoise.

Je suis dans son salon d'essayage qui est aussi le salon. La robe noire sur un mannequin, les manches vides, les fils blancs impudiques, le faufilage m'intimident. L'Albigeoise me parle, dispose ses tasses à café de cérémonie, mais je suis loin... Je pense aux marins qui se soulageaient, dit-on, dans la matrice en caoutchouc de grandes poupées réalistes. J'y pense et c'est la faute du mannequin.

— On croit qu'elle est devenue folle pendant qu'elle s'est absentée. Je le crois aussi, dit la vieille couturière. On ne sait pas qui c'est, mais c'est de la noblesse... Si vous voyiez ce qu'elle a chez elle...

Elle a planté le sucrier à l'intérieur du cercle des tasses à café.

— Cette femme n'est pas folle. Elle est fine, intelligente, repliée évidemment.

— Vous verrez, vous verrez. Elle s'est absentée trop longtemps. Elle s'est mise dans son tort.

— Je ne verrai rien. Je pars demain.

— Repliée évidemment, comme vous dites, concilie-t-elle sans comprendre.

— Qu'est-ce que vous lui reprochez tous, à Albi ?

— Si elle avait dit où elle allait quand elle s'est absentée... Je vous présente Loulet.

Costume de serge bleu marine, cheveux blonds, la chemise et la cravate du dimanche. Quarante ans. La jeunesse des simples.

— Assieds-toi, Loulet, tu es fatigué. Il a fait les foins. C'est mon fils. Elle ne fait rien chez elle et elle est toujours en retard.

— Attendons-la...

— Tu as tort d'accepter, Loulet. La fumée te rend malade. Ton père ne viendra pas.

L'aimable Loulet au profil décharné est monté au grenier à la recherche d'un papier de famille signé de la main de Napoléon, dit-il.

— Quel gentil petit, s'exclame la vieille couturière qui me tend une perche.

L'indispensable Napoléon dans leur cas m'éclaire.

Loulet est un fol obéissant, humble et complaisant plutôt qu'un fou.

— Vous ne saviez pas que mon mari était espagnol... La voici.

La vieille couturière s'est levée, les tasses à café sur le guéridon ont tremblé. La femme d'hier, dans la même tenue, la même guimpe, avec le même parapluie s'est précipitée sur moi :

— Qu'est-ce qu'ils vous ont dit. Que vous ont-ils dit ?

Une tasse à café a été renversée dans la soucoupe à cause du changement d'air.

— Puisque c'est ainsi, je ne verserai pas le café, a déclaré la vieille Albigeoise.

Elle est allée jusqu'à son mannequin dont elle a pincé ici et là la robe de marocain noir par amour de son métier, par mépris de la nouvelle venue.

— Qu'est-ce qu'ils vous ont dit ?

Il faut répondre :

— ... que vous ne m'auriez pas ouvert même dans le cas où vous auriez été chez vous. Qui vous a dit que j'étais venue dans votre maison à midi ?

Elle s'est assise. Son parapluie est tombé sur le plancher qui miroite mais déjà elle l'a repris.

— Qu'est-ce qu'ils vous ont dit ? implore-t-elle.

Ses yeux me crient qu'elle le sait, que derrière sa porte elle a écouté, enregistré.

— Maintenant je peux servir le café ? a demandé la vieille Albigeoise. Loulet voudrait se promener. Loulet ! crie-t-elle au plafond.

— La bohémienne, la bohémienne, s'est écrié Loulet qui a surgi dans le salon de l'appartement au premier étage.

Les albums photographiques sont tombés aussi sur le plancher.

— Vos bijoux, mon Dieu, vos bijoux! s'est exclamée la couturière.

Exclamation qui m'a glacée, m'a attristée et m'a permis de supposer que la femme au parapluie a mis ses valeurs en garde chez une amie intéressée, exclamation qui m'a fait frissonner.

Loulet s'est réfugié, à quarante ans, dans un angle du salon parce que, dit-il, il y a une bohémienne dans l'entrée.

— Quelqu'un? a crié la vieille Albigeoise sortie dans le couloir.

Elle l'a demandé avec le ton chantant d'une maîtresse de maison close qui affirmerait à ses pensionnaires qu'il faut sortir des chambres parce qu'un client est arrivé.

— Descends, Loulet, chasse-la.

— J'ai peur, a geint Loulet.

La femme au parapluie nous a tous quittés par la pensée. Elle est la victime du jugement des autres, la proie des locataires.

— Si vous ne vous remuez pas, elle vous pillera, a rugi la vieille Albigeoise. Vous, avec votre parapluie...

La femme dont la guimpe est mal attachée le dimanche s'est levée. Elle traînait derrière elle son parapluie.

— Je la vois, a-t-elle murmuré. Elle sonne à une autre porte.

Quand Loulet a eu ramassé ses albums photographiques, nous avons bu le café.

Il a fallu que je me penche sur les albums, sur les fantassins de 1900.

— Je connais la rue Lepic, m'a dit Loulet. Je vous enverrai le papier de Napoléon. Vous le vendrez. Nous serons riches.

— Madame Toulouse-Lautrec essayait ici, ai-je insinué.

— Ici même, a certifié la couturière.

— Je connais les prostituées de Paris, me confie-t-il, angélique.

— Vous n'avez pas changé d'idée, vous voulez mon Loulet pour la semaine prochaine ? a demandé la couturière à la femme au parapluie.

— Je le mets sur vos genoux, l'album, a dit Loulet. Il me fatigue.

La vieille couturière a quitté son salon. La femme à la guimpe de mousseline a couru à la fenêtre pour revoir la bohémienne.

— La dame de la rue Lepic me promettait qu'elle me trouverait une chambre d'hôtel, a raconté Loulet. Elle n'a pas pris mon portefeuille, je lui ai donné. Je lui ai dit : « Emportez-le, vous paierez la chambre. » Fallait pas compliquer. « Vous paierez. Je vous donne tout ce que j'ai. »

— Et vous attendez. Beaucoup d'argent dedans ?

— Trois cents francs et j'attends.

— Ton père ne se montrera pas, a dit la vieille Albigeoise. Le voilà encore dans ses travaux d'électricité. Je lave les tasses et nous sortons. Je viens de l'apprendre, Loulet, c'était bel et bien une bohémienne dans l'entrée... Et vous, vous la cherchez pour l'appeler ! Ouvrez la fenêtre, jetez-lui bagues et colliers...

— Depuis que vous les avez cachés, je ne sais pas où ils sont, a répondu avec calme la femme au parapluie.

— Elle me les renverra peut-être dans un colis

recommandé, mon portefeuille, mes billets. Elle se décidera peut-être un jour...

J'ai demandé si je pouvais déposer leur album de famille sur une chaise, parce qu'il était fatigant.

— Je vous remercie pour la gimbette, ai-je dit à la femme au parapluie. C'est un gâteau profond.

— Si vous voulez, a murmuré la femme. Je vous paraîtrai démodée mais je n'aime qu'Eugénie de Guérin. Vous ne croyez pas qu'avec Barbey d'Aurevilly...

Elle a fait un affreux clin d'œil. Elle s'est promenée dans le salon.

— Quand papa est souffrant, confie Loulet, il ne parle que de l'électricité. Il remue ses mains, il construit des machines et c'est toujours les mêmes.

— La nuit, il construit aussi ?

— La nuit aussi. De ma chambre, j'entends le travail qu'il fait avec ses mains qui vont sur les draps. Je parlais de papa, a dit Loulet à sa mère.

— Je ne suis pas heureuse, mon Loulet, a confié en public la vieille Albigeoise. Tu vois, même le dimanche il faut qu'il le scelle.

Elle s'était affaissée sur une chaise à côté du mannequin à la robe de marocain noir.

La femme au parapluie qui nous tournait le dos a guetté derrière la fenêtre. La bohémienne l'intéressait.

— Il scelle la boîte dans le placard, m'a expliqué Loulet, la boîte avec notre argent qu'il cache dedans.

— Nous lui donnons tout ce que nous avons, a gémi la vieille Albigeoise.

— Nous lui donnons ce que nous gagnons, a dit Loulet.

La couturière est partie du côté de la femme au parapluie.

— Si vous n'êtes pas deux pour lui tenir l'escabeau, mon Loulet n'ira pas chez vous. Il se tuerait et il ne se tuera pas pour vos toiles d'araignées.

— Nous serons deux, nous le tiendrons, a dit la femme au parapluie.

La couturière, à qui on avait cédé, montrait la même agressivité, le même désespoir. C'est à l'argent de l'autre qu'elle ne pardonnait pas.

Nous sommes sortis, nous nous sommes reposés longtemps sur un banc de pierre à proximité du bassin et des petits poissons, sous les fenêtres de la galerie du musée Toulouse-Lautrec. Le simple créait, animait, entretenait un monologue qui tenait lieu de conversation générale.

— Il paraît que les vitraux avaient été volés, ai-je dit avec une étourderie impardonnable à la femme au parapluie.

La couturière s'est levée, elle s'est sauvée en nous criant : « C'est urgent, c'est urgent... »

— Est-ce vrai ? ai-je insisté.

— C'est faux. On vous a menti à Albi, a-t-elle grincé, avec l'espoir de me flétrir Albi.

Loulet avait envie de pleurer parce que sa maman était partie.

— Nous allons chez vous. Vous jouerez du piano, vous nous montrerez ce que vous savez faire, a dit la vieille couturière revenue parmi nous.

— Oh oui, du piano, a applaudi Loulet. Il a battu des mains.

— Plus tard, plus tard. Le jardin est si beau, a gémi

la femme au parapluie. Elle regardait le jardin de l'archevêché.

— Plus tard, c'est faisable, ai-je dit.

— Tout de suite, a déclaré la vieille Albigeoise.

— Tout de suite, tout de suite, a répété Loulet.

Il a serré son nœud de cravate quand il s'est levé du banc de pierre.

— Plus tard, demain, gémissait-elle.

— Tout de suite, criaient Loulet et la couturière.

Elle est entrée chez elle la première et nous, du palier, nous avons subi le fracas d'une pile d'assiettes.

— Des merveilles, a chuchoté la couturière. Entrez, vous verrez.

— Surtout n'essuyez pas vos pieds, a dit de l'intérieur la femme à la guimpe de mousseline.

Nous sommes entrés, nous avons piétiné sur une couche d'assiettes brisées dans le vestibule. Nous écrasions les morceaux, nous franchissions avec précaution ce chaos de brisements. C'était un sentier étroit entre deux haies de commodes, de secrétaires alignés et superposés. Nous accrochions nos épaules aux serrures et nous avancions de profil. Des chaises renversées sur les meubles, des piles d'assiettes sur l'envers des sièges tremblaient, nous donnaient cette illusion que nous étions des camions qui ébranlions les environs. Quand Loulet a fermé la porte, les cristaux des lustres touffus ont cliqueté. Des assiettes à dessert sont tombées après que nous eûmes traversé le vestibule.

— Vous verrez les merveilles qu'elle possède, a chuchoté la vieille Albigeoise. Les objets la ranimaient.

Nous sommes entrés dans le salon.

— Que c'est encombré pour jouer ici, a dit la femme à la guimpe de mousseline.

Elle a balayé sur le dessus du piano à queue deux porte-bouquets romantiques ; elle les a brisés avec son parapluie.

Nous marchions sur une couche de partitions vertes des Editions Peters. Je ne voulais pas piétiner les notes et les portées. Vainement puisque, au-dessous des partitions disloquées je rencontrais des cahiers de solfège couverts d'autres notes de musique dessinées à la main, des petits livres anciens, aide-mémoire dans lesquels on peut apprendre par cœur et retenir des études, des nocturnes sans les jouer sur le clavier, des calepins d'élèves, des réflexions, des notes de professeurs de musique.

— Ne vous baissez pas, c'est si bas la terre, a dit, tragique, la femme au parapluie.

J'ai laissé glisser de mes mains les deux aiguilles de métronomes. Les boîtiers ont dû flamber dans la cheminée de son salon.

— Je me plais ici, a dit avec contentement et avidité la vieille Albigeoise. Asseyez-vous, faites comme moi...

Elle a empoigné les bras grêles d'un fauteuil Directoire, elle s'est baissée, elle a soufflé avec méthode sur la poussière d'une pile de partitions reliées, privilégiées sur un fauteuil. Pour elle, la poussière sur les livres était aussi une preuve d'abondance.

Loulet s'était mis au piano.

La vieille Albigeoise a pris son élan, s'est fait aider par les bras du fauteuil. Elle a sauté. Elle était assise sur les partitions dans le fauteuil, elle entassait, elle écrasait les notes de musique. Il lui suffisait de trôner dans un salon, de s'extasier, de retrouver les gros meubles, les portraits aux murs dans les cadres de famille. Il est sûr qu'avec son petit œil fixe elle jouissait de ce glissement de richesses, elle suivait les progrès de la pente, elle avait la satisfaction de se sentir à l'aise dans un salon d'épaves au style authentique.

Elle serrait à deux mains, avec sécurité, l'anse de son sac bon marché.

— C'est tout en Napoléon, m'a-t-elle signifié.

Loulet nous assourdissait.

La femme à la guimpe de mousseline n'était même pas en visite dans son salon. Elle se promenait avec son parapluie qui lui servait d'ombrelle autant ici qu'ailleurs. Elle trouvait des creux pour le bout de son ombrelle dans la litière des feuilles de musique de son jardin d'automne. Elle a vu que j'étais debout. Loulet, enfant barbare, battait des touches du piano, la vieille Albigeoise ruminait du meuble Directoire.

La femme à la guimpe de mousseline a fait tomber d'un fauteuil une capeline aux longs rubans, une parure de jeunesse.

— Il est libre, m'a-t-elle dit. Elle désignait le fauteuil.

Avec le bout du parapluie, comme si la capeline avait été capable de déranger le salon des déclins, de l'importuner avec des rires de jeune fille, des miroitements de lumière, des tressaillements de bosquets, elle a soulevé la chose, elle l'a jetée plus loin. J'ai vu, de mon fauteuil, le dernier sursaut de la jeunesse, la défaite.

— Vous ne jouez pas ? a dit sur le ton du rêve et sur le ton du regret la vieille Albigeoise.

Loulet a cessé de se servir de ses battoirs.

— Je ne sais rien par cœur, a dit la femme au parapluie.

Nous nous étions tous soumis d'avance au bruit, à la chute d'un cœur de cristal parmi les lustres du vestibule.

— Tu te tueras si tu montes là-dessus, a dit la couturière.

Elle contemplait avec tranquillité un escabeau de laveur de carreaux devant la bibliothèque.

— Jouez, a dit la vieille Albigeoise.

Elle tournait le dos au piano.

— Quand mon lit sera fait, a dit la femme au parapluie.

Elle est venue, elle s'est immobilisée avec sa fausse ombrelle. Il a fallu que, par la pensée, je la photographie, il a fallu que je me lance dans l'industrie du passé.

Elle serrait son parapluie dans sa main gauche, elle rangeait sur le lit Directoire des penderies et des pendeloques : des nécessaires à ongles, des crochets à boutons, des polissoirs à la peau rosée. Elle couchait les nécessaires, elle accrochait les objets couchés qui se décrochaient.

— Vous dormez là-dessous ? lui a demandé la vieille Albigeoise.

Son timbre de voix avait été celui d'un juge aux dernières limites de l'indulgence.

— Je vous parais démodée, m'a demandé la femme à la guimpe de mousseline. Je ne place rien au-dessus d'Eugénie de Guérin.

— Si vous l'appréciez, ai-je éludé. Jouez, s'il vous plaît.

Loulet apportait peut-être des sonates mais, en

chemin, il a eu une lubie : il a séparé en deux une méthode disloquée et détendu les fils blancs de la reliure. L'Albigeoise s'endormait.

— Jouez, jouez, ai-je insisté.

Debout devant son piano, elle a engagé d'abord, appuyé la semelle de son soulier sur la pédale forte, elle a arrangé la crochette de son parapluie à son poignet, elle s'est penchée. Elle nous jouait un pot-pourri de petits fragments d'airs de danse, d'airs religieux, de czardas, de polkas, de nocturnes. Elle abrégeait malgré elle, estropiait au départ une sérénade, un *Ave Maria.* Des cordes étaient cassées. Le bout de son parapluie rebondissait sur les partitions par terre à chaque trou de musique, sa guimpe de mousseline bâillait. Loulet, à côté d'elle, écoutait au creux d'une poitrine.

La vieille Albigeoise m'a appelée.

— Ses maris n'ont rien à lui reprocher, m'a-t-elle expliqué. Tantôt il lui en faut, tantôt il ne lui en faut pas. Pendant huit jours, elle ne leur demandera que cela et puis après... Après, elle les chasse, après elle s'enferme. Vous voyez de quelle famille elle vient...

La vieille Albigeoise surtout m'occupait. Je suppose qu'elle se disait que son simplet tirait un bénéfice de ce salon pendant qu'il regardait de près les globes laiteux de la maîtresse de maison.

— Je manque de cigarettes, ai-je crié. Je manque de cigarettes, ai-je répété pendant que je fuyais.

A peine étais-je sortie de la maison Louis XV que je me suis dit qu'il fallait y revenir et les abandonner avec des formes. J'ai glissé dans un égout le gâteau que je leur avais acheté, j'ai renoncé à les plonger de force dans un quotidien qui ne serait pas le leur. J'étais revenue parmi eux, mais ils m'avaient rayée, oubliée.

Loulet tirait le fin cordon de chaque lampadaire, gâchait le grand jour, la vieille Albigeoise, debout près de la fenêtre, pinçait les plis des doubles rideaux. La femme au parapluie devant la grande glace du salon se poudrait et se regardait dans le petit miroir de son poudrier. J'ai serré des mains, je leur ai dit qu'avec la faveur d'autres hasards nous nous retrouverions. Je suis partie.

J'ai vécu dans le voisinage de mes bouleversements passés le lundi à midi et, par privilège, j'ai déjeuné seule de tomates, de sardines, de fromage et de pêches sur un banc du jardin de l'archevêché, évitant de graisser le pied d'un rosier, jetant par-dessus le parapet mes papiers gras dans l'herbe d'une berge qui ressemble aux berges de la Seine, me souvenant de l'avenue de l'Ecole Militaire, de Maud Loti, de son amie, l'infirme, de la grand-mère de cette amie, groupe de personnes qui nous avait reçus dans leur appartement, Maurice Sachs et moi-même, pendant l'occupation et dont l'atmosphère de cette habitation ne différait pas de celle du salon de la femme au parapluie. Sachs, qui avait reconnu l'actrice sur le pavé de l'avenue, qui l'avait invitée à sa table permanente dans le bar « Le Rubis », qui l'avait entourée de respect, avait projeté de faire remonter sur la scène et telle quelle cette déchue. Il songeait pour elle au rôle d'un personnage de Dostoïevski, à un texte digne de cadrer avec cette héroïne de la déchéance. Sachs débobinait aussi vite les projets qu'il les embobinait. Nous quittâmes le quartier de l'Ecole Militaire en nous cachant de Maud Loti, en évitant de lui dire au revoir par prudence.

Trouvé une lettre de Norvège à la poste restante de Cordes. Sa lettre m'a suivie de Paris à Albi, d'Albi à Cordes. Absolument ravie pendant que j'avançais mon billet de dix francs, que je payais pour palper, prendre, déchirer et violer l'enveloppe. Lettre simple, gentille, amicale que j'étoffe en la relisant. Commencé d'apercevoir Cordes deux heures après lecture de la lettre. Même silence aristocratique qu'à Bruges, qu'à Verneuil-sur-Eure, qu'à Vézelay j'imagine. Je me suis accordé d'effleurer du regard, pas plus, les couleurs de la rosace de l'église. Je m'installerai une semaine à Cordes pour cette rosace. Les couleurs ont et auront l'importance d'un port d'attache. Elles m'enchaînent. Cordes est déjà un village littéraire qui penche, qui glisse dans la littérature. Cordes a son peintre connu de Paris, qui acheta une maison, maison dont la situation est trouvaille et œuvre d'art naturelles. Il l'acheta au temps où le village, méconnu, était le minable et admirable hospice historique des murs, des pierres, de l'herbe entre les pierres. Ce premier acheteur, ce bienfaiteur est devenu célèbre ici. A peine me suis-je détachée de l'autocar que la libraire, l'hôtelière, l'épicière, le mercier me demandent, à moi venant de Paris, si je connais Yves Brayer. Puisque je ne le connais pas, je ne les intéresserai pas. J'ai vu et revu, j'ai tourné autour de cette maison qui est à l'extérieur un petit chef-d'œuvre de sobriété, de consolidation, un tour de force dans la restauration, le respect de ce qui est. J'ai vu ce que sont des volets repeints quand un peintre en a défini la carnation au peintre en bâtiment. La maison d'Yves Brayer tourne le dos à Cordes, s'isole en société, regarde avec des yeux en ogive les collines, les moquettes des labours et des prés. C'est un navire à un étage, une proue qui fend la campagne, le cercle des collines, qui protège l'immobilité des arbres, qui se retranche de la pluie, cette pluie de Cordes qui aura été piétinements, agaceries d'anges sur mon front. Moi, vagabonde trop bien organisée, j'ai eu sous les fenêtres entrouvertes de la maison d'Yves Brayer la nostalgie de la condition du vagabond inné. J'ai désiré m'introduire subrepticement dans sa maison au crépuscule, y passer la nuit, craquer cinquante allumettes à la boîte d'allumettes qui m'accompagne pour voir, aux flammes de mes allumettes, d'abord les toiles du peintre, ensuite les tableaux avec lesquels il a décoré ses murs. Je l'ai désirée, je l'ai rêvée cette nuit de vagabondage sous son toit parce que j'ai aperçu par les fenêtres entrouvertes de sa maison le bois des cadres accrochés, la ficelle des peintures brutes, nues. Que c'est affamant, que c'est tentant pour l'irruption, l'atterrissage frauduleux, une fenêtre entrebâillée... Qu'elle vienne vite cette date mémorable du jour où j'enjamberai l'appui de fenêtre, où je me ferai chauve-souris, où je déroberai cette hospitalité que les hôteliers ne veulent pas me vendre, où je me créerai pour une nuit une salle d'attente dans une maison intime et inoccupée. Je ne déroberai rien, parce que j'en suis incapable, parce que je n'en ai pas la volonté, ni le don. J'ai un soupir de regret. Faire chanter, moduler, tutoyer, converser, coïter avec ce rayon qui va de ma rétine au mur décoré de la maison d'un autre, le célébrer avec des mots sur cinquante pages de mon cahier... Ecrire l'épopée de ce mirage de protection sous un toit qui n'est pas le mien... Bien sûr, j'ai une salle à manger Henri II, une cuisine ripolinée, une chambre, un appartement, une clef. Tout cela ne me concerne pas. Je vis chez une autre, je mange dans l'assiette d'une autre. C'est la déchirante transhumance dans le quotidien, c'est l'envers de la possession et c'est aussi l'envers du dépouillement ; c'est ne pas vouloir se défaire de ce qui ne vous appartient pas. Le confort dans cet appartement ? Allons donc... Je me couvre, je me protège mais les manches du chandail que j'enfile, je les enfile dans la salle d'attente du néant, puisque j'entends en me couvrant ma mort qui fait cui-cui dans mon sang.

Cordes a deux rues : la rue Droite, avec les façades sculptées et animalières des maisons du Grand Ecuyer, du Grand Veneur et du Grand Fauconnier. La rue Froide qui s'enroule autour du vieux coquillage historique. Le seuil de la maison du Grand Fauconnier est franchissable parce qu'elle est occupée par l'hôtel de ville. J'avoue que je me suis intéressée surtout dans la cour à une sellette 1900, à la plante qui vivait dessus, qui retombait en pleureuse jusqu'à terre. Mon guide, une enfant de quatorze ans dont les escargots de cheveux tressés sur les oreilles exerçaient leur pouvoir de rajeunissement, m'a dit que cette plante retombante, vivace et courante s'appelait une misère. Il y a, a-t-elle ajouté, la misère des pauvres et la misère des riches. Nous ne savions pour laquelle des deux misères opter pendant que nous contemplions la plante qui se coulera jusque dans la rue si cette enfant ne la coupe pas et ne crée pas d'autres misères avec les boutures. J'ai précisé que le Grand Fauconnier est franchissable parce que le Grand Veneur ne l'est pas. De cette maison doublement lointaine le soir on aperçoit la cuisine éclairée, on entend le bruit plaintif du frigidaire, on voit l'ampoule électrique au plafond, on affronte l'œil dur de la cuisinière qui referme un carreau de la fenêtre. Il faut vite abandonner cette place fortifiée quand on n'est pas un touriste muni d'une serviette de recommandations.

Cordes a des remparts dans lesquels les portes anciennes sont bien conservées, des portes à l'intérieur desquelles sont achetables des tours où manger, dormir, vivre. Devenir l'habitant d'une arche ici, c'est en marchant sur son plancher marcher à cinquante centimètres au-dessus des toits de camionnettes, c'est avoir pour fleuve à ses pieds le défilé des fermiers qui vont debout dans leur tombereau.

La même enfant aux chignons m'a confié le nom des marguerites en pot qui résistent aux quatre saisons : ce sont des comtesses. Les habitants sortent le moins possible de chez eux dès que les commerçants, dans leur roulante, leur ont livré l'essentiel, dès que les tombereaux sont revenus dans les champs. Ils font preuve de prudence, de raffinement envers les pierres des maisons abandonnées dont la mort lente mûrit comme un fruit. Il y a à Cordes, entre les vieux habitants et les ruines, des barbelés qui sont les barbelés du respect. Je suis entraînée, pendant que je l'écris dans mon cahier, jusqu'à Jean Genet qui a des bouffées de pudeur incommensurable quand il est blessé par l'immoralité conventionnelle des autres. Je reviens à lui maintenant parce que j'ai entrepris pour lui un difficile travail d'indulgence qui me regarde, que je mènerai jusqu'au bout, parce que cet ami exigeant et injuste m'inspire le pardon dans ce qu'il y a de plus révoltant. C'est de l'homme que je parle, de l'homme qui m'inspire des ambitions dans le désintéressement. Il me donne le premier coup de pouce à ce moteur que nous avons tous en nous : celui des aspirations pendant qu'il me dérouille moralement. J'ose l'écrire, j'ose l'expliquer parce qu'il n'y a pas de commune mesure entre lui et moi.

Les habitants de Cordes fleurissent le bas des murs avec des fleurs aux coloris s'accommodant avec la mort qui germe dans les maisons en ruine. Le liseron cultivé et son feuillage sont aussi couverture de pudeur sur les murs lézardés, sur les cavernes d'usure. Vite, vite, allez à Cordes, voyez-le pendant que sa vieillesse est encore vierge. Il pleuvotte tous les jours, il ne faut pas accuser le climat. Il pleut partout. C'est ainsi qu'il faut le voir, que je le voyais au mois d'août, à huit heures du soir, quand les brumes autour décuplent la hauteur des collines. Il fait sombre. Cordes a sorti ses parures de mélancolie. Une bête naît du crépuscule, le chat au blanc frileux assis au milieu de la rue, se dérange comme si j'étais la princesse de son monde. Les fleurs et les feuilles digèrent le village où l'histoire de France est l'histoire de la Belle au Bois Dormant dans ce village où les dates sculptées sur le front des maisons sont les boucles frivoles du temps. Il y a tout à coup de l'apparition, de l'ardeur, de la passion. Le soleil couchant qu'on n'avait pas prévu darde sur le mur de l'église, enflamme le mortier durci de ceux qui l'ont construite. Le cœur de la brique se réveille et me voici revenue à Albi. Je songe à la grande folle de bonne femme au parapluie... Dans cette boucherie précieuse du soleil couchant, je songe aussi à ce carnage d'assiettes brisées, à cet écrasement de musique sous nos pieds, à ces massacres du clavier par Loulet. Ils se livrent enfin au soleil couchant. La vieille Albigeoise assise dans le salon verse sa larme de sang, la fraise de ses envies ; la femme à la guimpe de mousseline se pend aux lustres de son vestibule. Loulet, dégagé du ventre de sa mère, court, descend, remonte, atteint sur la plate-forme de l'escabeau son âge d'adulte.

Je m'étais détachée des campagnes à cause du campagnard. Je précise : du fermier français. Je passais. Ils me regardaient avec tant de méfiance, tant de suspicion que je doutais de ma liberté. Ils souillaient mes arbres dont j'avais été privée, mes ruisseaux, l'herbe de mes prés, ils parvenaient à rapetisser mes espaces, ils parvenaient à m'empoisonner jusque dans ma liberté de me sentir libre. Je me vengeais. Je passais, je leur faisais par la pensée une de ces saignées d'argent...

Les fermières et les fermiers n'habitent pas dans Cordes. Je me suis rattachée à ses campagnes. Ils ne saliront pas mon serpentin sablonneux entre les labours, mon ruban dénoué qui court, qui court... Moins vite troupeau noir et blanc, moins vite. Le troupeau m'a entendue, le troupeau m'entend. Les bœufs sont lents quand ils traînent derrière eux des champs, des prés, des monts, de l'immensité. Ils mangent en avançant et, en plus, les voilà attelés au paysage, chargés du décollement de la ligne d'horizon.

Joue contre joue, moi et elles, les plaques d'automne sur le toit des maisons à deux kilomètres de Cordes. Je le sais, mes petites hirondelles criardes, que la paix ici est trop forte, que le silence vous égare et je sais aussi que je suis pour vous votre récréation, votre feu d'artifice de mouvements. Elles visent et elles frôlent en volant, elles s'amusent au jeu du rase-mottes, leurs cris d'alarme en avant. Mes yeux écoutent les zigzags et les fusées de leur joie d'oiseau. Ma campagne retrouvée dans le département du Tarn, ma feuille de velours, mes campagnes qui éventaient mon cœur... Je vous les offre, Madame. Ce que je prends, ce que je prendrai pendant mon voyage, je vous le donne. Vous êtes la lueur de mon âme.

Je ne comprends pas, je ne trouve pas pourquoi j'ai eu dans l'hôtel du haut de Cordes la chambre la plus inconfortable, la plus déprimante. Je suppose que mon sac à dos dès mon arrivée est synonyme d'absence de fauteuil, d'armoire à glace, d'eau courante. A demi-vagabonde, demi-confort, se sera dit l'hôtelière. Je suis vaniteuse. Je ne veux pas qu'on me traite en dernière, je ne veux pas qu'on m'escamote, je ne veux pas qu'on me prenne pour ce que je suis.

Coup de foudre pour la petite table de cuisine dans la chambre de l'hôtel sur laquelle je répondrai à la lettre venue de Norvège. Je déballe mes habitudes dans mes objets de toilette, mes habitudes qui me sont plus chères qu'à Paris parce que je réempaquetterai dans quelques jours pour déballer le soir même. Je ne me lasse pas de cette gymnastique dans mes habitudes.

Vingt et un soirs je me suis sentie dans la peau du même prêtre pendant que je sortais Michelet de mon sac à dos, que je le déposais sur vingt et une tables de nuit avec la même conviction que l'abbé déposant son bréviaire à proximité de son sommeil d'homme. Dans quel monde vivrais-je si je n'avais pas de rites ?

J'ai intitulé la véranda de l'hôtel : « Au Rendez-vous des Laideurs. » Ce qu'il y a de plus agressivement laid, hérissé, compliqué, menaçant, hurlant est rassemblé ici. Ce ne sont que bas-reliefs sciés ou sectionnés dans un enfer de musée Grévin, accrochés aux murs, rangés par terre, classés sur une fontaine. Des rochers sculptés aboient comme des roquets, des têtes de lion à la gueule ouverte profèrent des menaces de mégères. Le barbare, le sauvage, la pierre, le rocher, la crinière ont été saccagés, tordus et retordus jusqu'à la hideur. L'hôtelier précédent a été le collectionneur de toutes ces œuvres ratées dans un univers de haine, de bassesse, de vengeance, d'apostrophes sans puissance. Le collectionneur, cannibale affamé, a distrait ses appétits avec de féroces sucreries. Le nouveau client est accueilli par des pics, des sagaies, des glaives, des lances à poison en éventail sur les murs dans le couloir qui précède la véranda. Mais les hommes sont forts puisqu'ils papotent, saint-raphaëlisent, absorbent le tilleul et la verveine dans les fauteuils de rotin au centre de cette meute de laideurs aboyantes.

Nous sommes quinze pensionnaires dans une salle de cent cinquante couverts, nous sommes quinze punis, privés de paysages, isolés des fenêtres dont les nourritures bleues et vertes par transparence seraient plus savoureuses que les bricoles culinaires dans nos assiettes. Il nous faut à proximité des sculptures qui découragent et qui font peur, renoncer à manger des yeux ces nuages en crème Chantilly, ces soufflets généreux que j'avais vus au ciel avant le déjeuner. Que de niaiseries encombrantes pour ne rien manger... Qu'il apporte une écuelle brillante de propreté avec des pommes de terre en robe des champs dedans, du beurre, du sel et ce hareng tanné dont le fumet régénérateur nous vient de la droguerie, des antiseptiques, de la braise dans une cuisine de cargo, qu'il nous jette cela sur la table, le petit hôtelier. Il se croirait déchu, frappé d'indignité. Que de temps perdu, quelle bonne volonté. Du fromage strié de ciboulette, cher petit hôtelier, une tomate et un croûton frotté d'ail luisant, cher petit hôtelier, tu me feras oublier qu'il faut manger pour vivre et vive l'insouciance des ouvriers. Mais il y a de l'exquis, de la primeur dans quelques humains de Cordes. D'abord les demoiselles de la poste dont la politesse naturelle est aristocratique, pas saisonnière, dont la bienveillance ne s'écarte pas de l'anonymat. Je leur ai offert le timbre de ma lettre de Norvège, un timbre pour deux qu'elles ont accepté parce qu'elles ont du savoir-vivre. Le grillage derrière lequel elles m'accueillent en porteuse de soleil, comme si je m'étais détachée d'une procession sous la pluie de Cordes, comme si j'arrivais avec le soleil contenu dans un ciboire et que j'élèverais mon soleil et mon ciboire pour les leur montrer, ce grillage, dis-je, aide à la réciprocité de nos rôles. Tantôt ce sont mes prisonnières souriantes que je visite, que j'égaie pendant qu'il pleut et puisqu'elles sortent de leur bureau à midi, le grillage est autant sympathique aux visitées qu'à la visiteuse. Leur gardien, le receveur des postes, est au fond du bureau, visible, vêtu de tweed, le crâne rasé, confortablement isolé dans un bureau. C'est un sourd. La question angoissante de la liberté entre un gardien et deux prisonnières ne se pose pas. Tantôt ce sont elles les gardiennes enfermées et moi la prisonnière en liberté pendant qu'assises ces demoiselles affables, ces éphémères du grillage me captivent, vérifient le nom d'un département dans leurs feuillets, copient les chiffres d'un mandat dans leurs livres.

Je quitte ce foyer de simplicité et de bonne éducation, je traverse la rue, je m'engage dans le couloir d'une manufacture de bonté. Elle m'a enchantée quand je l'ai trouvée. J'entrai avec mon soulier percé dans la main et m'annonçai. Personne. Je criai. Personne. Les machines, quoique grasses, étaient mortes. J'ai un penchant, j'ai de la tendresse échevelée pour le bout rond des chaussures d'enfant. A Paris, quand je me sens abandonnée par les millions d'habitants, par les centaines de mille de touristes et d'automobiles, par le fleuve, par les cinémas permanents, par le bloc et le détail d'une capitale, je tourne le dos au flot, au vacarme : je stationne de maison de chaussures en maison de chaussures. Les vendeuses, dans les succursales d'André, de Pillot, de Dressoir du XIe arrondissement me connaissent et suivent de l'intérieur mon manège qu'elles pourraient qualifier de maniaque mais elles se tromperaient. Je me penche, je baisse les yeux, je contemple le daim, le caoutchouc, le cuir blanc, le chevreau, je contemple surtout le bout rond des chaussures d'enfant. Non, ce n'est pas l'instinct maternel qui me guide, qui me pousse sur la vitrine, non ce n'est pas Freud. C'est neuf, c'est vide, c'est plein, c'est douillet, c'est découpé, c'est potelé, cela se loge dans mon cœur, dans ma cervelle, c'est chaud sans avoir été porté, c'est de l'agneau, c'est de l'objet. J'étais venue vers eux avec mes chevelures de détresse. Elles tombent, elles sont tombées. J'ai retrouvé les reliques de mes vitrines, j'ai une petite tête frisée. C'est eux que j'ai revus sur les établis de la fabrique de chaussures à Cordes. Personne, personne. L'usine s'endormait avec les rouages, les courroies, le crêpe au mètre des semelles dont je me serais volontiers nourrie avant mon retour à l'hôtel. J'ai soulevé un bottillon du premier âge, j'ai mis mon poing dans cet intérieur moutonné tandis que de l'autre je tenais ma chaussure à réparer. Je soutiens que ce ne sont pas des enfantillages, je soutiens qu'il faut avoir eu de grands malheurs qui ne vous ont pas appauvri, je soutiens qu'il faut être magicien et croyant pour obtenir autant du bout rond d'une chaussure d'enfant. Le fabricant est venu enfin avec son fils. Ce qu'ils fabriquent est parfait. Ils ont des représentants, des représentants qui se font envoyer des commandes, qui disparaissent, qui ne les paient pas. Le fabricant ferme les yeux. Il a refusé de me dire son prix quand ma chaussure a été rapiécée. Malgré moi je l'ai grugé puisque la réparation durera davantage que les paquets de cigarettes que je lui ai offerts. Ce fabricant est un troglodyte de bonté qui persiste dans notre monde rapace. Je sors de cette usine somnolente, je tombe sur un enterrement.

Il faut que je paie la réparation. Le deuxième enterrement pendant mes vacances. J'ose les compter, j'ose prétendre aux vacances d'été de notre mort à tous parce que, moi mortelle, je suis en vacances. Je cache mon soulier sous mon bras, je regarde vite le premier rang du cortège, avec mon bec je déchiquette, je picore les crêpes de deuil pour mieux voir, parce que je suis redevenue l'oiseau preneur de douleur. J'écoute : dix-neuf ans, pourquoi dix-neuf ans, un jeune homme, tué sur sa bicyclette, pourquoi sur sa bicyclette. C'est l'assistante sociale qui conduisait qui est responsable, oui, la mort est une assistante sociale ; la mère, oui la mère, toujours la mère qui pleure et il y a dix-neuf cent cinquante et un ans que cela dure, la mère est cuisinière, oui la mère sera encore cuisinière, c'est dans la remise en ordre du temps et il n'y a que les Roméo et les Juliette qui se tuent l'un pour l'autre, chez un docteur, bon, la rate a éclaté il a eu une hémorragie interne, la mort est notre hémorragie interne à tous, il faisait des études pour devenir prêtre et je répète : il faisait des études pour devenir prêtre, le phare, pourquoi le phare de l'assistante sociale est venu sur lui. La mère était veuve, travaillait pour les études de son fils séminariste, pourquoi cette mort d'un jeune séminariste ? J'en veux à cet enterrement, à ce mort qui ont soulevé en moi des questions sans réponses, des questions qui iront au panier avec la collection de *La Veillée des Chaumières.* Pourquoi la mort à dix-neuf ans, pourquoi la souffrance ? Oui, des questions de *La Veillée des Chaumières.* L'homme vit la question. Suffit. Pas besoin de cette gourme à l'intérieur de ma tête quand je sors de la manufacture.

Abondance de touristes belges dans la salle à manger. Accent genre pommes de terre frites ou gaufres des ducasses qui réchauffe le tympan. Les conducteurs des cars, en blouse grise, sont à table parmi les clients. Excellent, excellent. Trouvé à ma table une convive assise à ma place. Je m'excuse de la déranger et nous nous présentons l'une à l'autre. C'est une jeune femme, femme-peintre et c'est une ancienne de Cordes. Elle était ici, à ma table, l'an dernier. Je m'incline encore pour ce droit d'aînesse. Nous sommes tout de suite d'accord, nous voudrions, séparément, visiter l'Espagne en trois jours, nous mettre en appétit dans ce pays avant de le voir comme il faut. C'est la première fois que j'approche de très près une femme-peintre et, en plus, une femme qui a des yeux verts, des cheveux blond vénitien, un ovale selon le canon de la Renaissance. Elle a, cette privilégiée, sans le peindre, un tableau terminé sur son visage. Je ne me console pas pendant que je fais la découverte de son intelligence. Des peintres se servent aussi bien du pinceau que du porte-plume, ce qui n'est pas un privilège réciproque pour les auteurs. L'écrivain qui peindra des toiles qui auront la vigueur, la force de beauté des lettres qu'écrivait Vincent Van Gogh à son frère Théo n'est pas né. Van Gogh, par la littérature, a rédigé son Nouveau Testament de peintre et de saint. Nous nous reverrons à la même table au dîner. Un touriste belge se fait scier le doigt par les lèvres de pierre du lion dans la véranda tandis que je disparais du côté de ma chambre.

Long rendez-vous avec la rosace de l'église de Cordes, dans le clair-obscur et la sourdine de la nuit, notre complice et notre embellisseuse. Pendant que nous, les violets, les rouges, les cyclamen et mes yeux nous nous faisons des déclarations, les mantilles, les feutres mousquetaire, les jugulaires, les amples manteaux de carnaval de la nuit frissonnent. Nous avons des suivants et des suivantes assermentés pendant nos échanges. Le rouge, le violet, le cyclamen se dilatent pour que mes yeux les prennent. Les couleurs ont langui. C'est notre intérêt, c'est l'attente, la taquinerie grave. Je regarde la roue des couleurs. Le sexe de mes yeux n'est pas blessé à la surface du vitrail quand je les pénètre, chair fondante, chair profonde, matrice du secret, tombeau affolant de la surface peinte pour les deux sexes de mes deux yeux. Il pleut de la nuit tendre et la nuit travaille d'extase les couleurs que je n'ai pas prises. Cette descente de nuit pendant notre accouplement... Couleurs de la rosace, mystères défaillants, je défaille aussi. Concentrés énigmatiques, couleurs du vitrail, soleils du velours, qui-vive de mes orgasmes.

Pour les couleurs, le dessin de la rosace a fondu d'amour avant moi, comme moi. Quand je vous pénètre, calice répandu sur la vitre, je me creuse dans mes yeux. Pour vous avoir, vous avec les insinuations de vos feux, avec le poids de votre avancée, vous, couleurs, forces en marche du bleu nuit, du rouge cardinal, il me faut dans mes yeux toute la place qu'il y a dans une carrière exploitée. Pour vous contenir plus loin dans la matrice de mes yeux, couleurs de vitrail, délices réfléchies, bavures d'amour à dix heures du soir, plasma d'Immaculée Conception, mouture des martyrs broyés, il me faut m'arracher dans mes orbites. Cet œdipe inaltérable c'est encore moi pour vous recevoir maintenant que le pénétré est le pénétrant. Je ne vois plus enfin, couleurs de la rosace, vos énigmes précautionneuses et frondeuses. Merci crépuscule, merci église vide de croyants, merci puisque rien n'est gratuit. Merci, Madame, après, avant le rendez-vous avec la rosace.

Quitté d'avance toutes les églises de France quand je suis sortie de l'église de Cordes. J'aurai la faiblesse d'en visiter d'autres mais je ne les verrai pas. Je me suis donnée aux vitraux jusqu'à épuisement, je ne pourrai pas renouveler mon don à Albi, mon don à Cordes avant un an. Mes yeux pour les cathédrales, pour les rosaces ne sont pas des machines à répétition. Quand ils font l'amour avec de beaux objets, de belles constructions, ils le font en se donnant.

Le soir, mon vis-à-vis me dit qu'elle a eu ici, pour neuf mille francs, l'an passé, une maison ancienne, un palais j'imagine. Mais cet achat bon marché la tourmente. Les toitures dévalent, s'effondrent. Il faudrait donner des centaines de mille francs, qu'elle n'a pas, au couvreur. J'ai sa fièvre d'enthousiasme quand on lui a demandé neuf mille francs pour cette beauté à rajeunir, à couvrir. Je lui conseille de la vendre, ce qu'elle ne fera pas, ce que je ne ferais pas. La même maison en ruine décente lui pèsera, la tourmentera encore un an à une distance de plusieurs centaines de kilomètres. Elle me dit aussi avec timidité ses origines juives et moi je ne lui avoue pas que je lui en veux de m'avoir accusée gratuitement d'antisémitisme. Je lui pardonne. C'est réflexe de traquée. Elle a dû lever son bras, parer le coup de schlague pour son visage pendant qu'elle m'accusait. Il y a tout de même un petit poison entre nous puisque je me demande si elle teint ses cheveux, si le blond vénitien est naturel ou non. Je détaille son nez légèrement aquilin. C'est elle qui a versé le poison. Elle a des difficultés. Elle peint et elle a le mérite de vouloir peindre puisqu'elle se partage entre une affaire de tricots de son père à Rouen et son atelier à Paris. Elle n'a pas le mérite de ne vouloir que peindre, me dis-je pendant que je l'écoute et que je lui manifeste de la sympathie. Quatre jours de chevalet, la balance penche tout de même de ce côté-là, et trois jours d'indémaillable. Mais il ne faut pas que je la vulgarise et que je trahisse son cas. Elle s'exprime avec élégance, sobriété, elle me confie qu'elle soustrait huit mille francs par mois de location d'atelier d'un budget de vingt mille et moi, par sollicitude, je fais vite des comptes, je me lance avec frénésie dans du calcul mental silencieux. Douze mille francs pour dix-neuf journées de Paris, pour des toiles, des pinceaux, des tubes de peinture... Je reviens forcément au titan de la misère : à Van Gogh. Je suis pour elle et pourtant je l'accable en pensée avec le géant des privations. Je la connais peu et déjà je veux tirer d'elle ce qu'elle ne peut pas donner. Je ne vaux pas plus qu'elle mais je suis dévorée d'exigences à son égard. Pourtant j'ai foi en elle pendant que je désespère d'elle. Elle, moi, avec nos demi-mesures, avec nos demi-efforts, nous mettrons quand même au monde des femmes qui écriront, qui peindront de grandes choses. Douze mille divisés par dix-neuf. C'est compliqué. Sa mère : impotente. Son frère déporté, disparu, auteur involontaire de l'infirmité de la mère. Le père : soixante-seize ans et autoritaire. Vous m'avez dit, Madame, que les femmes avant deux cents ans créeront ce que les hommes créent. Je vous crois, je veux vous croire, puisque vous, dans notre siècle, avec votre intelligence, avec les livres que vous écrivez, vous nous le prouvez avec beaucoup d'avance sur l'horaire, ce féminisme valeureux. Père juif, mère juive, frère juif. Elle me l'a avoué, elle a eu son vomissement de race et nous voici soulagées pour croquer la gaufrette dans notre assiette... Douze mille divisés par dix-neuf, c'est plus compliqué que je le croyais. Reste six. Quoi faire avec ce six dont elle a grand besoin dans son budget. Avant deux cents ans... Il y a un « mais ». Ce « mais » invincible c'est la liqueur d'homme dans le pinceau du peintre, à la pointe du crayon de l'écrivain. Elle me dit que sa famille dédaigne sa peinture, ne lui achète rien, que le dimanche elle doit regarder les croûtes que des cousines cossues ont acquises dans les grands magasins. Non, elle n'est pas molle : elle est bien élevée. Le ver dans le fruit voilà la bonne éducation. J'en veux à cette rongeuse de tempéraments, à cette bonne éducation qui lui vient de ses parents, de ses bonnes d'enfants. Reste six. Le chiffre m'obsède. Il me semble que je dilapide son budget en ne sachant pas diviser trop peu d'argent par trop de journées. Ses yeux verts sont perçants. Pourquoi n'abandonne-t-elle pas père et mère, cousins, chromos des grands magasins ? De quoi vivrait-elle ? Ses pinceaux, ses tubes, ses toiles sont dans les tricots de Rouen. Croire en soi jusque dans les plus grandes privations, travailler plus farouchement que ceux qui sont entrés dans la gloire, s'efforcer en portant l'effort jusqu'à la gloire. Je n'ose pas lui chuchoter cela, jusqu'au grondement, je ne suis pas digne de l'enseigner aux autres. Elle est revenue à table avec une lettre d'un cousin médecin dans le Vaucluse. On lui écrit :

Chère cousine,

Tu peins ; je ne discuterai pas ta peinture. Peux-tu me faire une maternité, sans symbole religieux, vigoureuse et douce, avec des tons chauds et allant du rouge au jaune orangé en passant par le brun, avec une touche de bleu ; la mère du type madone italienne, mais paysanne, l'enfant un brun aux yeux rieurs pas trop potelé ; types gitans. Attitude classique, la femme jusqu'aux genoux, assise, l'enfant joueur, larges taches de couleurs à la Van Gogh, vivacité des yeux et de la bouche contrastant avec la violence des couleurs. Fond vert olive ad libitum. *Taille approximative :* 1 × 70. *Durée du travail ? Prix ? J'attends ton opinion.*

L'affreux dans cette commande, ce sont « les taches à la Van Gogh » lui ai-je dit en guise de conclusion.

Je ne l'ai pas consolée. Nous nous disons bonsoir dans la salle à manger et, comme après le déjeuner, je me sauve dans ma chambre, je me crois un trésor. Elle est belle, elle est intelligente, elle est capable quand elle s'exprime et elle s'exprime mieux que moi pourtant elle m'appauvrit pendant que je ne l'enrichis pas. Je la fuis parce qu'elle n'a pas suffisamment de forces, parce que j'ai besoin du courage héroïque des autres. J'ai besoin de grands modèles. Je la fuis parce que je suis responsable de ses difficultés et que je ne trouve pas une solution pour elle. Je me suis reprise, je ne veux pas de fraternité entre infirmes. Je me suis étendue sur mon lit. C'est délivrant parce que cette femme méritante ne dort pas dans l'hôtel, parce que sa chambre est dans le village. Je ne lis pas dans mon livre ouvert. Je regarde... Je regarde la rivière qui coule dans la veine de mon bras. Je me relève, je cours vers la table, je pose malgré moi la division : douze mille par dix-neuf. C'est le déclic de la compassion. Je suis bien intentionnée, je le suis à l'âge du frottement des pierres pour le feu mais la pose de cette division sera inefficace. Elle a six cent trente et un francs virgule quelque chose pour peindre, subsister, vivre une journée de Paris. Chaque jour. Elle n'a que cela pour vivre dans un mois dix-neuf journées de Paris. Divorcée, isolée. Ses bras nus ressemblent aux miens. Des rouillés, des atrophiés, des résignés qui ont été forcés de renoncer au langage poignant de l'étreinte. Une promenade autour de Cordes, vers cinq heures, a été prévue pour le lendemain.

Nous entrons d'abord dans la librairie, salon littéraire accessible aux flâneurs, aux acheteurs de cartes postales, de pelotes de laine, de guides, de bougeoirs-souvenirs, de tasses et de soucoupes aide-mémoire, d'aquarelles, de livres des bons auteurs. La jeune libraire, svelte et jolie cariatide de province, nous accueille avec chaleur, avec sincérité. Elle nous dirige vers la main d'un journaliste espagnol, vers celle d'un professeur, vers celle d'une jeune dame sans métier dont la grosseur est gonflement de jeunesse, de simplicité, de bonté. La libraire qui prépare des examens beauxartiens par correspondance a de l'entregent. Son amour pour Cordes est grand. Elle a eu le don de fabriquer un autre don : celui de vendre avec la même amabilité, le même enchantement, l'écheveau D.M.C., le service de porcelaine, la gravure reproduction; *Monsieur Teste, Paludes,* la soupière dépareillée. C'est une commerçante avisée qui ne mettra pas les pieds dans le plat. Je suis ingrate envers elle puisqu'elle a téléphoné pour moi à l'hôtel où je suis installée, qu'elle me donnera des adresses de relations à elle à Paris qui... que... Je les prendrai, je ne les utiliserai pas. Il m'est permis de dissoudre des inconnus, il m'est permis de faire éclater le ballon de relations dans l'avenir... La libraire protège les peintres estivants, expose leurs croquis, les vend, inspire et supervise la beauté des ruines historiques. C'est, je le pressens, le poulain du Syndicat d'Initiative. Elle est tellement importante que je ne sais plus qu'en dire. Il va de soi qu'elle recommande, écoule les aquarelles de la femme-peintre avec qui je me promènerai. Elle est, cette libraire serviable, le prototype de l'immense bonne volonté de la province derrière Paris.

La femme-peintre m'a emmenée jusqu'à une élévation de terrain et d'herbe où elle a l'habitude de résumer Cordes en quelques coups de crayon qu'elle colore sur place ou bien dans sa chambre et qu'elle expose ensuite pour la vente dans la librairie que j'ai décrite. Elle m'instruit. Les notes qu'elle prend sur un village au Moyen Age romantisé par une baisse de clarté, les notes que lui dictent ce Graal, cette mort et cette transfiguration des maisons sur une colline à sept heures du soir sont des pochades. Le paysage sur son carton n'est ni flou ni précisé, ni cuit ni frais. Comme l'œuf, il est poché. Elle m'apprend à regarder, à filtrer la lumière : son philtre. Elle dessine et elle parle, ce qui me stupéfie.

J'étais la petite fille qui recousait les boutons, me dit-elle. Les juives créent oralement des œuvres d'art quand elles vous racontent leur enfance toujours difficile. Je lui parle malheurs de Vincent Van Gogh, elle me répond métier. Elle escamote les épreuves du peintre des tourbillons d'astres. Van Gogh mort, ses malheurs sont des scories. Cette femme-peintre m'a donné une leçon, elle m'a inspiré une nuit d'insomnie fructueuse. J'ai découvert l'abjection et l'impudeur qu'il y a eu dans mes doigts quand ils ont fixé sur le mur, devant ma table à Paris, la photographie du lit-cage d'Auvers-sur-Oise sur lequel Van Gogh n'aurait pas repris connaissance avant d'être descendu, opéré sur le billard de la salle du café où il logeait. Avant de mourir, il aurait dit : la misère ne finira jamais. La sienne est finie. Moi fétichiste de ses épreuves j'avais mis en pleine lumière dans ma chambre chauffée, cirée, le lit sur lequel, c'est probable, il dormait avec, dans sa tête de dormeur, la résolution de se suicider. Par superstition de ses malheurs j'ai été indécente, je le sais maintenant, et je dois ce savoir à la femme-peintre de Cordes que je quitte au début de la leçon inoubliable qu'elle m'a donnée. Si elle me lit, je la salue. Je déchirerai la photographie du lit quand je rentrerai et cela me déchire d'avance. Dans ma chambre où je suis toujours seule, ce titan est mon enfant. Je ferai du feu avec de la chair et des os quand je donnerai la photographie à mon poêle. Je me réchaufferai avec le lit de mon enfant mort. Je la brûlerai, je me le suis promis. Je ne ravalerai pas Van Gogh.

Départ de Cordes pour Najac en autocar. Durée du voyage : quinze minutes. Attente miniature sur un quai miniature, devant une gare miniature, dans la société de deux pêcheurs miniature. Najac, village plus village, plus pur parce que plus simple que Cordes. Une ferme entre deux maisons bourgeoises et la suite... Une famille de canards, de canetons, un phalanstère dans une race dort sur les marches du perron, sous la marquise du percepteur. Le soir, les fermiers promènent leurs chèvres, leurs moutons, leurs porcs, leurs bœufs qu'ils abreuvent aux bassins des fontaines anciennes et princières, leur mufle sous le mufle sculpté des masques. Entre les maisons d'une rue étranglée, à la cime de l'ombre et sur le promontoire, déclament les ruines du château. A proximité des ruines le chapeau tyrolien du clocher rassure. Grouillement d'estivants parisiens mais il n'y a que deux hôtels. Ils m'ont repoussée, faute de place. J'expose mon cas au maire de Najac. Il baratte du miel dans un tonneau-machine, il baratte dans sa rangerie. Il m'hébergera dans la chambre de ses enfants, je le dédommagerai. Affaire enlevée. Dîner original au restaurant de truites et de nouilles, menu qui m'a été imposé. Je suis de la veillée du maire à dix heures du soir, sur le trottoir, face à la gendarmerie qui ronfle par les fenêtres ouvertes. Nous attendons un hydraulicien qui devisera avec nous. Nous devisons avec l'hydraulicien. Il s'était attardé : il mettait sous pli une lettre pour la

Russie. Nous tombons tous en plein récit de veillée. Nous inspections dans le Cantal, commence l'hydraulicien, il pleuvait, nous étions trempés jusqu'aux os. « Je ne peux pas vous ouvrir », nous répond de sa fenêtre le prêtre âgé. « Je suis au lit, il pleut et j'ai des rhumatismes. Non, c'est impossible. Je ne peux pas vous lancer la clé de l'église. » Scipion ferme-la, a crié l'hydraulicien à son gros chien tout en fourrure retombante. Le lendemain je l'ai apostrophé (le prêtre) a conclu l'hydraulicien.

Le dimanche matin le chevrier fait visiter les ruines du château. Il amène ses deux bêtes qui profitent de l'herbe longue, presque historique. Selon lui, l'église aurait coûté trente et mille sous de Cahors, le château aurait été revendu douze francs après la Révolution. C'est un misogyne dont les crocs sont des moustaches de crin jaune, c'est un obsédé d'huile bouillante et de meurtrières insuffisamment fendues, selon lui, pour le déversement abondant de l'huile et de la chaleur. Sa musette, taillée dans une robe de serge bleue, est à la musette de style billancourt ce que l'églantine est au camélia. Les meurtrières de Najac ont pourtant quatre mètres cinquante de long. Quelle vision, quel supplice pour les violenteurs de petites filles, quel érotisme en long. Je lui dis que le siège carré, une pierre scellée dans le mur — une politesse du mur pour celle qui guette debout derrière une fenêtre — est le coussin idéal au Moyen Age, à la hauteur d'une attente de plusieurs années, à la hauteur d'un paysage d'arbres, splendide vermine sur les montagnes qui encerclent le château.

— Pas de femmes, jamais de femmes ici, me

réplique-t-il. Il n'y a jamais eu de femmes ici. Retenez-le.

Nous retombons dans les meurtrières, l'huile bouillante déversée par dix-huit cents soldats. De sa musette bucolique, il sort un prospectus gratuit du Syndicat d'Initiative qu'il me vend vingt francs.

Je n'entre pas dans l'église, je ne veux pas me gaver davantage. Stupéfiée par un fœtus inattendu, un petit Christ de forme inachevée sculpté dans de la verge potelée de forme achevée. Ce fœtus de pierre sorti d'un bocal du Moyen Age a été fixé au-dessus du portail, dans le mur du perron de cette église, commodité de ce petit bassin à la hauteur du chevalier qui pouvait en galopant à cheval tremper ses doigts, faire le signe de la croix. Me voici faisant un pied de nez d'enfant espiègle de douze cent cinquante-deux aux inventions des Américains, dans le bruit immuable de l'Aveyron, parmi les volailles qui picorent les miettes de gâteaux vendus tout à l'heure sous le porche par des demoiselles au profit de la kermesse. Un abbé, des petits garçons dévalisent les chaises dans l'église qu'ils emportent à bout de bras avec des précautions de pâtissier. Je songe encore aux Américains chercheurs, amateurs, transporteurs de trésors médiévaux que nous, nous laissons en liberté, dont nous nous servons tous les jours à Najac : des portes de buanderie, des portes de boulangerie, des portes de potager, des portes en ogive de douze cent cinquante-deux. Je songe aux mains, siècle après siècle, qui n'ont pas laissé se refroidir le berceau dans la ligne brisée pendant qu'ils ouvraient, qu'ils touchaient ces portes. Je me suis arrachée à la chambre, au lit de la maison du maire. Le matelas des enfants a été refait la semaine dernière, m'a dit la mairesse. Il faut que je me relève de la profondeur de ce nid voué à des enfants absents qui ont le leur à Massy-Palaiseau, il faut que je m'en aille plus loin. Déjeuner désagréable à côté de la gare, dans le ravin civilisé, au-dessous des ruines hautaines du château qui me convaincraient de la réincarnation de Chateaubriand dans cette solide poussière de la grandeur si je respirais tous les jours les ruines de Najac. Déjeuner forcément désagréable puisque sur la terrasse les guêpes s'abattaient sur mon pain, sur la viande, entraient dans la bouteille de vin, se noyaient dans mon verre de vin. Quinze guêpes ont été supprimées par mon déjeuner. Quatre bouteilles de vin ont été emmenées, quatre autres ramenées à ma table. J'ai donc bénéficié de huit cents centilitres que je n'ai pas bus et que je ne boirai pas. L'hôtelier préférait ce manège compliqué à la simplicité du déménagement de mon couvert dans l'hôtel. Sieste facile pendant que j'attends l'autorail et que je bavarde dans le fumoir sur le quai, dans la société chantonnante du chef de gare, de sa femme, de leur nièce, tous aveyronnais. Nous nous plaisions. L'autorail s'est arrêté, c'est un malotru. Je paie et prends mon billet par la portière, dans la main d'un de mes nouveaux amis, ce qui fait tomber son ninas sur les rails. Prolongement des au revoir réciproques avec notre main agitée : un tournant et un encaissement. Disparu Najac.

Dimanche sociable. Une jeune fille dactylographe à Albi me raconte ses vacances. Elle suivait sa sœur et son beau-frère dans la montagne, elle est satisfaite.

Elle me montre les photographies qu'elle a prises avec un appareil du premier prix, le moins coûteux précise-t-elle. J'ai poussé un cri d'admiration, d'épouvante et de nostalgie. La jeune fille est un Lautréamont de la photographie et du site échevelé jusqu'à l'apothéose du déraisonnable. Je tiens dans mes mains le document criant, navrant des créateurs innés qui ne se dégageront pas de l'enfouissement. Voici le premier et le dernier soubresaut de l'artiste. Je vois sur les photographies de la cascade de l'Ariège le cataclysme de beauté gratuite dans la nature, je vois la beauté de l'amour gratuit de la photographe qui a reçu et senti le sexe bouillonnant de l'eau qui passe dans la gorge des rocs, la chevelure en escalier de la cascade. C'est beau, mais j'ai mal. J'ai mal parce que je tiens dans mes mains la pièce à conviction des créateurs morts avant de naître.

J'ai eu la conviction que je me promenais en ville, que j'étais revenue dans une ville, que Paris était à la portée de ma main dans l'air de Toulouse quand j'ai cédé ma place sur la chaussée à un Noir roulant à bicyclette. J'emblave ma sensation de confort dans une ville avec la pensée supplémentaire que ce cycliste est trompettiste dans un orchestre de jazz. Jazz : romantisme, mal du siècle pas péjoratif. De Paris, j'ai retrouvé à l'improviste la place Pigalle sur la place Jean-Jaurès, un cinéma, l'image d'Alan Ladd sur l'emplacement du Rat mort et, à droite, le même café, la même terrasse, les mêmes chaises de paille que sur le pourtour de la place Pigalle. Quant au boulevard

Jean-Jaurès, c'est le boulevard de Clichy sans les feux sombres dans les regards de promeneurs des deux sexes. Je m'attacherai donc à Paris puisque j'ai besoin de le reconnaître où il n'est pas. Orchestres féminins dans les brasseries qui me met encore Toulouse à deux pas de la place de la Bastille, de la chanteuse au microphone à proximité des tamponnements d'autos du manège du boulevard Richard-Lenoir.

Je me lève à sept heures du matin, je monte sur une chaise, j'observe derrière le rideau de la fenêtre du quatrième étage de l'hôtel, j'écoute avec les yeux la symphonie de mouvements des maçons, des menuisiers, des terrassiers qui achèvent la construction d'un immeuble, qui cimentent une cour. Le Capitole de Toulouse auquel j'ai été insensible, je l'ai transféré dans ce chantier. On m'a demandé à l'hôtel et dans un des cafés si j'étais venue au Congrès de la Paix. J'ignorais ce congrès. Dix mille congressistes sont attendus. Ils viennent de France, de Suisse, de Belgique, ils viennent des usines, ils ont pris sur leur temps rémunéré, ils ont entraîné avec eux leur femme, leurs enfants. C'est un mouvement mystérieux, me confie un buveur d'eau minérale. On ne sait pas où ils se réunissent. Si on le savait on ne pourrait pas entrer chez eux... J'ai soif de congrès, je voudrais être tout à coup de tous les congrès de France. Cela sent Michelet que je lis actuellement, ce mouvement d'une masse de vingt-cinq mille personnes...
Noms des défunts :
Pierre de Saint-Martial
Raymond Ranulphe de Valignac
Vital de Castel Mauron, professeur en décrets
Guillaume Jean de Montastru

Pierre du Caguron, notaire
et autres inscriptions funéraires :
dame Guillaumette femme de Jean Azémar, maréchal-ferrant
le seigneur Pierre de la Sale gît ici et dame Bernade sa femme
Ci-gît Hugues de la Garrigue. Dieu lui fasse merci.
et autres réflexions gravées dans le marbre et la pierre :
La vie a voulu mourir et s'est reposée dans cette tombe. La vie s'est faite mort et (illisible)
Le tartare a gémi de tristesse et la mort s'est retirée vaincue
déchiffrés dans la galerie du cloître du musée des Augustins.
« Retenez la porte quand souffle le vent », conseille l'inscription sur la porte de l'église de la Daurade.

Exploité le même musée des Augustins pendant une matinée. Suivie de près par une jeune fille allemande américanisée, laquelle est suivie par sa mère estropiée. La jeune fille dissèque les chefs-d'œuvre de la sculpture du Moyen Age à travers le glacé de la vitre d'un face-à-main. Elle me suit de bas-relief en bas-relief.

Quelques sujets :

Deux guerriers étendus tête-bêche, deux morts sculptés dans de la cotte de mailles, deux tombeaux dans des héros accoudés qui ne pourraient pas mourir. La jambe de l'un entre les jambes de l'autre, le pied de l'un foulant et refoulant le sexe en cotte de mailles de l'autre. Disposition audacieuse dans l'éternité. Deux morts qui dépasseront les époques à cause de ce génie définitif dans l'attitude. Provenant de la chapelle des

Sept Dormants, dit l'inscription. Dormants... Dormants... J'y suis. Jean Genet m'avait expliqué que l'encadrement d'une porte s'appelle un dormant, explication qui lui venait d'un menuisier. Tout se tient puisque je peux imaginer Jean Genet préparant pour ses personnages de nouvelles attitudes en marbre qui auront, qui ont dans ses livres la force de position de ces chevaliers sculptés et mélangés.

Six cents ans en arrière, voici du merveilleux cinématographié : un visage à la bonne volonté immensément bestiale derrière un mufle éloquent. Déjà la Belle et la Bête, déjà... Voici une immortalité d'objet : un chevalier en prière, son casque emplumé à ses pieds, prie son casque qui lui a tant protégé la face, prie son casque, la visière et le volet de le protéger encore dans le profond de la mort.

Une tête et pas de cou, une tête embourbée dans les épaules, des seins nés du creux des salières, un serpent, verge longuement tentatrice, longuement sinueuse sort à la source du sein. Comme si le Rhône se jetait dans la Garonne, la tête du serpent s'est jetée dans le pubis de la statue. Un lait échappé d'un sein est revenu à sa source. C'est la luxure interprétée par un sculpteur du XIIIe siècle.

Dérobé par la pensée dans la vitrine du musée Saint-Raymond un plat et son raffinement de décoration au quatrième siècle avant Jésus-Christ. Sujet principal de la décoration : génie androgyne. Plusieurs mètres de collier de perles fines habillent cette longue tige d'éphèbe dont le sexe est un pétale révolté. Les colliers amoureux du corps vont retombant du cou, entourant la taille ainsi que le lierre un tronc. Androgyne, comme les anges dans leurs vêtements, a des ailes, des grandes machines accablantes en franges de soie, des ailes à lui qui sont aussi les grandes hottes de sainteté. Sa cuisse, là où elle est la plus arbreuse, est aimée de deux bracelets et le lierre s'est refermé deux fois. De Madame Récamier, androgyne a la position assise sur une litière de repos mais la coquetterie est voyante. L'Afrique en perles fines s'enroule et s'affine quatre fois autour du bras, six fois autour de la cheville. Le blanc des ailes, le blanc des perles réchauffe le ton roux de la terre cuite, le noir de la chevelure est fatal. Je le connais, je le connais, me dis-je. Enfin, enfin. C'est Barbette le trapéziste. Sur la scène de l'Empire, la frêle tige d'acier, Barbette et ses titillements de coquetterie, Barbette se poudrant, se déchaussant sur le coin d'un divan, Barbette donnant et développant de la vie précieuse de boudoir, du chic à une mise en scène ascétique sur un plateau de music-hall. Salle des Illustres : barrière de renommée dans une inscription, barrière de mots qui m'empêchent d'entrer, de visiter.

Mes yeux de touriste avaient eu leur plein à Albi. J'ai voulu voir quand même toutes les églises de Toulouse. Courses vaines pour elles dans la ville à l'heure et après l'heure de la fermeture des portails, des grilles. Vingt kilomètres de marche pour les trouver, les abandonner, les retrouver le lendemain avec en plus la difficulté de me remettre dans les bons chemins. Volonté malsaine de tout voir pour ne rien voir.

J'ai commencé de chercher le heurtoir qui me plaît : une main de femme baguée, au poignet encolleretté, une main dure qui heurtera ma porte à Paris.

— Vous pouvez m'aider, ai-je dit aux deux inconnus dans un café de Villefranche-de-Rouergue. Je suis arrivée à midi, j'ai déjeuné dans le square...

Les deux inconnus ont baissé les yeux, mon repas sur le banc d'un square les humiliait.

— Je vous offre ce que vous voudrez, ai-je dit pour les remonter. Je déjeune dans les squares mais je peux offrir à boire. Acceptez.

— Jamais, a crié le premier inconnu.

— Trois blancs, a commandé l'autre.

— Deux, ai-je rectifié.

— Je déjeunais dans votre jardin public qui n'est pas gai, ai-je repris. Je venais de la gare. Le banc était déjà pris. Il y avait au bout une femme avec une redingote noire, plutôt une redingote de cocher. J'ai voulu m'en aller...

— Votre histoire n'est pas drôle, a dit le premier inconnu.

— Tais-toi, a dit l'autre. Vous pouvez continuer : vous avez voulu vous en aller...

Le premier inconnu a forcé la main de l'autre avec mon paquet de cigarettes. Il écoutait ce que je ne disais pas encore, ce qui m'a encouragée à poursuivre.

— La femme a dit : « Restez, restez. » J'ai cru que ses yeux rouges pleuraient parce qu'ils étaient vieux.

— Des vieux yeux... Tu entends ça, a interrompu le premier inconnu.

Il jouait avec la cigarette qui ne quittait pas ses lèvres.

— La vieille dame pleurait. Elle les essuyait avec le revers de la main. Elle pleurait. Elle pleurait en regardant les fleurs des plates-bandes...

— Oh, la la, a fait le premier inconnu dans un mugissement de sirène, c'est tout ce que vous avez à nous raconter...

— Laissez tomber, a dit l'autre.

Il m'a désigné son ami par un mouvement de sourcils.

— Je me suis installée. J'ai déballé, j'ai mangé à côté d'elle. Une vieille au visage rond, aux joues veinées. Le nez bourbonien, des lunettes dans une main. Un canotier de paille, du piquet, un nœud sur le devant du chapeau... Vous ne voyez pas qui c'est, ai-je supplié. Je l'ai abandonnée et je voudrais la retrouver. Une redingote de cocher, un canotier, un nœud, ce n'est pas courant.

— Ça, par exemple.

Le premier inconnu a sursauté.

— Vous la connaissez, lui ai-je demandé.

— Nous ? a-t-il interrogé longuement. Son « nous » se prolongeait de son monde possible au mien impossible.

Sous la table le pied de l'un qui a poussé le pied de l'autre me classait.

— Villefranche n'est pas si grand, ai-je risqué. J'espérais de vous une piste.

— Villefranche-de-Rouergue est grand. Quel sale patelin, a dit avec simplicité le premier inconnu.

— Vous pouvez raconter votre histoire, a murmuré l'autre. Je vous suis.

— Cette dame avait sûrement un chien, ai-je persévéré. Elle m'en a parlé. C'est Folette. Elle dit qu'il est pris entre des barreaux, elle dit qu'elle ne peut pas le délivrer. Elle m'a confié qu'il y a des années qu'elle est séparée de sa Folette, qu'elle se lève la nuit, qu'elle tire son chien par les pattes mais qu'elle ne parvient pas à le délivrer. Elle irait même jusqu'à lui briser les pattes pour le sortir de là. Elle ne peut pas. Elle sous-entendait qu'elle était vieille, qu'elle manquait de poigne.

— Et vous croyez tout ça, a minaudé le premier inconnu. Vous le croyez ?

— Je crois plus que cela, plus loin que cela, ai-je signifié. Je ne m'arrête pas aux apparences. Cigarettes ?

— Bien sûr, bien sûr, a dit l'autre. Le sortir d'où, le sortir de quoi, son chien ?

— De sa tête abrutie, s'est exclamé le premier inconnu.

— Vous ne voyez vraiment pas qui c'est ?

— Sans doute une vieille de l'hospice. Ça pleut des vieilles comme ça, a dit l'autre.

— Maintenant il faut nous séparer, ai-je conclu.

J'ai payé ce que je devais.

Je paie aussi ma chambre d'hôtel le lendemain matin, je m'envole avec mon sac au dos que je dépose tout de suite sous les fenêtres de l'imprimerie Le Narrateur. Je cours vers l'hospice, je revois sur la place toute en arcades les marches sur lesquelles j'étais assise hier soir.

— Vous contemplez, avait demandé le premier inconnu.

— Vous écoutez, avait demandé l'autre.

Le carillonneur jouait *Etoile des neiges* à l'église Notre-Dame. Quelle splendeur ce patelin de Villefranche. Recevrai-je bientôt une deuxième lettre ? Les Beaux-Arts exagèrent. Ils devraient dégager dare-dare cette façade du magasin. Elles exagéraient les religieuses dans le train. Tu es jalouse ma fille parce que tu ne peux pas t'expliquer en anglais. Elles se parlaient en anglais. Que pouvaient-elles se dire ? J'aurais presque compris mais la rengaine des roues et des ferrailles... La pauvre petite religieuse en face d'elles, toute seule comme moi, qui les admirait, qui s'attristait, qui était toute seule... qui avait une ombre de duvet noir sur la lèvre supérieure. J'en aurai vu des femmes moustachues pendant mon voyage... jusqu'à une vieille avec une barbe mordorée, frisée... une vraie petite barbe... une vraie petite chicorée frisée en cheveux bouclés... Console-toi mon poucet puisque tu n'as que toi dans Villefranche... Celle qu'elles appelaient Ma Mère, la grande, n'était pas belle, pourtant elle n'avait rien de laid... Quelle allure sur son visage... Quelle altière, quelle supérieure, quelle pacifique autorité. De l'étoffe de Thérèse d'Avila, oui de l'étoffe dans l'aération de ses regards... L'autre avec son nez en pied de marmite... quels yeux l'autre... Pouvez-vous m'indiquer l'hospice ? A gauche, à droite, à gauche... Merci. La petite religieuse ramassée dans son coin mangeait les deux autres des yeux. A gauche... Dis petit, l'hospice... Ce que je peux être nulle aussi en orientation... Laquelle des deux rues ? La laide était nerveuse. Les opère-t-on quand elles sont souffrantes ? Elles refusent peut-être l'opération. Elles meurent des souffrances. Je n'en sais rien. Elle a palpé pendant le voyage la manche de la Mère. Et la pauvre petite religieuse toute seule qui n'était pas instruite, en face d'elles... Une sainte petite religieuse de la campagne. Quel espace d'amour dans ses regards... La laide la dédaignait. La Mère a ouvert un paquet de bonbons... Si je pouvais devenir simple, effacée, gentille. La laideur ne peut être atténuée que par la douceur... La grand-porte là-bas. C'est cela. Le concierge vous donnera les renseignements que vous voudrez. Oui, lui, là-bas...

— Auriez-vous parmi les pensionnaires une dame vêtue d'une redingote, d'une redingote de cocher ? Son chapeau était noir, en paille, du picot avec un nœud sur le devant... Je ne la connais pas mais il faut que je lui parle.

— Je ne vois pas ça chez nous, mais si vous voulez me suivre...

Nous arrivons dans une cour où des infirmes déposés dans leur voiture, la main paisible sur le volant, bavardent avec d'autres messieurs souffrants, résignés sur des bancs. J'ai honte parce qu'ils se taisent quand nous passons. Eux ils ont honte aussi. Je suis quelqu'un de ce dehors dont ils ont été retranchés. Je suis pour eux une habitante décrochée de leur paradis perdu et ils ont honte parce que je suis venue, d'avoir été enlevés à ce paradis : la vie quotidienne, les rues, les mouvements, le café-crème, le blanc-vichy, le diabolo-menthe.

— Passons chez les dames, dit le concierge.

Nous entrons dans la cour d'un cloître, nous nous trouvons nez à nez avec un paquet vivant de hardes. Des bras serrent un autre paquet de hardes.

— J'ai beau chercher, je ne vois pas ça chez nous, dit le concierge.

Il réfléchit.

Trois chaussures dont les chiffonniers ne voudraient pas semblent sécher au soleil, sur le bord d'un mur.

— C'est une dame qui vit beaucoup dans le souvenir de sa Folette, de son chien...

Un autre paquet de hardes vivantes, le chapeau de

paille enfoncé jusqu'aux lorgnons nous dit bonjour. Je me sens une coupable : dans la peau d'une inspectrice d'hospices.

— J'y renonce. J'y renonce, Monsieur... Je ne la retrouverai pas.

Trois voitures d'infirmes, un trio d'objets qui se concertent, trois paires de béquilles de trois malades au lit...

— J'y renonce, Monsieur. Indiquez-moi la sortie.

— Folette... Je ne vois pas ça chez nous.

Je ne veux pas penser à Van Gogh, je ne veux pas. Je ne veux pas le ravaler jusque dans les hospices... Il en a fait des toiles, des allées, un poêle, grelottant dans une salle, un conduit de grelottement noir au-dessus du poêle. Je ne veux pas. Il resplendit. Je ne veux pas le voir apparaître dans l'hospice. C'est le passé. Aujourd'hui c'est un éclatement de chaleur.

— Non. Pas dans les dortoirs. Elle n'est pas dans les dortoirs. Oui Folette. Oui son chien... N'allons pas dans les dortoirs, Monsieur.

Oui à droite, à gauche, deux fois à droite après c'est plus court. Pour l'église Notre-Dame vous demanderez... A ouvert un paquet de bonbons. La laide se servait la première. C'était exorbitant. La laide a introduit le bonbon dans la bouche de la Mère Supérieure... dans la bouche de la Mère... Elle s'est servie. La petite religieuse de la campagne toute seule dans son coin les admirait. Elle les enviait. Maintenant à gauche et deux fois à droite... La Mère enfin, enfin la Mère a tendu le paquet de bonbons, des mélangés, à la petite religieuse. Je la comprends : « Merci, Ma Mère. J'ai ce qu'il faut. » Elle l'a dit pas du tout comme je le comprends. Dans les foulards de mousseline de soie de l'humilité elle a dit : « J'ai ce qu'il faut. »... Son bâton de sucre d'orge bleu pâle... Son petit bout de sucre d'orge bleu pâle qu'elle sortait de sa poche profonde... Tu t'extasies ma fille. Tu t'extasies, méfie-toi... Tu t'extasies sur un bâton de sucre d'orge bleu pâle... par des chemins détournés tu reviens encore à Van Gogh que tu ravales à ses malheurs passés. Trop de transports... Trop de transbordements de sensibilité. Elle ne pouvait pas le casser... Qu'elle a essayé longtemps de le rompre... J'ai cru que la Mère Supérieure lui proposerait son canif. Elle avait un canif la Mère Supérieure... J'avais un couteau de Haute-Savoie. Je n'oserai pas. Je n'oserai jamais. Comment aurais-je dit ? « Mademoiselle, vous permettez ? Ce sera plus facile. » C'est une sœur, on ne lui dit pas Mademoiselle. Non, ce n'est pas une sœur. C'est une grande Mademoiselle qui a une âme. Encore des déplacements de sensibilité, ma fille... C'est Genet qui te l'a révélé... « Je suis comme je suis », dit-on dans une chanson. Où me donnerais-je ? Elle ne l'a pas rompu. Par économie... non, non, pas par économie. Par timidité. Elle n'osait pas devenir une importante avec des mouvements. Elle a enfoui dans sa poche son pauvre petit sucre d'orge... Les religieuses, comme des mangeuses ordinaires, faisaient voyager leur sucrerie à l'intérieur de leur bouche. Folette... Qu'est-ce que je pouvais, qu'est-ce que je pouvais ? Folette. La vieille Blandine était plus tassée qu'elle. Un monument de hardes... Ses frères industriels payent pour elle. Ils l'avaient expulsée de leur ville pardi. Qu'est-ce que je pouvais pour la maîtresse de Folette ? Les frères de Blandine payaient pour elle. La pensionnaire qui paie le mieux, qui mange le moins. A l'année dans un hôtel, dans une chambre bien payée au mois, avec des haillons moyenâgeux. Une vieille fille datant du Moyen Age... Toute sa raison. Elle avait écrit des poèmes dans sa chambre de locataire qui paie. Elle voulait les vendre. C'est de ce jour-là que date sa réputation de folle... Que date ceci, que date cela... Que de chères tournures de mon enfance, que de vocabulaires croustillants d'intimité, de ma mère dont j'ai dû me séparer... Je suis seule dans Villefranche-de-Rouergue. Villefranche-de-Rouergue jusque dans les cinq parties du monde... D'où je viens, où irai-je ? A Figeac. Je suis à Figeac. A Capdenac. Je suis à Capdenac. Mangé sur un banc à Figeac, mangé là pour dorloter mes chevelures de détresse. Aurai-je une lettre, aurai-je une lettre ? Mangé sur un banc à Capdenac pour me serrer dans ma palatine d'angoisse. Aurai-je une deuxième lettre, aurai-je une deuxième lettre ? Couché dans des draps à Figeac, Capdenac, Viviers... Couché dans des draps, jamais contente. Regardé au-dessous de soi... Regardé et détaillé des planchers au gris sinistre.

Mal vue (j'étais mal vue, disait ma mère) dans le compartiment. Très, très mal vue par un grand bel ouvrier de Decazeville, centre minier. Il hait mes souliers de toile, mon sac à dos, ma sacoche fixée à ma taille : des outils d'oisive. Marché de Decazeville à Firmy. Longue marche entre des usines, dans des odeurs charbonnières. Montagnes de fer. La population de Firmy me jetterait volontiers des pierres parce que je veux manger, coucher, lui prendre son vivre et son coucher. La ville de Denain dans le Nord, mais Denain sans cœur. Pas trouvé de chambre. Les hôteliers vivent sur eux-mêmes dans les hôtels fermés.

Le maire cordonnier me décourage. Rentrée à pied à Decazeville par le même chemin. Je me terre dans ma chambre. « Tu es en vacances. C'est ta faute, c'est ta très grande faute », me disent en glissant les nuages dans le ciel ferreux de Decazeville. Marché jusqu'à Conques.

Pas de lettre à Conques. Pourquoi tout de suite une lettre après la précédente. Qu'est-ce que je vais imaginer... ? Conques : la parente riche de Cordes. Conques. Je croyais que c'était un coquillage, je croyais qu'il fallait l'approcher de l'oreille, le secouer pour le trouver, le voir, l'écouter. Eglise fameuse que je regarde, que je ne vois pas. J'aime Albi. Je vous aime dans Albi, Madame... Je ne vous aime pas dans deux cathédrales à la fois. Je ne forcerai pas mes yeux. Je ménage mes sens quand je le peux. Un petit prêtre fourchu au visage d'Ethiopien, à la barbe de sorcier africain, emmène un couple et moi-même dans un sous-sol. Il nous planque dans un sous-sol devant le trésor de Conques.

Déjeuner au bord d'une rivière, à la sortie de Conques qu'il fallait voir, que j'ai vu. Merveilleuse authenticité de mon déjeuner en plein air dont le menu revient comme les saisons : tomates, sardines, fromage...

De l'eau, de l'herbe, des monts, la lettre de Norvège dans la poche centrale de mon sac à dos, des roulements de voiture derrière le talus, le clapotis de ce qui vit, de ce qui est inoffensif dans l'eau et les mêmes visites de l'eau sur le sable, entre les pierres. Quatre heures. Je ne savais pas que je travaillais en société. Un troupeau dans mon dos, une paysanne svelte dans le pré parce qu'il fait moins chaud. Je lui demande d'épauler mon sac. Marche enfantine de sept kilomètres. Soirée merveilleusement authentique à Grandvabre, dîner plantureux, dîner luxueux. Atterrir au milieu d'une dizaine d'estivants parisiens, devenir conférencière, parler de Grandvabre pendant une heure à un auditoire qui cherche où il se défera de ses vacances. Le confort. Le confort par la nature à Grandvabre. Des prés matelassés, des mamelons qui ont sous la fesse la douceur de la chair fraîche des champignons. De l'hygiène et de l'hygiène transparente. Des rivières, des ruisseaux francs, des filets d'eau bonasse et pas de cette petite musique de nuit qui vient du moustique. De l'accessible : les monts, l'hôtel, les habitants. Du lunaire : le cimetière. De l'héroïsme de traviole : les croix du cimetière. Du poesque à côté du cimetière : le soulèvement, le battement du rideau de tulle à la lucarne du presbytère. Une assurance : l'abbé aime le bon air. De l'exotisme : des matelas de paille à l'annexe de l'hôtel. Du Bethléem : les portes des étables et des écuries peuplées, ouvertes aux passants. De l'antique : des boîtes ouvragées décorées et couvertes de roses vendues vides cinquante-cinq francs par l'épicière. Du combatif : un pont-levis d'une maisonnette à une autre maisonnette. Des intentions : des savons neufs dans leur enveloppe attendant le client dans la chambre.

— J'ai du déséquilibre mental mais je vaincrai à la

trentaine, disait un jeune prêtre à la table à côté de la mienne.

— Prenons donc du vin. Nous avons cinq kilomètres après le dîner, lui a dit l'autre jeune prêtre.

— Je serai en chaleur sur la route... Pas du point de vue viscéral mon vieux. Je te parle des rouages.

Excellent, excellent la liberté et la santé dans cette conversation.

Nuit argentine, bruit argentin de la paille des deux matelas sur lesquels j'ai dormi.

Lavé mon linge en bienheureuse romanichelle sans roulotte à la fontaine de Saint-Projet. Il a séché sur un pré de Vieillevie. Beauté confortable entre les villages des gorges du Lot. Bœuf gros sel dans un restaurant d'Entraygues, encore un pont romain, encore un château remanié, encore un repas de romain pour mes yeux qui absorbent et qui rendent. Nous observions tous un enfant pendant que nous concassions avec nos dents le bœuf cartilagineux. Un père sportif interdisait le condiment Grey Poupon à son fils de huit ans. Pleurs, coups, prières de la mère, crise de nerfs de l'enfant. Une trinité de malheureux. Le père refusait au fils ce qu'il se refusait à lui-même par hygiène de sportif : un piment. Un gigolo solitaire s'est levé de table. Sourire, soleil, renouveau, mais le père s'est fâché, s'est levé, a traversé la salle, a remis les grappes de raisin dans l'assiette d'un chéri aux cheveux bas sur la nuque. Simplicité et acharnement. Je commande une infusion, j'espère en la chaleur de l'infusion et le parfum de solide bon sens de la menthe. J'ouvre *Le*

Figaro littéraire avant l'arrivée du breuvage. Je commence par la lecture des pages de journal de Julien Green : « J'ai été voir le pauvre X... qui va très certainement mourir », écrit-il. Green cite le nom et le prénom du malade qu'il a visité mais je les remplace par X... le malade étant aujourd'hui un mort encore tiède. Green savait X... condamné, X... est mort, pourtant ce « très certainement » me fait frissonner et fait frissonner l'hebdomadaire. Ma main a tremblé et c'est comme si mon pied écrasait une feuille morte, ce bruit de papier. Je relis la même phrase trois fois. « Très certainement » est inadmissible. X... est un homme condamné mais X... est un homme. L'auteur en parle comme s'il répondait d'avance de la mort d'un de ses personnages, comme si après avoir parlé de la mort prochaine d'un autre il soulignait « mort » trois fois. C'est sinistre et frivole dans le style : « j'irai très certainement vous voir la semaine prochaine dans votre nouvelle demeure ». Nous sommes tous au terminus de nobles passants. Une fin ce n'est pas pauvre. Green écrit : « J'ai été voir le pauvre X... » qui va très certainement mourir. « Pauvre » ici est du péjoratif insensible de salon de thé pour un homme condamné. Green parle trop et trop peu de X... à qui il doit ses débuts d'écrivain publié. X... a été un des tous premiers admirateurs et défenseurs de Green. Il a défendu, imposé les manuscrits de *Mont Cinère*, d'*Adrienne Mesurat* au comité de lecture de la maison d'édition qui l'employait. X... déjà malade il y a vingt ans prenait à ses nuits courtes du temps pour lire Julien Green, le répandre, le propager oralement le lendemain au téléphone, raconter de tout son cœur, crier le sujet de ses romans au directeur de la publicité : un sourd. Oui, il y a de quoi en faire un monde. Au moins une réparation. X... vivant, épauleur de jeunes romanciers, mélomane studieux, a vécu dans des haillons, car entrer dans un bureau à neuf heures, le quitter à six heures, se coucher à trois heures en toussant, se relever en toussant et en se traînant, ne pas gagner d'argent, faire un trou dans le budget du mois suivant, se ruiner un mois d'avance pour fleurir l'appartement, commander les spécialités portatives de la Maison Prunier, bref choyer, entourer des écrivains riches et célèbres, raconter que telle femme de lettres a gâché son vison, qu'elle l'a jeté, tandis qu'au vestiaire le pardessus d'hiver était une mince pelure déchirée, c'est vivre le corps et l'âme dans des haillons, c'est pendant vingt ans marcher sur une corde raide au-dessus d'un abîme de brouhaha, celui du Tout-Paris. Je peux avancer et soutenir cette parcelle de la biographie d'un martyr du talent des autres parce que j'ai travaillé dans la même maison d'édition que lui et qu'il a été mon sous-chef. Je le détestais. Le mort a illuminé le vivant. L'existence sordide s'est décrochée de celui qui est parti. J'avais été embauchée comme colleuse et découpeuse d'articles. X... m'avait fait comprendre qu'il fallait renflouer un des principaux bateaux de la maison : Monsieur Henry Bordeaux. L'écrivain exigeait de la publicité pour chacun de ses romans, ce qui devait dépasser, il me semble, le budget publicité de dix écrivains réunis. J'arrivais tous les jours à huit heures un quart du matin dans une pièce froide garnie de frigidaires naturels contenant chacun le manteau, le chapeau, le parapluie de chaque employé. Je sortais une fiche de la fente d'un classeur, je l'enfonçais dans une autre fente : celle de ma machine à décapiter le temps. A huit heures seize, il y avait une minute de retard en sang, chiffre rouge et témoin sur ma fiche. Le directeur du service faisait le total des retards, à la fin du mois l'addition de toutes les minutes en sang et il y avait des réprimandes, des menaces de renvoi. Nous vivions dans la terreur du temps divisé en minutes. Cinq minutes inscrites en rouge dans une journée devenaient une exécution. Je m'installais dans une pièce tapissée de dossiers d'auteurs du plancher jusqu'au plafond. Une Bretonne pleurarde de Lannion effeuillait les classeurs cartonnés. Les tirettes crissaient, la petite machine débitait deux confetti par page de courrier. J'attendais la presse fraîche. X... et son fin porte-cigarettes braqué au coin de ses lèvres, la fumée de la Camel montant en fumée de cassolette, venait dans notre pièce vers dix heures du matin avec une montagne de journaux, de revues, de revuettes dans les bras. Cet animateur de maison d'édition me surprenait lisant Henry Bordeaux avec l'attitude d'un futur agrégé lisant Hegel. Je fourrageais mes cheveux, je creusais mes tempes avec mes poings, je mordais mes lèvres que je tordais en même temps. X... qui était satisfait de mon application déposait avec des précautions et des intentions pour mon étude et mon silence la montagne de journaux sur la table. Il s'en allait sur la pointe des pieds par déférence pour ce concentré d'Henry Bordeaux que je représentais. J'abandonnais *La Robe de laine* et dépliais les quotidiens. Il fallait coûte que coûte rattacher M. Henry Bordeaux à l'actualité politique, littéraire, artistique, culinaire, sportive, criminelle, cinématographique, musichallière, poétique, juridique. Il fallait écrire cinq ou six échos par jour, les enrober de cette actualité brûlante, les farcir puisque la farce au centre de l'écho c'était M. Henry Bordeaux. J'encadrais les articles consacrés aux auteurs de la maison, je mettais une croix à côté des petits textes insignifiants que j'avais rédigés et que MM. Fernand Divoire, Robert Kemp, Stanislas Fumet, Léon Treich avaient insérés dans leur courrier littéraire puisque c'était pour eux de la copie gratuite. Je me relisais avec attendrissement. Je citais Henry Bordeaux mais je croyais quand même que ma prose était personnelle. Je lui trouvais du cachet, une signature invisible que je pouvais découvrir. A midi, je chipais dans le tas une revue de bons auteurs modernes que je dévorais dans l'autobus. J'engloutissais des nourritures, je raccourais à une heure trente pour la même décapitation du temps, pour la machine enregistreuse, la même concentration sur les trente-deux variations de l'adultère dans la production de M. Henry Bordeaux. Je découvrais la volonté d'amoralité de l'auteur qui ne faiblissait pas avant la deux cent cinquantième page. La lectrice catholique devait haleter avec l'héroïne entre bien et mal, du début à la fin de l'ouvrage. Enfin, M. Henry Bordeaux avait pitié du souffle de la lectrice. Il la récompensait au tournant d'une page avec un petit sabot de Noël fourré de fidélité. L'héroïne ne tromperait pas mais la lutte pendant deux cent cinquante pages avait été excitante. De *Robe de laine* en *Roquevillard,* je constatais que M. Bordeaux était un immoraliste roublard pendant qu'il bâtissait ses romans. J'apercevais quelquefois l'auteur à la joue rose, à la santé importante. Il passait grelottant à cause de la vitre dépolie de notre bureau. Je tremblais. Mes huit cents francs par mois, il pouvait m'en priver pendant qu'il se plaignait de la publicité dans le bureau du directeur. Je ne respirais normalement que deux heures après son départ. J'ai aperçu une fois la joue rose du maître mécontent pendant que je refermais la porte de la toilette et que je m'enfermais dedans. Nous avions des visites au début de l'hiver lorsque le bureau du service de presse était envahi par les postulants à l'exploitation des mines Fémina, Goncourt. Tandis que M. Henry Bordeaux dédicaçait à ses collègues un nouveau pâté truffé d'immoralité, tandis qu'une jeune fille découpait pour lui avec un coupe-papier directorial la page à dédicace, Julien Green justement entrait dans notre bureau, marchait sur un tapis de veloutine, feutrait les dessous de pieds de la chaise sur laquelle il s'asseyait, créait au silence des avantages. La paupière baissée, joliment baissée comme la paupière étoilée des bovidés dans les dessins animés, la voix absente, le comportement menu, très ressemblant avec celui d'une jeune fille debout devant un examinateur, Julien Green, timide, signait derrière les piles de ses livres.

Le dimanche a été dur. Vingt kilomètres à pied, d'une trotte, de neuf heures à midi et demi. Levée trop tard. Pas de maisons entre Estaing et Espalion. Des tractions noires, encore des tractions noires qui me dépassent, qui soufflent d'abord leur vitesse dans mon dos. Volonté d'automate pendant que je marche, que j'ai soif, que j'ai chaud dans les gorges du Lot. Je me suis déchaussée, j'ai embrassé mon gros orteil, j'ai défié un de mes six cents dimanches en plomb. Le dimanche dans les gorges du Lot j'aurais eu la compagnie d'un orteil, me dis-je pendant que je le baise une deuxième fois. Moi aussi je suis une traction qui veut dépasser. Je veux dépasser le baiser que je me donne. Mon orteil est dans ma bouche, je le restitue à mon pied. Je crois qu'il est plus respectable de vivre le dimanche matin à distance de mon orteil qui m'appartient. Je me suis rechaussée, j'ai croisé les bras. Discipline d'écolière emphatique. Ce n'est pas suffisant. Je me lève. Je m'adosse au roc, je recroise les bras. Je crois que je trouverai de la société en me raidissant et de l'enseignement. Je croisais les bras, je vidais ma tête, je braquais mon dard d'ignorance vers la maîtresse. Je braque mon dard de misère du dimanche toute seule vers le soleil qui est partout, que je ne vois nulle part. Encore des tractions noires qui s'en vont. Elles, je les vois. Echappement libre, foulée de fumée entre les quatre roues, le gai corbillard des vivants, il fume. Exhalaison du néant incurvé à l'arrière de la traction. Je croisais les bras, je me croyais une héroïne à faire tomber. Il fait torride. Une héroïne jusqu'à me fabriquer un bandeau noir avec mes yeux clos. Je ferme les yeux au soleil et je suis créatrice d'un troc. J'échange du visage pour de la nuit. Il fait torride, je suis au soleil mais je peux y tâter à ma mort que je simplifie, que je ramène à une question de lumière et de nuit. Encore une traction qui a dérapé dans un virage de Montlhéry. Vanité des vanités. Je me rebâtis au soleil dans un dimanche toute seule dans les gorges du Lot. Qu'il m'en faut des pelletées et des pelletées de nuit. Une carrière que j'ai dans l'âme et dans le corps, une carrière à combler. J'essaie ma mort, je répète mon rôle qu'on ne m'enlèvera pas. Je serai la vedette de ma conclusion et la vedette sera soupir. Je me porte bien, je ne suis pas folle, ce matin. J'essaie ma mort au soleil, j'entre dans la nuit à dix heures du matin puisque de la mort je ne connais pas d'autre vêtement. Je répète. Déjà je meurs avec souplesse avant de disparaître. Aucune importance du côté de mon cœur qui bat. J'imagine que le tam-tam dans la jungle est là pour souligner la nuit. Il y a si longtemps, si longtemps que je suis morte pour tous les autres. Quinze ans. Il faut que je rattrape le temps perdu pendant lequel je croyais que je vivais, qu'on me voyait. Quinze ans pendant lesquels je me suis regardée quinze fois dans le miroir des rencontres vertigineuses. Du face à face, du debout, du pas de sexe, du dédoublé, du rendez-vous costaud, de l'étrangeté trop familière, de la société trop connue et trop singulière. La prise et l'abandon comme lorsque nous faisons l'amour : la peau qui sort du personnage et qui se perd.

Encore tractions, toujours tractions le dimanche quand il fait beau. Moi seule debout sur la route, debout mais bouillie de routine dans le paysage. Encore des tractions, toujours des tractions. Ils ont pris ma route, ma possession de trente et un jours. Je chargeais mon dos, mes bras entraient dans les harnais. Traction noire a manqué me faucher. Pointe de regret réciproque, de regret nuancé quand le chauffeur a tourné la tête de mon côté. Le danger est passé. Le gardien nous a fameusement claqué la porte au nez, au chauffeur, à moi-même. C'est dimanche pourtant nous serons privés de néant. Je vivais donc au-dessous de tant d'épaisseurs pendant que je remettais le sac sur mon dos, pendant que j'ai été épargnée...

Où marcherai-je ? Les tractions se doublent, les tractions se succèdent. Ravin à droite, avancées de rocs à gauche. Il faut que j'aille, que je marche par cœur avec les pieds du fantassin. Il le faut puisque je veux de la route dix kilomètres plus loin. Le paysage a chaud, il est effaré, le paysage. Je marche et marcherai. Je remets mon âme entre vos roues, tractions enfiévrées. J'ai une tombe spacieuse à ma droite et les oiseaux de proie vacants que je vois là-bas becquetteraient. Je vais, diligence entre les tractions, ni prudente ni chevaleresque. Je suis calme. J'ai fait mes exercices d'anéantissement. Faulkner exagère. L'épi c'était du faisable, du plausible mais le bistouri... c'est un visionnaire. Je le sais et je sais aussi comment on avorte. L'a-t-il fait exprès ? Il y a quand même des limites dans le visionnaire. Un coup de bistouri, c'est la mort instantanée. C'est peut-être de la charcuterie de visionnaire mais c'est de l'impossible, du réfutable, de l'outrancier dans une vision inacceptable. Des crayons, une sonde, des laminaires, évidemment cela manque de tragédie. Le docteur n'avait que les instruments de sa trousse, dans un pays perdu. Je l'admets... Un docteur n'est pas un ignorant. S'il opère ainsi, l'opérée meurt tout de suite dans une inondation de sang tandis que le personnage de Faulkner languit longtemps dans un rocking chair... A deux reprises, sur deux femmes, le docteur opère ainsi. Une d'elles s'en trouve bien. Ce n'est pas miraculeux. C'est de l'inexactitude qui me navre. J'admire l'écrivain, je ne veux pas qu'il se trompe et surtout, s'il se trompe en le voulant, je voudrais savoir pourquoi. Il y a des mois que ce marécage d'inexactitudes dans son roman me tourmente. C'est comme s'il me soutenait dans un de ses livres que l'idiot du *Bruit et la Fureur* s'est bien tranché la gorge et que la coupure s'est cicatrisée... J'y penserai encore, j'y penserai longtemps.

Cherché ma place au bord de l'eau pendant quatre kilomètres supplémentaires. Les orties, l'herbe, le sable étaient sales. Des tractions noires dans mon dos pendant le déjeuner m'enlevaient en filant une vertèbre, un morceau de poumon, un lambeau de peau entre mes côtes. Mon vin était triste. A deux heures de l'après-midi, les habitants des tractions m'ont entourée. Ils barbotaient. Je me disais que j'étais la minorité et que je ne pouvais pas lutter contre eux, je me racontais que je me ferais rôtir dans un four, que je diminuerais jusqu'à la taille d'un pigeon rôti, qu'on leur servirait le plat chaud à quatre heures, que le pigeon est tendre en toute saison, qu'ils m'avaleraient, que nous serions débarrassés et qu'on n'en parlerait plus. A six heures, quand ils ont été partis, j'ai fui jusque dans un hôtel et me suis isolée dans une chambre pendant seize heures. Les murs ont fait du travail d'insignifiance dans la pièce. Je les ai aidés en me voulant long édredon de chair et d'os au milieu du lit. C'est une malédiction de rêver en dormant. J'ai rêvé que vous m'aimiez, Madame, et je savais que je rêvais pendant que vous m'aimiez. J'étais esclave d'une réalité dont je connaissais le manque de portée.

Trouvé enfin dans une quincaillerie de Rodez le heurtoir que je désirais. La main est en cuivre, les doigts sont posés sur la boule qui heurtera le bois de ma porte. Une bague au quatrième doigt, une collerette, un poignet avec un bracelet qui resserre la collerette, une fleur au milieu du bracelet. J'ai acquis pour six cents francs une main de femme du XIXe siècle. Pluie et froid. Je vois de moins en moins les églises, je rôde autour de l'immeuble monumental des P.T.T. Pas de lettre de Norvège, pas de lettre au guichet poste restante. Je range ma carte d'identité dans l'étui de mica, je suis minable. Pas de lettre et changement de lumière jusque dans un autre univers parce que pas de lettre. Je suis déçue et je marche sur la pointe des pieds dans ce hall de gare avec des portières contre les murs. Pas de lettre. J'aime ou je n'aime pas ? La pyramide de cubes qui se tiennent mal en équilibre, c'est moi qui sort du bureau de poste. Je pleus davantage que la pluie mais je ne pleure pas. J'ai des ruisseaux, mes longues tresses à moi, j'ai de l'eau longue qui sort de ma tête, qui coule, qui m'accompagne, j'ai des ruisseaux de chagrin, j'ai une traîne d'eau parce que pas de lettre, pas de lettre, pas de lettre dans la pluie de Rodez. Où irai-je ? A Montpellier, mais il faut prendre le billet la veille. Quand j'étais enfant, dans notre lit, ma mère et moi nous partions la veille du départ. Je veux le soleil parce que pas de lettre, je veux voir Beaumes-de-Venise à cause de son nom. Beaumes-de-Venise. J'appuie sur Beaumes, la seconde partie du nom rebondit. Faire suivre la lettre de Norvège dans un village qui me fait rêver à des gentillesses. Elles sont gentilles les petites automobiles rouges ou bleues sur le toit, sur la portière desquelles est inscrite une marque de chocolat, de pâte dentifrice, de café extra. Il y a réception de commis voyageurs dans mon hôtel et nous aurons ce soir un dîner de représentants. La bonne lui apportait sa serviette-éponge. J'en ai vu un assis à la table dans la chambre. Il calculait ses bénéfices sur les commandes du jour. Voyager pour gagner, être sûr de son usine à provisions. Je suis contente. Il y a progrès. On les méprisait. Les hôteliers les respectent, les commerçants leur font fête. Il pleut, il fait froid, je tiédis à l'intérieur du voyageur de commerce qui recopie ses commandes dans une chambre d'hôtel. Il faut que je me nettoie avec minutie puisque j'envisage mon départ de demain matin comme on envisage des épousailles dans la matinée.

A Montpellier, vécu un long moment dans la société d'un mannequin (buste et visage) à l'étalage d'une corsetière qui a du style. Entrée dans les magasins de chaussures, de sacs à main, de vêtements, de parfums, demandé les prix pour parler. Echanges de clichés, de mensonges vieux comme Hérode. Je parle, on me parle. Je ne sais pas qui me parle, je ne sais pas quel doux ventriloque pour moi parle. J'ai besoin d'un fond de paroles autre que celui des rues. A Tarascon, le mistral est entré avec brutalité dans les compartiments. Une entrée purifiante, la même que celle d'un cow-boy justicier dans un film de John Ford. Par la portière en gare de Tarascon, au mois d'août, j'ai vécu une rentrée des classes à Valenciennes, quand le vent brassait les feuillages jaunis des platanes. Je suis dans le Midi : j'ai le trac. J'accours vers ce qui me fait du mal, vers ce que je ne trouverai pas. J'avais de l'herbe, des arbres, des vaches, des oiseaux, maintenant je les veux où ils ne sont pas. J'ai établi un programme de regrets en voulant le Vaucluse. L'olivier n'est pas un arbre. C'est un danseur hindou. Le Midi. J'ai une fringale de jazz New Orléans, de whisky, de nuit blanche, j'ai besoin de voir par la portière, à Tarascon, des jeunes gens et des jeunes filles assis, debout dans une voiture burlesque à damiers. Voici trois Anglais qui s'installent dans mon compartiment et qui sont probablement rassasiés de ce dont j'ai faim, voici des fourre-tout luxueux qui me reposent de mon sac à dos. Je me parie que ce sont des navigateurs en vadrouille. Je déchante. On s'offre des pastilles de Vichy, on lit des brochures, des livres, des gros volumes consacrés à Notre-Dame de Lourdes. Ce sont des prêtres anglicans dans leur sweater de vacances, des Anglais qui lèvent les yeux, qui me jugent pendant que je tapote par tendresse ma cigarette avant de l'allumer.

Je n'ai pas quitté la gare d'Avignon. Je ne veux pas entrer dans la ville, je ne veux pas réveiller et déranger ce chef-d'œuvre dans ma tête : la chartreuse de Villeneuve-les-Avignon. Je me demande, pendant que je mijote dans le car qui m'emmènera à Carpentras, si le drame est le même, si le ciel brûlant de bleu est encore cette merveille de théâtre entre les fentes du mur. Le plus beau coup de théâtre qu'il m'a été accordé de contempler : un mur s'ouvrant comme une femme, se faisant pénétrer par azur. Je n'irai pas. Ce chef-d'œuvre dormira tapi dans ma tête.

Je ne parvenais pas à me débarrasser d'un Français genre « voulez-vous accepter une consommation, ça n'engage à rien ». J'étais dans la lune quand je l'avais rencontré, quand il m'avait accostée. C'est par étourderie que je lui avais répondu. Je me suis reprise jusqu'à cette victoire : régler pour lui les tasses de café que nous avions bues à la terrasse, à la même table. Une seconde, je l'ai plaint : il n'avait donc rien autre que moi à se mettre sous la dent... Un coureur se croirait déshonoré s'il ne mentait pas pendant qu'il se veut diplomate. Je vieillis, gentil coureur, mes jours sont comptés, les fillettes ont du temps devant elles et la psychologie du coureur moyen ne me passionne pas. Régler les cafés ne m'a pas dégagée. Déjà, il me croyait à ses pieds parce que j'avais payé. Quelle marmelade, ces travaux d'approche à tous les échelons de la société. Quel gouffre de naïveté il faut pour les écouter, les supporter, s'en repaître, les expier. Je lui dois un souvenir à ce « nous pourrions marcher un moment ensemble dans la campagne ». L'été, pendant un débarquement blanc de marins américains dans le port de Villefranche, quinze filles évoluaient aux alentours des vedettes automobiles qui dégorgeaient les matelots pâtissiers. La connaissance instantanée, le coup de foudre, on savait d'où il venait. Autour des tailles des filles et des marins, le lierre avait poussé. On s'enlaçait avant de se saluer. C'était si authentique ces accostages que cela devenait un rêve de franchise. Ils s'embrassaient comme s'ils se revoyaient après des années de séparation. C'était normal puisqu'ils s'étaient attendus. Ils se reconnaissaient puisque leur père et mère, les travailleurs de force du péché étaient les mêmes. Des frères avec des sœurs rattachés qui s'embrassaient sur le quai, qui créaient une société d'amants tandis que les barques pavoisées pour les promenades en mer leur faisaient fête. Ils entraient dans le bar « Tout va bien », ils discutaient tarifs pendant que d'autres marins, des géants de la race noire, décortiquaient des rougets frits avec des longs doigts roses à l'intérieur, des doigts délicats de ciseleur. On sortait les portefeuilles, on ne payait pas encore pour le soulagement. Les têtes se rapprochaient, les tabourets du bar penchaient entre la jambe du marin et le mollet de la fille. La main de l'homme et la main de la femme tenaient la photographie.

— Femme à toi ? demandait la fille.

— *Ya,* répondait le marin américain.

— Femme jolie, disait la fille.

— Jolie, répétait le marin.

— Enfants à toi ? demandait la fille.

— *Ya, ya.*

— Jolis enfants, disait la fille.

— Jolis... qu'est-ce que c'est, joli, demandait le marin.

— Comme moi, visage comme moi, disait la fille qui tapotait sa joue, la désignait à l'homme.

— Joli, joli, disait le marin qui s'emballait.

— Toi, beaux enfants à toi, toi, belle femme à toi, moi contente, contente, disait la fille.

Le marin américain commandait deux bières, deux cognacs. Il fallait boire à la santé de cette harmonie. On savait, après que la photographie était repartie dans la poche revolver, qu'il y aurait une famille légitime et stable entre chaque mouvement de gymnastique. On avait situé femme et enfants avant de la commencer, on avait donné un sacré coup de balayette à ces histoires d'adultère faisandé, on avait assaini l'hygiène.

Beaucoup d'aération après que j'ai abandonné le coureur.

J'arrivai à pied à Beaumes-de-Venise. Des vignes, des oliviers, des vignes, des oliviers. A droite, la pente et le ruissellement de pâleur du mont Ventoux. Je me laisse prendre encore aux sifflements des fils télégraphiques, à ceux des roseaux. Tout un roman policier, un crime, une poursuite au sang dans l'atmosphère bruissante des roseaux. Froissements de meurtres dans le froissement des feuilles. Si j'étais cinéaste, ils seraient le sous-bois de mon film. J'écoute leur bruissement et le bruissement m'enfonce dans le tunnel d'un crime possible mais impossible de chiper une grappe de raisin, de l'arracher au cep. Têtu, ce vieillard noueux. Que de vignes, que de millions, que de grands propriétaires auxquels je ne peux pas détourner un grain de raisin... Mol déroulement des fils barbelés à la lisière de leurs champs. Impossible, impossible ce vol. Je m'égratigne, je n'aboutis pas.

A l'hôtel, j'ai eu les restes. Tant mieux. La fenêtre de ma chambre est sur la rue. Il faut que je veille jusqu'à onze heures du soir, que je dorme jusqu'à quatre heures du matin, en même temps que les producteurs de Beaumes-de-Venise. Il faut que je me fatigue de la fatigue de ceux qui s'enrichissent. Ils ouvrent le marché aux raisins sur la place de l'église à huit heures, mais déjà à quatre heures c'est le défilé ininterrompu des charrettes avec les casiers de fruits, des mulets, des ânes, des chevaux, des camions. Si je fermais les volets, j'étoufferais puisque je vis derrière une voilette de grillage. Je suis venue chercher les halles de Paris à Beaumes-de-Venise. Elles m'ont eue. Ils m'ont communiqué leur fièvre d'argent. Sans métier, dans mon lit, je calcule le nombre de voitures, le nombre de cageots, de kilos, de grappes, le nombre de tomates au pied. Je m'enrichis avec les chiffres des autres. C'est malsain. Si je me calme, je récite le poème dans le nom et le prénom d'une revendeuse de fruits en gros à Beaumes. Je dis vingt fois : Julia Onde, Julia Onde, Julia Onde... Quelqu'un a gagné hier au marché cent huit mille francs, quelqu'un les gagnera encore. Je ne saurai pas si c'est elle, Julia Onde, qui a empoché, qui empochera. Le raisin croule partout sur les terres de Beaumes, pourtant il est introuvable. Les viticulteurs sur la place baissent les yeux comme s'il s'agissait de contrebande lorsqu'on demande de faire le détail d'un kilo. C'est défendu, disent-ils, craintifs. Il ne faut pas confondre le gros avec le petit. Il faudrait acheter dix melons si l'on voulait en savourer une tranche.

J'ai trouvé Clovis sans le chercher. Il dormait assis, se retenait aux plis de la statue pendant qu'il vagissait, qu'il pensait sans doute en dormant aux pieds branlants de sa chaise. Nous avons fait connaissance quand il s'est éveillé. Le curé l'a séparé des autres, l'a rangé dans une pièce contiguë à la chapelle Notre-Dame-d'Aubune. Clovis a un œil de verre, un ruisselet de pus au bord du second œil. Le contact sera difficile à cause de sa double infirmité mais, avec de la volonté, nous y arriverons. Mes visites sont intéressées puisqu'il me délivre avec sa chapelle, son site, du négoce des viticulteurs de Beaumes. C'est déjà la montagne, l'élévation où il vit et dans le dos il a la muraille de la Roche du Diable. Clovis, âgé de soixante-huit ans, a conservé sa jeunesse intacte dans son fort accent italien. Il m'a promis des câpres qu'il cueillera dans ses domaines et dont je ne saurai que faire, il m'a promis un bouquet de thym. Maintenant, à table, surtout à midi, j'ai un but. Je dévore du quotidien, je stérilise le *Dauphiné libéré* ensuite, à cinq heures de l'après-midi, je l'offre à Clovis. Nous parlons des mêmes crimes avec placidité pendant que nous trempons le gâteau sec dans le Montbazillac que j'ai apporté. Il fumait la pipe. Il a acheté des gauloises qu'il m'offre, que nous partageons, ce qui me désole. Je le ruinerais si je ne réfléchissais pas à ce qu'il m'offre. Nous dominons Avignon, Orange, Nîmes, Carpentras qu'il me montre. Il a inscrit dans sa tête les dates des feux d'artifice dans les villes qu'il domine de sa terrasse. Il pressent, il guette les éclatements de lumière, le bouquet dont il jouit à longue distance, dans l'ombre, à côté de sa chapelle, dans le cri des chouettes qui le fréquentent. La famille de Clovis est réduite à une belle-fille qui vit en Auvergne, qui partira pour le Maroc. Enfants morts, femme morte, frères morts, sœurs mortes, belle-fille déplacée. Les villes qu'il repère la nuit avec leurs lumières sont la famille d'adoption de Clovis. Quand nous étouffons dehors, nous entrons dans sa chambre. La fraîcheur est de la fraîcheur de luxe. Il insiste : nous partageons les restes des biscuits cassés, le demi-verre de vin de la veille. Clovis a gardé de petites quantités par amour de la société. C'est un trafic de poussière d'or dans le creux de nos mains quand l'un a davantage de miettes que l'autre. Nous nous taisons, nous écoutons la fraîcheur dans la pièce, nous interrogeons sans paroles les murs dont le noir est gras. La fumée du bois en se refroidissant, en vieillissant est brillante, granulée. La porte par laquelle nous passerions de la chambre vivante dans la chapelle morte est condamnée. Nous pourrions tenter l'effraction, mais nous n'y tenons pas. Il y a suffisamment de gravité, de religion, de tristesse dans les cendres éteintes de l'âtre, dans la marmite suspendue au-dessus des chenets, dans les plis du pardessus de Clovis : sa couverture, son drap, son édredon sur le lit-cage. Clovis est méticuleux. Sa nappe, le journal de l'avant-veille, est changée tous les jours. Quand nous avons froid, nous nous chauffons dehors. Inlassablement, il me montre Orange, Nîmes, Avignon, Carpentras, inlassablement je regarde ce que je ne vois pas puisque je suis myope. Il s'absente parfois pendant que je suis en visite chez lui, devant sa maison composée d'une pièce à tout faire et d'une chapelle dont la porte est interdite, il m'apporte du raisin qu'il peut cueillir quand il veut, mais le raisin n'est pas mûr. Clovis, qui a un pendule de sourcier dans son œil unique, qui peut détecter le nom des villes illuminées la nuit, ne voit pas si une grappe est tendre ou non. J'avale cet acide avec le sourire. Il vit d'une infime pension, le curé ne lui réclame pas de loyer. Il est souvent nourri par les fermiers qui l'emploient. Il me dit que Notre-Dame-d'Aubune a bien changé depuis qu'il y habite. Clovis a mis de l'ordre dans les ronces, planté des cyprès autour de la statue aux étincellements d'aluminium. Il reçoit les touristes, leur montre l'initiale gravée dans la pierre de l'architecte qui aurait conçu la chapelle au XIIe siècle. La découverte de l'initiale, il la tient d'une vieille dame touriste qui aurait exploré la surface des murs extérieurs pendant plusieurs jours. Le curé est d'accord. L'initiale serait authentique. Nous avons une habitude : à six heures cinq nous nous taisons parce que nous écoutons la chouette qui a pris position. Si la chouette se tait, je tombe dans la croyance absurde. Je crois qu'elle écoute si nous l'écoutons. Il y a du silence tombant, un affaissement de chaleur. Nous nous tenons, Clovis et moi, à la fleur du sol. L'air est débarrassé de sa lourdeur, le crépuscule est en projet et nous, nous n'avons pas de but. Il fait moins chaud, dit Clovis. La nacelle dans laquelle nous flottons a clapoté parce que Clovis a parlé. C'est un vieux défaitiste. Il a fait plusieurs guerres pour ne pas faire l'autre. Il a été boxeur, contrebandier pour défendre la paix, mais il a perdu son œil droit sur un vrai champ de bataille. Si je ne l'arrêtais pas, il serait un Ulysse créant les chants d'une désertion impossible. Clovis m'a dit que l'an dernier une femme de mon âge, de ma taille, qui vivait dans le même hôtel que le mien, le visitait tous les jours comme je le visite. Je lui réponds que je m'étais fait précéder par mon ombre, mais il ne comprend pas. Il me raconte qu'après un déjeuner froid qu'elle avait apporté, il s'était assis à côté du lit-cage sur lequel elle reposait et que lui, Clovis, avait raccommodé son pardessus à côté de la dormeuse. Quand je le quitte, quand je redescends dans Beaumes de Venise, deux femmes enceintes, assises dans la cour de leur ferme, dépassées par la simplicité de mes rapports avec

Clovis, sourient d'un mauvais sourire. Hier, j'ai enfilé pour lui quatre aiguilles avec du fil chinois.

Dimanche, j'ai été infidèle. Je demandais des buts de promenade à la buraliste. Le petit homme coiffé du casque colonial de nos campagnes a répondu pour elle. Il s'est présenté : artiste peintre, peintre en bâtiment, guide, écrivain, géologue, spéléologue. Je l'attends et je tue le temps du dimanche devant sa maison, avec sa femme vêtue de noir. Il m'emmènera à la Roche du Diable, mais avant, il choisit une canne dans le couloir. Il en a vingt-sept, me dit-il. Nous montons. Je retrouve les taches du sang indicateur de Montpellier-le-Vieux. Il est déjà fatigué. J'entraîne mon guide et lui me propose une halte dans une tune (un tunnel). Nous entrons, nous nous vieillissons pour marcher, courbés sous la voûte. Il a pensé aux provisions. Il m'offre des cacahuètes, le goulot de sa bouteille de vin, du coupe-jambes, il m'impose sa verve. Nous sommes dans son domaine. Il a creusé dans le tunnel sous le roc parce qu'il n'a peur de rien, dit-il, il a trouvé des morceaux de poteries, il a trouvé des morts en fouillant dans une salle dans le souterrain. La femme était intacte, elle avait de belles dents. Je voulais prendre une photographie d'elle, m'explique-t-il, mais quand je suis revenu avec mon appareil, devinez ce que j'ai trouvé ? De la poussière et des godets, la colonne vertébrale, s'impatiente-t-il. Il faut que je le suive dans la descente à pic, que je me blesse, que je me laisse glisser sur les pierres. Nous chutons à Notre-Dame-d'Aubune. Je frappe à la porte de Clovis qui est mécontent de mon guide, de mon excursion. Nous pouvions nous tuer. Mon guide s'est sauvé. Clovis recommence : nous pouvions fracasser notre crâne.

Le lendemain je pars seule pour la Roque Alric, un village beige plaqué sur la roche, une roche qui a vomi une église, des bâtisses.

Clovis ayant été embauché pour plusieurs semaines, je me promène seule sur la route de Carromb à partir de six heures du soir. Si je prolonge, je distingue le château du Barroux sur la hauteur, l'exact contraire d'une cathédrale engloutie. Des femmes, des hommes, des enfants dans les vignes se relèvent quand je passe, se dressent en soldats dionysiaques par-dessus la tranchée des feuilles de vigne pour me voir. Je cherche la tache de vermillon d'un tableau de Van Gogh comme je cherche le ciel de Genet entre les jambes des gars qui vont les jambes écartées. Les génies qui nous transfusent leur optique nous marquent au fer pour toujours. J'attends des apparitions pendant que le soleil tombe d'un coup, pendant que sur les monts la lumière finit en cendres et rien ne venant, je m'envole par la pensée jusqu'à l'empire rouillé des bateaux dans le vieux port de Villefranche d'où j'entendais les vedettes qui ramenaient les marins à bord. Ne buvant pas d'apéritif, au retour je m'enivre quelque peu avec le parfum de la fleur de câpre.

J'habite dans un hospice confortable qu'on appelle l'hostellerie, le château de Beaumes-de-Venise. Du vieillard, il y en a dans les couloirs, dans le parc (une grande cour, quelques arbres). Du vieillard à l'année qui paie, qui n'est pas bruyant. J'habite dans le dépotoir irréprochable des enfants qui se sont débarrassés de leurs parents. Du vieillard des deux sexes, il y en a une majorité parmi les clients, du vieillard fringant qui se promène dans la région avec un piolet. Nous avons, au déjeuner, un ancien homme de lettres qui a perdu la tête, qui circule dans le village en pyjama de flanelle claire. Cet homme de lettres sans tête a tourmenté la femme de chambre quand il lui a dit qu'il écrirait bientôt la biographie de son enfant. Le bébé n'a que sept mois. Elle s'est demandé pendant une nuit d'insomnie causée par la perspective de cette entreprise téméraire si c'était possible ou non. Maintenant elle se méfie d'avance des révélations concernant son fils. Elle croit en cette biographie, mais elle cache son enfant dans sa chambre, elle devine que l'écriture est un rapt. Nous avons à la salle à manger et à l'année un ancien magistrat coiffé d'un béret basque qu'il n'enlève pas, chaussé de chaussons de feutre noir. Il a une barbe savante, il est lucide. Sous ma fenêtre ouverte, il crie à une amie : « Un homme ce n'est pas fait pour dormir, boire, manger, se reposer, un homme c'est fait pour lutter. » L'ancien magistrat a quatre-vingt-sept ans. Il se tait, il est seul. Il ne peut que nourrir, suralimenter, aérer, chauffer sa mort au soleil.

Tenté en vain de visiter le château du Barroux. Je perds mes forces, je m'étiole, je mollis dans l'air mou du Midi. Je l'ai voulu, je l'ai eu. Marché longtemps avec un cantonnier originaire de Saint-Quentin. Quand il arrive sur son tas de pierres, il me dit : « Je vous quitte, je suis sur ma misère. » Je fais demi-tour, je ne visite pas le castello. J'avais demandé de la pluie dans une prière. Il pleut, il a plu. C'est la chasse aux escargots, la chasse rafraîchissante après la pluie. La chercheuse m'a donné la recette dans un fossé : les laisser d'abord jeûner pendant huit jours, leur choisir de l'herbe très, très propre. Ils mangeront et se nettoieront. Cette femme ne voit que par eux. Le guignon au début de la dernière guerre elle ne l'a pas eu à cause d'eux, sa sœur n'est pas morte d'une anémie pernicieuse parce qu'elle a bu leur bave et que cette bave, dit-elle, est supérieure au sang. Il lui en faut cent cinquante pour elle et pour les voisines. C'est une convertie.

Rentrée à Beaumes dans la cabine d'un camion de foin, retrouvé dans le jeune chauffeur et le jeune convoyeur le même acharnement au gain que celui des jeunes marchands de primeurs de Génolhac. Ils me demandent plusieurs fois du feu pour leur ninas et je leur abandonne ma grosse boîte neuve d'allumettes pour les quatre kilomètres en camion, ainsi nous sommes quittes.

Reçu une lettre de Norvège à la poste restante de Beaumes. Ma joie, je la garde, je l'enferme, je la défends.

Reçu une deuxième lettre de Londres à trois jours d'intervalle. Maintenant je peux quitter Beaumes-de-Venise, je serai délivrée pendant deux, trois semaines des guichets de poste. Une amie m'écrit de Bretagne : « Les repas solitaires dans la petite pension de bains de mer, où toutes les familles épanouies me regardent de travers comme si j'étais coupable parce que je suis seule. » A qui le dites-vous !

Affliction, consternation, chuchotements, cravates noires, chapeaux noirs, chemises blanches, préparatifs de deuil dans Pernes-les-Fontaines, à cinq heures de l'après-midi. De la capitale du Comtat Venaissin, j'aurai reçu d'abord une tristesse générale, accidentelle. « Dix-sept ans, on l'enterre à six heures à cause des chaleurs. L'autre a vingt-deux ans, on l'enterre demain. » Je suis entrée dans une mercerie, j'ai acheté du ruban, j'ai questionné, j'ai eu la clef de cet univers affligé. C'est un accident d'automobile, une de ces centaines de catastrophes dont j'étais blasée pendant ma lecture hâtée des faits divers. Je vivrai ici la suite d'un fait divers. Je ne suis plus blasée. Les deux graves blessés du *Dauphiné libéré* sont morts, les morts sont dans la ville que je visite. Les chevaux se sont reposés, les herses n'ont pas été dérangées. Des centaines de cultivateurs de Pernes et des environs n'ont pas travaillé dans leurs champs en signe de deuil. Des femmes finissent vite de tordre leur linge aux fontaines historiques avant l'enterrement. Deux dépouilles ont envahi et paralysé Pernes. Je suis touriste, c'est trop frivole. Demander la route qui mène à la fontaine de Cormoran est trop inactuel. Je raccours jusqu'à la mercerie mais je ne sais qu'acheter. Une jeune fille du pays choisit des boutons fleuris pour sa robe écossaise dont l'échantillon traîne sur le comptoir, elle est préoccupée par des ornements. J'ai repéré des bracelets dans un fouillis de boucles d'oreilles, de colliers, de broches. Ce sont des pacotilles de contrebandier italien. Douze cents francs les trois. La mercière débarrassée d'eux croit qu'elle rêve éveillée. Aux deux jeunes gens morts, à cette mort diligente dans mon sang j'oppose des bracelets que je porterai plus tard, qui seront des trompe-la-mort. Je quitte la boutique, je vais avec le monde. Pernes a été abandonné, Pernes n'a qu'une rue vivante : celle de l'enterrement. Nous n'osons pas courir pourtant nous trépignons. Tout se fera dans la rue principale. Le vicaire, l'enfant de chœur, rompus à ce genre de cérémonie stationnent, patientent, bavardent avec des convenances au milieu de la chaussée tandis que la foule, divisée en deux haies, les regarde avec avidité comme s'ils étaient des figurants indisciplinés, sauvés des coulisses, comme s'ils étaient une promesse de spectacle. Nous sommes au spectacle et nous offrons un régal à notre corde sensible. Le fourgon automobile avance. Une marche funèbre est dans chaque roue. Le père, petit, rose et gras sanglote avec tant de générosité que cette générosité est insoutenable. Il me semble que du ciel pleut des petits pains. Je me suis jointe aux autres, je lui ai serré la main. La foule s'est mise sur les rangs. Je pleure tant que je ne peux pas les suivre tous jusqu'à l'église.

Prise encore dans la même souricière. La salle à manger avec ses nappes, ses bouquets de fleurs, son carrelage moderne était attirante. La chambre de ce meilleur hôtel de Pernes est... n'insistons pas. Je m'étends tout habillée sur le couvre-pieds, je lis une nouvelle calmante dans le *Dauphiné libéré :* « Mercredi ont eu lieu les obsèques de Mlle Isaure de Rebicq, décédée à quatre-vingt-un ans. Avec elle s'éteint le nom d'une très vieille famille de Sérignan. »

Demandé de Syndicat d'Initiative en Syndicat d'Initiative, depuis Rodez, ce qu'il faut voir, où il faut aller parce que je manque d'initiative. Il faut voir Fontaine-de-Vaucluse, il faut voir Laure et Pétrarque. Le principal animateur du Syndicat d'Initiative est navré. Plus de cascade à Fontaine-de-Vaucluse depuis juillet. Moi, je bats des mains. Enfin de l'imprévisible dans un site renommé, mais ce qui n'est pas imprévisible, c'est le figuier dans le roc que Mistral a chanté, qui subsiste, qui serait plus beau s'il était anonyme. Ce serviable et savant technicien nous traduit du provençal une strophe de Mistral incrustée dans du marbre. Les cent quatre-vingt-cinq mille litres que la cascade absente débite à la seconde je les vois, je les entends sur les blocs vert foncé du lit. C'est le grandiose cahot de l'eau sauvage qui n'est plus, c'est le repos des pierres après le viol. Dans les guinguettes Laure et Pétrarque, dans les bistrots Laure et Pétrarque, dans les baraques à souvenirs Laure et Pétrarque. Je n'ai qu'à lever les yeux et je les lève. J'abandonne le couple, je m'élève sur les monts, je suis un aigle, j'ouvre mon bec, je lâche ce couple trop exploité. Je me suis isolée des grandeurs confites, j'ai déjeuné dans ma chambre de sardines, le mastic de mes petits pains au lait. J'ai visité le musée Pétrarque après le déjeuner. Le musée Pétrarque a sa couronne de lauriers en vrais lauriers de Pétrarque pendue au mur. Mon cher trésor est venu vers moi à l'improviste pendant que je visitais ensuite l'église du XIe siècle, à cause de l'ombre. La crypte de Saint-Véran aura été mon cher trésor de Fontaine-de-Vaucluse. C'est un cachot noir au rez-de-chaussée, dans une église avec un prisonnier qu'on ne voit pas. La fente de lumière est mince, la fente est longue. Le grillage est derrière la fente. Devant la fente, une toile d'araignée en forme de hamac balancé par le vent. Derrière la fente le reflet est verdâtre, les frissons continuels des feuilles mortes sont les frissons d'une lumière joueuse sur une verrière. Si j'étais peintre, je suerais sang et eau pour rendre ce tableau. Je me suis réfugiée dans la cour de plusieurs maisons abandonnées avec mon trésor neuf enroulé dans ma tête. La prairie chétive est un tapis sur les marches des escaliers au choix, le cri de la cigale est tempéré, le bruit de moteur des usines à papier est régulier, le hurlement de sirène de la rentrée des ouvriers est sinistre. Je m'étends sur les marches, je le regarde longtemps, longtemps, mais aujourd'hui il ne me tient pas compagnie. Le bleu du ciel à la limite du gris est de l'inconsistant, du fuyant.

C'est une folie, c'est une folie que je m'accorde en l'honneur de Sade. Il n'est que deux heures de l'après-midi, la chaleur est inexorable, je n'ai pas de chapeau, ce n'est qu'une promenade et une montée de sept kilomètres mais je ne peux pas attendre. Je vais à Saumanes où je verrai le château de l'oncle de Sade. Il semble que sur cette route qui tourne, où l'on ne voit que quelques mètres devant soi, les maisons ne réapparaîtront pas. Les figuiers sont stériles dans les prairies candides. Je monte, je tourne, j'ai chaud, je monte, je tourne, j'ai chaud. Je mourrai toute seule, je mourrai de chaleur sur la route exigeante qui mène à

Saumanes. J'ai chaud. Les murailles de cyprès me rafraîchissent, elles m'attristent. Le cyprès dans notre cimetière... le cyprès : le poteau indicateur à côté de la tombe de ma grand-mère. Ma grand-mère a été mise dans la fosse commune, ma grand-mère n'est même plus dans la fosse commune. J'ai chaud, j'ai chaud. Je veux Saumanes, je veux le château. Il faut que j'aie chaud, il faut que je revoie, en même temps que je ruisselle de sueur, le cyprès de la tombe que j'ai aimée, il faut que je le revoie reproduit vingt fois ici, dix fois là-bas, quatre fois derrière moi. Ce « il faut », ce sont mes lois obscures. Je ne crois qu'en la poussière, pourtant si j'imagine la salade de ses os avec ceux des autres dans la fosse commune je suis déchirée. Je tombe de chaleur, je marche, je monte, la route tourne, je marche, je monte, je sue de douleur parce que ma grand-mère est morte, parce que j'ai retrouvé son cyprès sur cette route de Saumanes. Oui, plaine de Cavaillon, oui. Oui, derniers contreforts des Cévennes, oui. Oui, cirque des monts, oui. Oui, gradins de sapins, oui. Oui, petite église à la crête, oui. Oui, paysages, oui. Faites vos dons. Je marche, j'ai chaud, la route tourne. Oui, ferme au pied de Saumanes, oui. Paysages, je vous appelle, nous sommes seuls. C'est l'heure. Un bon mouvement : chancelez, suffisez-vous dans le mouvement, sans l'aide du vent penchez-vous, venez, venez tous dans mes bras où il y aura trop de place. Je marche, j'ai chaud, la route tourne. Je ne peux plus, paysages, je ne peux plus. Elle est à Londres, je vous dis qu'elle est à Londres, contreforts des Cévennes. Il n'y a pas de rapport entre Londres et Saumanes, pas de liaison premiers cailloux du village, pas de liaison. Je ne peux plus pleurer sur mon sort, je te le dis, insecte à l'entrée de Saumanes. Je ne peux pas faire exploser les couches et les couches du désespoir froid. Je me résigne et viendra le jour où je serai une stalactite de résignation goutte après goutte. Je l'aime. Je suis plus héroïque que toi, paysage torturé de lumière. Je l'aimerai, j'attendrai encore ses retours de voyage aux environs des gares, moi et cette lèpre que j'ai au cœur. J'attendrai ses retours qu'elle donne ailleurs, je ne me découragerai pas. J'attendrai poliment le recommencement de la défaite, je me tasserai dans la couverture de neige qui sera la couverture de mes années.

La gouvernante me montre la vitrine dans la bibliothèque du château de l'abbé de Sade, l'oncle Aldouce. Je les ai comptés : trois cents petits oiseaux empaillés, câlins, fourrés de gris pour la plupart, bien rangés, bien perchés nous regardent de l'intérieur de cette vitrine, de cet amphithéâtre de perchoirs. C'est la châtelaine qui l'a tué l'an dernier, me dit la femme qui désigne un écureuil dans la vitrine. Si je suis en nage, ce n'est pas pour aboutir à un écureuil empaillé. Je lui demande à voir un portrait du marquis de Sade, mais elle détourne la conversation. Je lui redemande à voir un portrait du marquis de Sade. Elle escamote encore ma question. Le maître, ici, ce n'est pas lui. Je l'ai trouvé. Il était dans un angle de fenêtre, à l'ombre d'une boiserie, d'un rideau. C'est une gravure, une interprétation romantique, c'est Shelley, c'est Byron le col ouvert, c'est Chateaubriand la boucle de cheveux saline, ce n'est pas le marquis. Des dragons, des serpents envoient leur jet de venin, crachent le mal au visage de ce beau jeune homme inventé par un graveur.

Je pars, c'est fini. Je m'engouffre dans le village qui a donné sa fête, qui a donné son bal la veille. Impossible de ne pas penser à Van Gogh, impossible. Quelle mairie mignonne dans une maison de poupée. Des hommes décrochent les guirlandes en accordéon, les jettent par terre ou bien sur l'échelle, ont leurs jambes décorées de ces joyeux boas de papier frémissant. Je me repose sur l'escalier d'une vieille demoiselle sévère, consistante. Pas de café, pas de boulanger, pas d'épicier dans ce village élevé où j'ai faim, où j'ai soif.

Long déjeuner, toujours le même : sardines, tomates, vache qui rit, raisin sur un banc ombragé du jardin de la Caisse d'Epargne à l'Isle-sur-la-Sorgue. J'étais à Saumanes ce matin. Je pars pour Apt. Apparition aux abords d'Apt : une statue ocre coiffée d'un chapeau ocre, vêtue d'une chemise et d'un pantalon ocre, chaussée de gros souliers ocre se penche, travaille avec une pelle ocre à l'intérieur d'un bassin de terre ocrée. Les mines dont on m'avait parlé. Violence dans l'uniformité de la couleur, dans ce maquillage général du mineur. Traversé la ville plusieurs fois. Hésitation pendant des kilomètres avant de choisir un restaurant.

Vu et revu pendant mes rêves de deux nuits successives une femme, une inconnue qui se lève de sa chaise longue, qui se poudre, qui revient à sa chaise longue, qui reprend son livre ouvert, qui lit. Rêve insignifiant, si de la bouche de cette femme ne s'écoulait pas un filet de sang qui tombe sur la houppette de cygne, sur le bras de la chaise longue, sur la page du livre, filet de sang qu'elle ne regarde pas, qui ne tache rien. Je suppose que je suis travaillée pendant mon sommeil par le jeune homme mort, son enterrement, les fontaines de Pernes, le sang de l'accident, je suppose que la femme dans mes rêves c'est ma mort qui s'ennuie, qui m'attend, qui reprend de l'assurance en se poudrant. J'ai rêvé éveillée hier soir avant de m'endormir. Je montais sur une estrade, je haranguais une foule dans un parc, une foule de meeting à Londres. Je réclamais, j'étais acclamée. Je demandais de la chaleur, des serrements de mains, des baisers fraternels. Ils déliraient, ils acquiesçaient. Ils me criaient qu'ils avaient voté pour ce que je demandais, que la loi était pour moi, qu'ils m'embrasseraient, me serreraient les mains, me réchaufferaient. Des milliers d'électeurs prononçaient ce beau discours. Ils montaient sur l'estrade sans désordre, me donnaient ce que j'avais demandé. « Violette, disaient-ils les uns après les autres, Violette tu es des nôtres, nous ne te quitterons pas, Violette, tu seras des nôtres, tiens, Violette, tiens. Avec tes quinze années de disette nous ferons un procès, tu seras remboursée. Je t'embrasse sur le front ou bien sur la joue, demandait l'un. Sur la joue. Je te serre la main droite ou bien la main gauche, demandait le suivant. Les deux, les deux. Je te secoue par les épaules ou bien je prends ta tête dans mes mains, demandait le troisième. Ma tête, ma tête entre tes mains, mes épaules pour le suivant. La foule m'a usée. Leurs preuves d'amour l'emportaient sur mes résistances. A force de recevoir, j'ai péri de légèreté.

Le bonheur, tout à coup la conviction que sur cette table il y a une feuille blanche. Vous entrez dans la chambre où elle était, où elle est. Vous la voyez, elle fait de l'effet comme disent les bijoutiers brocanteurs, elle vous fait de l'effet et vous avez un point au cœur. C'est le bonheur loin de celui qui a un rôle dans cette histoire, qui est à l'autre bout de la maison. Le bonheur, c'est un filon de simplicité, c'est le début d'une parole sans voix, dans un univers que nous effleurons, qui est en nous-mêmes, c'est aussi quelqu'un d'heureux en nous-mêmes qui nous crie au secours. C'est un cri de joie auquel nous ne pouvons pas répondre. Le bonheur, ai-je crié dans la chambre d'hôtel. Ce que tu peux être jeune, ma pauvre vieille, ai-je conclu, ma tête sous la couverture. Le conducteur de l'autocar qui s'est trompé m'a emmenée cinq kilomètres au-delà de la route du Perrotet qui me rapprocherait du Roussillon. Je reviens sur mes pas, je boude quand le conducteur et l'autocar ont disparu... Elle me veut bien près d'elle, elle consent à ce que je marche à côté d'elle sur une route qui aura été une fois la nôtre pendant une demi-heure. Une fois. Nous nous plaignons de la chaleur ensemble mais je n'ose pas formuler ma plainte jusqu'au bout. Je ne lui dis pas que la lumière est trop accomplie à neuf heures du matin aux environs de Pont-Julien, que c'est accablant. C'est la lumière de son pays. Je me tiens debout, c'est comme si j'étais encore couchée et qu'un coup de clairon me transperçait au réveil. Je vois trop clair. C'est la clarté du Midi. J'ai la nostalgie de la sourdine de lumière sur les paysages câlins de l'Ile-de-France. Nostalgie et sérieux mal de gorge. Je lui demande si elle veut que je porte son triste sac de provisions. Elle me le donne, elle se méfie. Je la comprends, je lui pardonne. Son vieux cerveau de soixante-dix ans n'est pas tranquille. Elle m'a donné son sucre, son huile, son café, son sel (je regarde avec de la curiosité bienveillante dans le sac), elle a pensé avec d'autres mots que les miens qu'elle avait été dépossédée par une passante bizarre. Elle n'a pas confiance. Je souhaite ce pouvoir : lui remettre en échange de ce qu'elle veut bien que je porte d'elle, le même sac de moleskine éraflée avec des paquets factices, légers dedans. Je lui dois tant de présence... Je ne me serai pas acquittée de ma dette quand je la quitterai. Je lui arrache son métier : femme de journée. Quatre kilomètres à pied matin et soir, marcheuse des quatre-saisons pour des cousins viticulteurs. Elle me dit qu'il faut nous hâter, qu'elle commence à l'heure, qu'elle ne peut que traîner son corps déformé, ses savates. J'ai ralenti, j'ai simulé dans son dos. Il m'a suffi de poser le sac sur la route, de me baisser, de dénouer mon lacet de soulier. J'ai embrassé le milieu des anses de son sac de provisions. C'est étroit et cela cassera bientôt. J'ai eu ce que ses mains chaudes serrent tous les jours, matin et soir. Déjà elle se retournait. Elle aura cru que je me sauvais avec ses achats. Je la comprends et je lui pardonne. L'endettée, c'est moi. Elle existe et je l'ai rencontrée. La folie me prend. Je lui paierai sa journée de travail, je chercherai pour elle un coussin de foin, je l'installerai cette vieille rencontre âgée de soixante-dix ans, je m'absenterai pour elle et je serai attendue pendant que je m'absenterai. Je serai attendue... Nous déjeunerons avec les bonnes choses conquises dans les fermes, dans les épiceries. Je veux l'impossible et je le voudrai encore. Je veux entrer dans son existence avec des façons de violenteur. Que dira-t-elle demain aux cousins ? Elle leur mentira, mais nous aurons été vues. Trop tard. Elle ne peut plus se donner du bien-être. Je suis ce qui lui déplaît : je suis la nouveauté. Elle est venue sur mon chemin, elle m'éblouit. Je ne peux pas la décrire. C'est une vieille à qui ne manque plus la jeunesse, c'est une vieille qui m'accepte loin de mes préoccupations, de mes exigences. C'est fini. Je suis privée de sacs à provisions, je suis privée de présence. Elle s'est engagée dans le sentier de ses cousins, elle s'est retournée, elle veut s'assurer que je m'en vais de mon côté. Elle m'a oubliée. Il faut que je redevienne ma propre bête de somme, la carne qui se remet elle-même dans les brancards, qui se donne un coup de fouet, qui bouffe du kilomètre au cimetière des ombres. Une autre vieille tassée au bord de la route, une autre qui ne connaît pas la précédente, qui est séparée d'elle par trois kilomètres de distance... Je m'étais cachée derrière un pin, je croyais qu'elle satisfaisait un besoin, je ne voulais ni l'importuner, ni l'effaroucher. Mon manège de faux voyeur derrière un arbre a duré un quart d'heure. L'accroupie ne se levait pas. Je suis repartie, la tête résolument tournée de l'autre côté. C'est elle qui m'a dit bonjour, qui m'a appelée. Elle manquait d'allumettes pour le feu de brindilles qu'elle avait préparé dans son champ. Accroupie, elle soufflait dessus. Rien n'était changé. Entre les montagnes d'ocre, les flammes, le crépitement ont eu même force, même ardeur, même prouesse d'entrain que dans l'âtre d'une masure. Qu'il était courageux ce petit feu guilleret de brindilles, au-dessous des herbivores sans tête, des bœufs, troncs non dégrossis, ces montagnes pour lesquelles les sportifs se tuent.

Elle est là en tas sur le bord de la route, préparée en tertre, semblable aux tertres de graviers sur les côtés des nationales. J'enfonce ma main dedans, je la prends, je la serre dans mon poing, je la lance dans l'herbe, sur les feuilles de vigne. C'est de la terre à laquelle je ne m'habituerai pas. C'est la terre rouge du Roussillon, c'est un grimage terrifiant du sol, c'est du fard. La nature ici n'est pas naturelle. C'est une mise en scène. C'est l'enfer de la peinture, ce faux saignement des rochers et de la terre. Je me demande ce que font ici les arbres qui n'ont plus les sortilèges du calme et de l'ondée dans leur feuillage. Les arbres ne sont même pas des figurants dans ce théâtre de la couleur. C'est l'écrasement de la nuance. Le rouge cramoisi du velours, de la tenture, des plis assassins se fait regretter. Les touches de vermillon, ponctuation chrétienne de Van Gogh, ce vermillon attendu depuis toujours, reçu dans l'éternité, prennent des proportions universelles. C'est du sang, c'est du crime, c'est du violent, c'est quand même du rococo. C'est une représentation de couleur, une séance de rouge plutôt que le rouge lui-même. Ce n'est pas beau, ce n'est pas laid. C'est anormal. La couleur toute faite, il y en a au tombereau. L'oasis à l'entrée du Roussillon : le poilu du monument aux morts avec son casque, sa gamelle, sa capote en pierre beige pâle, le poilu le plus rafraîchissant de la France. Les melons ne sont pas chers. Dix francs pièce. Quant à l'intérieur du village, resserré, perché, tout en maisons et en rues, il est une glacière idéale en été. On cherche malgré soi les ventilateurs invisibles. Une flèche m'a recommandé de me diriger vers le castrum (l'église) à quatre-vingts mètres. J'ai fait glisser dans la boîte un billet dont j'ignore la valeur, qui sortait de la fente du tronc, qui me provoquait. Pas de mérite. Je suis souffrante, je suis découragée, j'ai remis le billet dans le tronc. C'est la solution la plus facile, la plus commode. Vingt francs m'auraient tourmentée. Je suis assise sur un banc de l'église, j'ai assis mon baluchon sur mes genoux par avarice, parce que je ne veux pas prêter mon baluchon au banc de cette église, j'ai essayé de me mettre à l'abri des montagnes rouges. A ma gauche, sur un tableau à côté de la chaire, le Christ fléchit sous le poids de la croix, un barbare est prêt à le frapper avec un gourdin. A ma droite, un objet de cruauté : une grande croix de bois. Un monument de vieux chêne pour la même reproduction de souffrances. Quatre clous d'un calibre que je n'aurais pas imaginé. Des pieux, des colosses ces instruments transperçants. Je ne comprends pas, non je ne comprends pas cet ébéniste, ce sculpteur, ce forgeron chrétiens qui ont voulu la croix trois fois plus lourde à porter, le pied cinq fois plus grand pour le faire saigner cinq fois plus. On ne voit que les crocs démesurés, forcenés sur la croix dans l'église de Roussillon. Je ne parle pas de la couronne dont chaque épine est une tige de fer. Je ne comprends pas qu'on veuille frapper l'imagination du chrétien qui ne doute pas de ce qui a été enduré pour lui. Si je perdais un être qui aurait autant souffert, je ne voudrais pas le revoir sculpté éternellement dans le moment où il se serait sacrifié. Sa mort serait-elle un chef-d'œuvre de sacrifice, je ne voudrais pas la voir reproduite comme on reproduit *L'Angélus* de Millet. J'étais entrée souffrante, découragée dans cette église. J'avais confiance. Je croyais en son architecture élevante, en ses murs isolants. La menace du gourdin à ma gauche, la menace des clous sur la croix à ma droite m'ont découragée davantage. Que cette religion de la souffrance est agressive dans cette église. J'avais besoin de la buée générale, de la vie montant du tombeau, j'avais besoin du tableau de Rembrandt qui n'est pas reproduit dans les églises. Je pars appauvrie, écœurée par ces instruments de torture. Une jolie petite fille de Paris à la porte d'un hôtel, me regarde et me fait baisser les yeux. Tiens, une jeep vernie devant cet hôtel, tiens, un homme nu et bronzé qui sort de cet hôtel, tiens, ses pieds dans de belles sandales de Paris, tiens, un Rolleiflex en bandoulière sur son torse hâlé, tiens, une cigarette de la ville, une cigarette rajeunie qu'il a aux lèvres, tiens, un visage de cinéaste, c'est sûrement cela puisqu'ils tournent ici *Le Paradis retrouvé,* dans un site qui est déjà du cinéma. Il est parti avec sa jeep du côté de la troupe mais j'ai peur de cet hôtel, j'ai peur de la horde des cinéastes. Un bureau de poste sera encore un refuge. La postière et moi, nous sommes tristes ensemble. Elle est jeune et elle lorgne du côté de la jeune actrice. Elle me confie qu'ils ne viennent pas téléphoner dans sa cabine. Elle se croit déchue, repoussée, négligée. Ce sera une piètre compensation mais elle accepte de boire l'apéritif que je lui offre. Je lui demande combien de temps il faudra à l'avion qui transporte ma lettre pour Londres. Je lui demande, ainsi je parle de Londres à quelqu'un. Elle ne sait pas.

La troupe la ronge. Ombre pour ombre, nous sommes là face à face, buvant un alcool que nous avons changé en tisane. Elle m'indique le chemin du plateau Bleu quand je la quitte. Je boude le point de vue, je boude la citation de Maurice Barrès sur une pancarte. Je boude, je boude, je m'affaisse par terre, je boude, sud de la France, je boude, pierre brûlante. Je vois malgré moi un paysage lignifiant dans la meurtrière à côté de laquelle je me suis affaissée. Nombreux aller et retour entre deux pinèdes avant de trouver ma place. Déjeuner habituel : sardines, tomates, vache qui rit, raisin. Je ne sais pas à qui je peux le demander, mais je demande quand même à mourir après le déjeuner. Achevez cette solitude en m'achevant. Londres, Londres, je ne peux pas téléphoner, je ne peux pas partir pour Londres. J'en crèverai mais je ne l'importunerai pas. J'ai déjeuné. Les nourritures du désespoir. J'écris une lettre pour Londres, dans laquelle je me plains jusqu'à complète déliquescence de ma personne. J'ai fui le village, les hommes, maintenant je me plains. Le nœud de mes malheurs.

Le miracle : je tendais la main avec ma lettre pour l'Angleterre à l'intérieur du guichet, le conducteur de la camionnette postale a proposé de me ramener à Apt. Je l'attends dans sa voiture, de village en village, pendant qu'il charge les sacs et qu'il me demande de prendre patience... Prendre patience... S'il savait d'où je reviens en revenant de Roussillon. Je ne peux pas lui répondre que je ne suis pas pressée puisque je réapprends à vivre et que je me suis ressuscitée avant de monter dans sa camionnette. Il allonge son itinéraire, il me montre les falaises, les couleurs pâles et raffinées sur les pierres de Rustrel, il me raconte, pendant qu'il conduit, le désespoir antérieur d'un de ses amis dont la fille avait été violée par un soldat américain. C'est le mariage demain avec un autre soldat français.

Quitté Apt en autocar pour Aix-en-Provence. Il faudra que j'apprenne à voyager autrement, il faudra que j'apprenne à visiter une mine, une fabrique de fruits confits, il faudra que j'apprenne à parler à ceux qui ont un métier dans un village abandonné. Je n'y parviendrai pas. Je ne peux pas être inconvenante. Dans un travail à plusieurs, il y a une confrérie dans le travail. Si je visitais les lieux, je ne serais pas agréée. Il y aurait intrusion. Ils font l'amour avec leur ouvrage, ils ne voudront pas que je les regarde. Je les comprends. Un contremaître m'emmènera de salle en salle, me donnera des explications. La vie dans le travail n'est pas une explication. Il y a ce subtil fourmillement de l'intimité des travailleurs dans la même usine. Il faudrait s'occuper longtemps avec eux, comme eux, parvenir à se faire embaucher par eux. L'eau soufrée dans laquelle sont trempées les cerises n'aurait plus tout à fait cette odeur de cadavre dans une rivière si je soulevais les cuves avec eux. Elle serait l'eau sale de notre journée de travail.

J'ai débuté avec mes nouveaux projets quand je suis entrée dans la boutique du céramiste d'Aix. Je suis bien tombée. Ce gaillard me dit pendant qu'il empaquette des plats, des assiettes pour des clients éloignés que la poterie est laide, qu'il faut combattre la poterie laide, qu'il la combat. Mille potiers, mille fours en France... J'aurais vécu jusqu'à ma fin dans l'ignorance des mille potiers, des mille fours. Fernandez peint, couche des poissons au fond de ses plats de terre cuite. L'anse de ses pichets noirs, brillants, est la langue de la matière, une petite vague cuite dans un de ces mille fours que je vois dans la boutique. Je n'ai guère progressé puisque je n'ose pas lui demander des détails sur le levain, la cuisson, le refroidissement de ce pain de terre devenu assiette, cendrier. Je ne veux pas assommer cet artiste énergique, je ne veux pas qu'il perde du temps.

Mangé des sardines, des tomates, de la vache qui rit, du raisin sur un banc de pierre, place du Casino, dans une foule d'autocars Nice-Paris, Vallée-du-Rhône, à proximité des restaurants de luxe, dans le va-et-vient des touristes américains. Déjà un orchestre jouant dans une salle à une heure de l'après-midi ! Aix-en-Provence est gris. Je le visiterai d'ici dix ans si je peux. Je me promène autour de mon sac à dos demeuré sur le banc, je happe au passage un groom d'hôtel qui me fait avec sa langue un de ces cadeaux : un car pour Marseille chaque demi-heure, m'a-t-il dit. Je suis moins abêtie par mon rhume, pourtant je ne monte pas dans le car avec une conscience légère. J'avais promis au libraire qui m'avait aiguillée sur le céramiste Fernandez, une visite pour deux heures de l'après-midi. Je saurai seulement qu'il protège un jeune peintre bohème. J'ai volé. J'ai pris ce matin sur l'appui de fenêtre du concierge absent, dans la cour du musée des Tapisseries et d'Ameublement ancien, une revue sous bande adressée à un professeur. J'ai emporté un souvenir d'Aix-en-Provence. C'est la revue des Etudes soviétiques.

Fameuse, cette braderie des races dans Marseille. Le remous des voyageurs l'emporte sur un changement de boutique, sur la démolition d'une maison. Le remous ici, le transitoire sont la moelle de la ville. J'ai la chance de reprendre Marseille par ses faubourgs, chefs-d'œuvre de délabrement dans le manque de couleur. J'aime les ports. Je suis venue voir celui-ci en cachette, à l'improviste. Ce matin, je ne l'avais pas décidé. A peine suis-je entrée dans Marseille que je fais déjà l'amour avec lui, debout, devant le kiosque à journaux, yeux fermés, le sac sur mon dos, m'appliquant à le recevoir, à me donner à lui. Une fleuriste, des fleurs fraîches, des cartons. Je ne pensais pas jusqu'à aujourd'hui aux boutiques des fleuristes dans les ports, je ne parvenais pas à reconnaître le stable dans l'instable. Je me suis offert du bon temps. D'abord j'ai pris le tramway et comme je m'étais donnée en bloc à Marseille en arrivant, je me suis reprise, je l'ai laissé derrière la vitre du tramway. Je ne veux pas revoir le Vieux-Port maintenant, je ne veux pas le revoir par la vitre du tram. Je me consacre au souvenir des vieilles femmes rencontrées pendant mon voyage. Je m'y consacre pendant que le tram s'arrête, me fait glisser, s'arrête, me fait glisser vers la plage des catalans. Catalan, gitan... Je ne me lasse pas et ne me lasserai pas de ces noms pour qui j'ai eu le coup de foudre avant d'en connaître la signification. Ce sont plus que des noms. Ce sont de la transhumance, de l'aventure en long, en large, sans boussole, sans frontière, sans ciel. De l'étranger, de l'arsouille, de l'abstrait. Catalan, gitan... Noms indispensables, vadrouilleurs, coup de talon dont j'avais besoin à chaque seconde mais que je laisse aux horizons sans démarcation. Deux noms raréfiant l'ornement. Catalan, gitan... Ils m'élèvent jusqu'à la raréfaction de la poésie. Je fais la nique au néant quand je dis Catalan, Gitan... Quand je dis boyard au guichet d'une buraliste, boyard n'est plus un gnome qui cravache. Boyard tout seul est une somme, la devinette et la clef d'un poème. Quand je dis Catalan, Gitan, je respire l'oxygène de Guillaume Apollinaire qui a fait des immortels avec des noms baroques dans ses poèmes. Catalan, boyard, gitan... Souvenir, souvenir de la vieille débrouillarde d'Apt dont j'avais fait la connaissance le long de la rivière nauséabonde. Elle loue des pianos, elle a un forfait à l'année avec un accordeur, elle a des pianos qui lui appartiennent. Il a fallu mon piano là-bas, me dit-elle, sinon je n'aurais pas vu la troupe de Marseille. Il a fallu que je leur prête le piano pour jouer *Hamlet* dans les ruines de Saint-Saturnin, d'Apt. Tiens, troupe de Marseille. C'est inattendu. Je n'imagine pas des élèves étudiant leur piano dans Marseille, je n'imagine pas des professeurs de piano donnant leurs leçons dans Marseille. Que la vie régulière dans un port est secrète. Les tenanciers de bar de Cherbourg qui soupèsent montres et bracelets des navigateurs ont des gosses. Probable. Qui prennent des leçons de violon. Probable. Les gosses qui sont à l'appartement sortent par la porte de l'immeuble avec le violon dans le bel étui en beau bois qui luit. Probable. Les filles au comptoir du bar ne voient pas cela. Je suis contente qu'elles ne le voient pas. Elles sont bonnes, mais je ne veux pas qu'elles se sentent amoindries lorsque la boîte luisante traverse la salle. Je ne veux pas que cet étui froisse leur jazz. Ici, dans mon tramway, j'ai le temps. Je descendrai à part après les Marseillais. Je descends. Première rue devant vous, la plage est au bout. C'est moins poignant ici que le ciel tombant au fond d'une ruelle ou bien chutant derrière la plaine qu'on appelle la zone, la mer dans le XXe arrondissement, receveur de tramway. Les façades cependant sont lessivées par la lumière de la plage. Je ne la vois pas, mais j'y suis à la mer puisque, entre les briques cimentées des murs, je respire. Quel choc, quelle caserne de locataires extraordinaires, quelle maquette d'immeuble de théâtre animé, vivant, habité. La moitié a été bombardée, l'autre moitié est intacte. Trois étages de fenêtres vides. Je les compte : soixante fenêtres vierges. Les appartements détériorés, sans plafond, sans portes, sans cloisons donnent au passant leur représentation d'abandonnées. Misère ordonnée, classique, sans cris, sans fumée, sans odeur. Du réalisme international. Une femme étend son linge dans un grenier ouvert qui a été une salle à manger. Je rêve que je suis cinéaste, je rêve que je tourne mon film dans ce château de la misère moisie, je rêve que je tourne un film en soixante épisodes, avec soixante couples de clochards imaginatifs qui viennent pour mourir, aimer dans ces soixante crèches des vents marins. J'ai revu la mer qui ne me manque pas quand je suis arrivée en face d'elle, avec dans mon dos les soleils de l'immeuble : soixante fenêtres sans vitres, sans battants. Soixante rectangles m'ont émue davantage qu'elle.

Joao Jose Segundo Figueira Da Fo 7, je ne vous oublierai pas. Le nom, les inscriptions qui ont été giflées par les vagues sur les trois-mâts que j'ai vus entrer entre d'autres trois-mâts, à qui il a fallu deux heures avant de s'immobiliser. Nous étions cinquante, nous regardions pendant qu'il venait avec prudence, douceur, lourdeur entre les flancs de ses frères. Les mâts, les crêtes de l'espace n'étaient pas présents. Les mâts songeaient aux étendards demeurés en mer. Placement délicat. Un loup jurait, jetait ses bras en avant, montrait ses manchettes de bracelets tatoués, craignait pour son rafiot, pour le pneu pendu dehors. Déjà le Jose Segundo Figueira frôlait le pneu, le coinçait. Le loup a dégagé son pneu, a penché sa petite barbe carrée hors de son bateau. J'entendais les trémolos du Joao Jose Segundo Figueira lorsque la corde enroulée à la borne frissonnait et se déroulait parce que le trois-mâts hésitait sur l'eau trop étroite pour lui.

Il avait été décidé avant ma naissance que je poserais un lapin à un libraire d'Aix-en-Provence, que j'assisterais à Marseille, le sept septembre mil neuf cent cinquante et un à l'accostage de ce caravansérail ambulant. Enfin une prise et une avancée, enfin la lente pénétration, l'odyssée au début de la possession, le glissement et la prolongation entre des flancs qui sont des navires, enfin du mouillé qui est de l'eau salée, enfin un monument qui s'avance, qui entre, qui prend, enfin des sexes frêles pour le ciel dans la feuillée des cordages.

Six heures. Le poisson se vend en bas, à la criée dans les barques agitées, le poisson frais qui nageait il y a une heure ne sent pas la femelle. On ouvre les oursins sous la lampe à acétylène et les petites amandes gluantes sentent la croix rouge. Une marchande s'égosille à côté d'une embarcation revenue du Château d'If. Une embarcation fait sa nuit dans le vacarme des cris, des autos, une marchande verse d'une main dans l'autre le corail du bouquet. Le crépuscule en mécène qui s'infiltre excite le bleu d'une coque, tempère la chevelure rousse des filets enroulés aux mâts couchés dans les petits bâtiments. Croisade d'immobilité; retenue religieuse des mâts. Des évangiles se reposent dans les barques sans patron. Le vieux port et son armée.

Des tables pour deux, Madame, des tables, des nappes, des serveuses au garde-à-vous, des menus sortis de l'eau devant les brasseries. De l'eau... Carrelage de tant de grandes choses ici. La soupe de poisson que vous choisissez dans le magma polycopié des plats quand nous dînons ensemble... Emplir une enveloppe avec une poignée de cette vitalité, vous l'offrir quand je vous reverrai. Je pense à vous. Vous l'emportez, vous dominez avec vos yeux bleus, votre voix fauve. Je pense à vous. Je grille sur le gril des automnes quand vous n'êtes pas là et que je me souviens de vous.

Trop de bars, trop de possibilités. Je ne m'offrirai pas un apéritif. Un chant, cela se boit. Je bois du pastis poivré dans le gosier du crieur de promenades en mer qui a transformé, avec un accordéon, sa barque en gondole de la Bastille. Je ne dînerai pas sur le Vieux-Port. Je ne peux pas me prouver de la générosité, je ne peux pas me soigner. J'ai cherché longtemps un air de fête dans des restaurants abordables. J'ai retrouvé un long buffet de gare optimiste, une sorte de Bouillon Duval. Je suis entrée, nous sommes ici entre voyageurs monotones, entre ouvriers qui se respectent. J'ai choisi votre soupe de poisson sur la carte. Je souffre à chaque cuillerée. J'épice votre absence, je vous avale, Madame, mais j'ignore si vous êtes encore en Europe. Le serveur, qui dit qu'il a toujours servi dans ce buffet de gare, a creusé son terrier entre les promeneurs de toutes races. Ce régulier m'éblouit. Ici je ne reconnais et je n'admets que l'accalmie de la flotte. Je me distrairais volontiers mais à qui demander des débouchés ? J'erre. Les terrasses de cafés sont des spectacles, les rues sont des boulevards du dimanche à Paris. Tu es vieux, Paris. Tu rentres chez toi à cette heure-ci, tu te ranges. J'avais tourné au coin d'une rue. Mes enfants, je suis à Broadway (je m'appelle « mes enfants » quand je suis enthousiasmée). Le Broadway du givre de la lumière électrique, le Broadway des effets de moire sur les carrosseries de la circulation satinée des grandes premières, le Broadway des clins d'œil de la publicité, je l'ai et je l'aurai eu à Marseille sans le givre, sans la moire, sans les aguichements. Marseille-la-nuit dans la rue Saint-Saëns, c'est Broadway dans le bouquet, dans la crevette, dans le mulet, dans la daurade, dans le rouget, dans les écailles de soirée, sous le feu blanc des lampes à carbure, dans le gosier des marchands à neuf heures du soir, aux vitres des restaurants qui encadrent les voitures dites des quatre saisons. J'ai revu la rue de Seine et la rue de Buci touchées par une baguette de lumière. Dis-moi bonne nuit, Broadway.

Quitté Marseille le lendemain matin sans regret. Je me distrais avec le souvenir de ce moment humain lorsqu'une fille assise devant la porte d'un café, dont je n'avais pas deviné le métier, m'a pris la main avant de m'indiquer les rues conduisant à mon hôtel.

Revenue à Carpentras. Journée consacrée malgré moi à Georges Bataille. J'avais du gentil courrier à Carpentras. Yvon Belaval me conseille de visiter la bibliothèque de la ville, ce qui est faisable, m'incite à faire la connaissance de l'écrivain et du bibliothécaire Georges Bataille, ce qui est moins faisable. Quoi lui dire ? Comment me présenter ? Lui confier mon Broadway de Marseille. Impossible. Je me renseigne chez une libraire. Georges Bataille est parti. Je ne ferai pas sa connaissance (ce « ferai » est présomptueux dans le passé). Voilà un absent et un inconnu que je ne connais pas remis à neuf. Je suis quand même importunée par l'ombre d'un homme que je ne connais pas. Je n'ose plus déballer les sardines, les tomates, la vache qui rit, le chocolat dans le square autour du Syndicat d'Initiative. Je n'ose pas à cause d'une perspective de vanité dans le passé. Je me répète que lui présent je ne me serais probablement pas présentée à lui. J'ai peur de son ombre demeurée ici qui me verrait, moi, clocharde organisée. J'ai mal à la gorge, je tousse, j'ai la fièvre, je sue, je cherche longtemps un autre jardin public. J'échoue sur un banc de la route d'Orange, à l'heure des vieilles sur les bancs. Celle-ci m'attaque et me décourage lorsqu'elle me dit que je trouverai un jardin à un bon kilomètre du bar des Musées dans notre dos. Elle m'indique le square que j'ai fui et je décide que je fuirai jusqu'au sommet du Ventoux. Satisfaite de son sort, de son hospice, de son mari, des boîtes de carton qu'elle fabrique l'hiver dans une pharmacie, satisfaite des billets de sortie que lui signe la religieuse de l'hospice, satisfaite de ses dimanches, des déjeuners dans la campagne, satisfaite du grangeon qu'ils projettent d'acheter.

— Je suis du Havre et puisque vous êtes de Paris nous avons les mêmes mœurs, me dit-elle.

Satisfaite de ses yeux malades. Elle envisage qu'elle sera bientôt aveugle. Je la quitte parce qu'elle est vieille et satisfaite. Je ne peux pas déballer mes clochardеries dans le bar des Musées. Je n'ai plus de forces. Je pars dans la direction du jardin d'enfants. Je me remettais en route. C'est tentant, une cour défendue par une grille, des géraniums riches, un banc, de l'ombre, du gravier soigné. Je m'écroulerais de fatigue et de découragement si je n'entrais pas dans cette cour. Vous êtes dans le jardin de la bibliothèque, me dit le concierge qui déjeune en tête à tête avec sa femme. Mon sac à dos ne l'inspire pas. Je connais M. Georges Bataille, lui dis-je, par rouerie, pour cette permission d'un déjeuner à l'ombre, parmi les fleurs cossues. Maintenant je veux marcher sur les pas de Georges Bataille, mâcher la sardine sous ses fenêtres. Je la mâche. J'écoute le bruit frais de l'eau qui sort d'une gueule ressemblant à la belle gueule d'un boxer nommé Danilo. Je suis soulagée par cette ressemblance comme je l'ai été ce matin dans le car Marseille-Carpentras où je me racontais qu'un bal musette est un bal pour les hommes qui ont déposé leur musette au vestiaire avant la danse. Curieuse statue. Une femme au centre des roses jaunes, un genou plié, l'autre jambe à moitié pliée, le torse ramené, semble tailler les ongles de son pied gauche.

Le couloir de l'érotisme entre ses cuisses est infini. Une rose safran évente à distance sa fesse. Ce n'est que de l'air remué par un camion qui longeait la route d'Orange.

Je lis dans la bibliothèque de Carpentras jusqu'à quatre heures, je veux dire, je butine dans les essais de Blanchot consacrés à Sade et à Lautréamont : « Là où le scandale est extraordinaire, le respect est extrême. » Je m'envole, je songe à l'œuvre de Jean Genet à la suite de cette phrase. J'ai inscrit sur la fiche 8-9-42 au lieu de 8-9-51. A la place de la fiche sur la table, j'avais oublié mon porte-monnaie contenant quatre mille cinq cents francs. La bibliothèque de Carpentras me trouble. Un ouvrier qui avait feuilleté longtemps une collection de *L'Illustration* a essuyé ses pieds sur le tapis-brosse quand il a quitté la salle, voulant ôter de ses souliers la boue de l'intelligence des autres avant de se retrouver dans la rue. Quand je quitte à mon tour la salle et que j'ouvre la porte de la toilette au bas de l'escalier, je me trouve toute sotte avec un vieillard. Bizarre après-midi.

Orientée par le président du Syndicat d'Initiative de Carpentras du côté des fêtes folkloriques de Vaison-la-Romaine. Les mots folklore et folklorique m'ont toujours ennuyée et accablée. J'ai une pyramide de chapeaux bretons sur la tête dès que je les aperçois dans les journaux. Les chambres dans les hôtels de Vaison sont retenues par les Tambourinaires de Magali, La Couqueta de Marseille et autres sociétés. Je me case à l'hôtel des Trois Colonnes, guidée par l'aimable vice-président du Syndicat. La ville se tait, elle est prête. J'ai confondu dans le clair-obscur les villas issues de fouilles méthodiques avec des fondations de maisons modernes au début de ma promenade solitaire, un samedi soir, veille de fêtes folkloriques à Vaison-la-Romaine. Je ne suis pas éprise du passé lorsque j'ose soutenir à moi-même qu'on pourrait construire des maisons sur l'emplacement des vieilles pierres. Mais les Beaux-Arts veillent, fortifient les places avec leurs batteries de projecteurs. Vaison n'a qu'un réflecteur le soir, ce qui est dommage pour sa renommée, ce qui est suffisant pour le blêmissement des cyprès, des rosiers. Le romain dans ce jardin nocturne est romantique, la ruine entre les chevelures élégiaques des arbres est contemporaine de Lamartine plutôt que de Néron.

Suivi à dix heures du matin les Tambourinaires de Magali, la Couqueta de Marseille, les autres sociétés jusque dans l'église. Arrivée remarquable des Arlésiennes racées, minces, bibelotières, vêtues de longues robes étroites de soie noire, coiffées d'une brioche de dentelle. Installation des groupes de tambourinaires dans le chœur avant la messe. Deux jeunes filles en civil ont le fou rire. Tandis que les Tambourinaires jouent avec lenteur pendant l'élévation, le souffle de la guillotine passe au-dessus de la tête des fidèles. Des Arlésiennes quêtent. Pensé à Vincent Van Gogh à Arles, pendant qu'elles tassaient les billets de banque sur les plateaux, pensé entre deux vieilles fidèles pauvres. Le sermon prononcé en provençal par un prêtre qui a de la diction et du geste ne m'a pas ennuyée. Des photographes opèrent dans l'église. Il n'y a pas pour moi vide plus monotone que pendant l'élévation. Je suis reconnaissante aux baguettes, aux doigts des musiciens de ce folklore. Suivi les Tambourinaires de Magali, la Couqueta de Marseille, jusqu'à la statue d'Aubanel, écouté plusieurs discours en provençal, discours que je n'ai pas compris, qui ne m'ont pas ennuyée. Les mêmes photographes déchargeaient, zigzaguaient. Emue par un félibre sexagénaire amoureux du félibrige qui avait des larmes dans les yeux pendant qu'il regardait la statue, émue par la bonne volonté d'un provincial vêtu d'une cape, coiffé d'un chapeau à larges bords. Tiens, il s'habille comme s'habillait Gide jeune homme. Suivi les Tambourinaires de Magali, la Couqueta de Marseille jusqu'au monument aux morts, à proximité du pont romain sur lequel sont montés les photographes publiquement intrépides. Suivi toutes les sociétés dans une salle, me suis faufilée parmi les notabilités, revu M. Boudin de la Fontaine de Vaucluse, écouté les discours impressionnants en provençal du neveu de Mistral, bu enfin un apéritif offert par un mécène distillateur. De plus en plus souffrante malgré les réjouissances.

Les tambourinaires, la Couqueta et d'autres sociétés ont formé une confrérie multicolore et animée dans les salles à manger qui leur avaient été réservées dans les hôtels. Ils étaient devenus des acteurs en tournée. Les hommes aux guêtres claires, montantes jusqu'aux genoux, au gilet vert bouteille, allumaient des cigares, des Arlésiennes usaient leur pouce sur leur briquet, des Avignonnaises décachetaient des paquets de cigarettes américaines, une jeune paysanne en bonnet dessinait autour de ses lèvres rouges avec un long crayon. Tous redemandaient des liqueurs. Je voyais par la porte entrouverte ce qu'était la vie d'artistes. Ils me prouvaient que la rouille partait en écaille après la prononciation des discours. Un groupe de danseurs et de tambourinaires ont répété leur danse sur le balcon de l'hôtel quand la salle à manger a été silencieuse, déserte. Un diable blond en jupon de cotonnade, qui avait mal au pied, dansait avec sa chaussure dans une main. Son talon dans le bas de laine frappait le ciment du balcon. L'après-midi fut désorganisé à cause du mauvais temps. Nous nous sommes sauvés deux fois du théâtre romain en plein air, nous avons entendu dans les souterrains les coups de canon à huit cents francs le coup que s'offraient les viticulteurs pour épargner la grêle aux vignes. Des Arlésiennes froufroutantes nous offraient des programmes avec lesquels nous avons façonné de minces coussins pour les gradins humides. Mais le soir, les organisateurs ont été comblés. La nuit s'intéressait aux sociétés. Mireille sous les étoiles mourait sur l'estrade, avec le privilège d'une princesse couvée par les fées. Les tambourinaires nous ont modulé sur leur tambour l'histoire de quatre-vingt-neuf. Des amateurs ont dansé.

Nous avons eu une vedette, un ouvrier des environs de Marseille qui a dansé trois fois la matelote, qui a fait de cette danse souplement baroque une légende. Ce danseur amateur dansait sur une hécatombe de cabotins. Il a élevé haut la fête avec sa science, son tempérament, son don.

Suivi lundi matin plusieurs tambourinaires, plusieurs artistes de la Couqueta ainsi que les organisateurs de l'excursion au mont Ventoux en car. Nombreux félibres qui discutent de la fête, des danses. Toujours l'immense bonne volonté provinciale. Je suis assise à côté de Mlle Julie Ravardel, chevalier du

Mérite agricole, (elle m'a offert sa carte de visite). La bonté, l'éducation, le rayonnement de cette demoiselle de soixante-dix-huit ans, qui a visité l'Espagne au printemps, l'Italie l'an dernier, sont étourdissants. Elle m'a présentée à son jeune ouvrier agricole Evariste qui porte le filet aux provisions pour l'excursion, qu'elle traite en prince. Elle nous choie, nous tous de l'autocar folklorique. Evariste rompt le chocolat, décolle les bonbons, tranche le pain d'épices. Mlle Ravardel, vêtue d'un tricot de laine brute, la laine de ses brebis, a assorti ses cheveux qui ont jauni après avoir blanchi à son vêtement. Elle est grosse, mais elle est grosse de douceur. A sa plénitude, il faut du volume. Tout lui convient et elle convient à tout ce qui est. Quand nous descendons de l'autocar, pour une halte dédiée aux chercheurs de framboises, quand je lui offre mon bras, elle dit :

— Je peux marcher seule, mais je prendrais volontiers votre bras maintenant que je l'ai.

Je voudrais lui demander si elle est née accompagnée de cette béatitude. Quand Evariste m'offre une cigarette, elle me répond : « Fumez, fumez. » Cette vieille demoiselle intelligente, nuancée, est une jeune colombe. Plus je la regarde, plus je la vois dans une robe de bal. Nous déjeunons de perdreaux sur canapé dans un refuge parce qu'elle connaît l'hôtelière et qu'on se surpasse pour elle. Nous buvons les vins des vignes de Mlle Julie Ravardel, nous offrons d'autres vins, des liqueurs. Nous nous surpassons les uns pour les autres à cause du rayonnement de notre doux maître à table et nous prions Evariste de se lever. Il nous chante debout des tangos en espagnol et nous le remercions en nous donnant chaud aux mains. Nous savons qu'il pourrait danser, mais nous n'insistons pas. Nous avons déjeuné dans les parages de la pancarte, de l'inscription : prairie du mont Serein.

L'atmosphère sur le Ventoux n'est pas commode. Nous grelottons tous sauf la vieille demoiselle qui inspecte, qui s'engage dans les pierres, qui entre dans une chapelle. Si c'est ceci l'intelligence sur un sommet, l'intelligence me fait peur. J'imagine les montagnes du Tibet pendant que je n'ai pas le sang suffisamment rouge pour demeurer une demi-heure au grand air à deux mille mètres d'altitude. Des soldats aux fenêtres de l'Observatoire nous font des signes amicaux avec leurs mains. Nous nous réfugions dans l'autocar. Nous dépassons aux environs de Sault des charrettes de lavande, nous regardons à travers la vitre la calcination des fleurs dans une chaudière rudimentaire, nous ruminons du rocher, du précipice, du virage.

Quitté le car à Carpentras pour Beaumes-de-Venise, à cause des vieillards à qui je ne parle pas. La belle journée est finie. Je marche dans la nuit, je veux arriver ce soir, je m'accroche à cet hospice, je suis seule, je suis malheureuse, mon sac à dos est lourd, le carton d'objets que je porte est mal ficelé. Accueil quelconque à l'hôtel mais ils sont tous là et ils continuent d'entretenir leur mort proche, la doucette. Le docteur me dit que se mal porter est preuve d'avarice. Il est possible que j'aie cessé de me vouloir généreuse avec le voyage que j'ai entrepris. Je me soignerai pendant trois jours, je partirai pour Bourg-en-Bresse, je laisserai mes violents maux de tête au Midi, je respirerai. J'aspire à Bourg-en-Bresse.

Revenue à Avignon où je devrai coucher, revu le soir le château des Papes. Même histoire que celle de la petite madeleine trempée dans du thé. Retrouvé le choc reçu il y a quatre ans. Le souvenir du choc l'emporte sur la réalité. La lumière à gauche, la fenêtre éclairée du concierge qui est belle aussi m'a fortifiée. Toutes ces façades de beauté avaient eu ma chaleur.

Joui dans le compartiment du train Avignon-Lyon des bras luxueux d'un homme qui rentre de vacances, qui dort avec sa femme dormant dans ses bras. Ce sont des tatouages compliqués, de plusieurs couleurs, ce sont des bras ocre clair sur le bras doré de l'homme.

J'ai fait la connaissance, sur le quai de la gare de Lyon, d'une drôle de voyageuse vêtue absolument de noir (bas noirs, gants noirs, mallette noire). Son visage luit, son chapeau trop enfoncé la rend chauve. Je surveille sa mallette pendant qu'elle cherche *Radio-Cinéma* dans les bibliothèques de la gare, mais c'est elle plus tard qui portera, par reconnaissance immédiate, mon carton contenant des cailloux, de la terre de Roussillon, un morceau d'ocre solide d'Apt, la boîte décorée de roses de Grandvabre, le heurtoir de Rodez, le vase de terre cuite d'Apt également, quand nous montons dans l'autorail. Je lui confie mes paysages de sécurité, mes paysages plats à travers la vitre, elle me confie son métier d'institutrice dans un village de Saône-et-Loire, elle me pousse du coude, elle m'avise dès qu'elle voit un pré, des vaches, des arbres, elle me dit à l'oreille qu'elle aime observer, que la jeune fille et la mère assises en face de nous sont insignifiantes... Cela m'a échappé : je lui ai confié que j'avais faim, que j'ai toujours faim dans les trains. Elle me demande l'âge que je lui donne pendant qu'elle ouvre sa mallette avec discrétion, qu'elle dénoue la ficelle rose, qu'elle me force d'accepter un gâteau. Je prends et, en appréciant la frangipane, je lui dis que je lui donne quarante ans. Elle me répond cinquante, elle est heureuse. Quelle drôle de coquette. Elle est laide mais elle est saine. Ce n'est pas un visage dirait ma mère, c'est un cul, ce qui signifierait c'est la lune. Moi, il y a longtemps que j'ai oublié ce visage. Dès qu'elle m'a confié sa mallette, dès qu'elle a eu confiance en la première venue, il m'a plu. Encore un coup de coude d'elle, encore des étangs, des poules d'eau, de la campagne quiète. Nous sommes dans ce salon roulant les deux chuchoteuses parmi des invités silencieux qui ruminent leur repos, qui savourent ce voyage tout en glissements. Les noms des villages dans lesquels nous nous arrêtons sont des noms composés de plusieurs hameaux qui n'ont pas de gare, des noms difficiles à retenir. Dans lequel m'installerai-je? Je le confie à cette amie d'entre deux trains qui n'hésite pas, qui me conseille Ars-sur-Formans où, dit-elle, elle a fait une retraite au couvent de la Providence, qui me demande si je suis pressée, ce que je ferai quand j'arriverai à Bourg-en-Bresse. Nous décidons que nous prendrons le thé au buffet de la gare, nous nous réjouissons parce que nous sommes des isolées et que ce projet n'a rien d'équivoque. Bourg-en-Bresse, auquel je songeais à Beaumes-de-Venise... Elle dénoue pour moi le nœud compliqué de la corde du carton aux objets, je lui offre ma boîte de berlingots de Carpentras. Non, ce ne sont pas des enfantillages. La marche arrière après trop de souffrances. Si le grain de poussière était avenant, je l'inviterais à prendre le thé ici comme j'ai invité l'institutrice que j'ai installée dans un autre train en direction de Dijon, qui m'a donné sa carte de visite que je conserverai avec celle du chevalier du Mérite agricole dans mon porte-monnaie de Paris. Je revois son porte-billets de maroquin vert, cadeau à elle-même d'une célibataire qui se suffit. Je me souviendrai que nous avons été des rois mages venus l'un vers l'autre avec nos présents : la frangipane, les berlingots.

La statue de Philomène m'indique du doigt le centre d'Ars-sur-Formans quand je quitte l'autocar et ce doigt argent semble viser l'oiseau précédent rendu au centre de ce même village. Agréable descente entre les haies des fermes, pas de transition. Je longe les boutiques flamboyantes, étalages surchargés d'objets de piété, les tourniquets de cartes postales, je tombe dans le panneau, j'ai la naïveté de croire que les commerçants seront hospitaliers et que je peux déposer mon bagage dans le magasin bleu qui ressemble à un magasin bleu dans les parages du Sacré-Cœur de Montmartre. On l'accepte, mais l'aurait-on accepté avec grâce s'il n'y avait pas eu là des prêtres choisissant des souvenirs ? Déjeuner invariable : sardines, vache qui rit..., sous l'abri surélevé des pèlerins. Un jeune sacristain en soutane, bavoir bleu roi, bat les carpettes de la basilique à côté de moi, saupoudre ma tartine de poussière et de microbes pieux. Il faut de l'hébergement payant ici autant qu'ailleurs. J'entre dans l'hôtel aux vastes dépendances, l'hôtel de la Basilique, je choisis mon coin dans un dortoir de chambres séparées où sont logés les « groupes », ce qui signifie, me dit l'hôtelière, les groupes de pèlerins à petits moyens. La chambre me plaît pour plusieurs semaines : les murs de chaux teintés de rose sont décents. Le prie-Dieu usé par les genoux lourds des croyants a été consolidé avec des planches de caisses usagées, le lit-cage surveillé par un crucifix est net, la table de travail, le lavabo le sont moins. Je prends et je me dis que je suis un faux pèlerin avec des petits moyens. J'ai la tentation de vivre dans cette chambre chaque fois que je reporte mon regard sur la fenêtre sans rideaux, la fenêtre vierge, verte. Avant de revenir dans la cour de l'hôtel, il faut traverser la salle de réunion des groupes, endroit délabré où les chaises de jardin sont renversées, où le lis naturel se fripe dans les vases, où les tableaux sur les murs sont pauvrement éteints.

Je me suis jointe à des enfants pèlerins dans l'église de Jean-Marie Vianney, contiguë et rattachée à la basilique, construction plus récente ayant un dôme qui vous a, lui, avec ses rondeurs, un petit air de Kremlin. La visite est commencée. Un prêtre au visage énergique, aux yeux injectés de sang, aux cheveux gris et drus taillés en brosse, apprend aux enfants que Jean-Marie Vianney, les yeux malades, disait sa messe ici, devant la châsse de Philomène, la disait avec des auréoles de mouches autour de ses yeux. Voilà du Jean de la Croix dans la réalité de notre époque. Nous entrons dans l'ancienne sacristie, nous tâtons la crédence sur laquelle Jean-Marie Vianney préparait ses sermons de campagne. Nous retâtons le vieux bois. Je suis arrivée trop tard. La visite de l'église est terminée, nous commençons celle du presbytère. La cour, petite, est un pauvre mouchoir de poche ; la cour, cernée de murs, dont le sol est triste, n'est pas celle d'un presbytère dans un village, mais l'échappée d'air d'un chiffonnier entre deux baraquements de la zone. La cour me révèle que Jean-Marie Vianney a été un prédestiné de la pauvreté. Il existe à Ars, dans la campagne, à un kilomètre de l'église, un monument de la rencontre, une affreuse sculpture sur un socle, dans du gravier, derrière une grille qui représente le jeune abbé Jean-Marie Vianney ayant reçu sa nomination, demandant son chemin à un petit berger. C'est l'emplacement exact de l'anecdote. Pour moi, le vrai monument de la rencontre, c'est ici, dans cette cour chétive où le nouveau venu, le grand épris de la pauvreté était déjà comblé. Après que le guide nous a dit que les sureaux vivraient encore si la dévotion indiscrète des pèlerins ne les avait dépouillés de leur écorce, il nous raconte qu'un jour que la chaleur était accablante, la foule énorme, et que Jean-Marie Vianney sortait de son confessionnal plus brisé qu'à l'ordinaire, il a regardé d'un œil d'envie des poules qui s'étaient fait, dans le sable, un nid à l'ombre et à la fraîcheur, qui y dormaient la tête ensevelie sous leurs ailes. « Je pense que ces poules sont bien heureuses... Si elles avaient une âme, je voudrais bien être à leur place. » Paroles qui en disent long sur le harassement du devin et du premier psychanalyste des chrétiens, qui soulageait des centaines de pèlerins par an. Nous montons jusqu'au premier étage de la maison, un par un, nous écoutons le guide. Je pense à Vincent Van

Gogh se coiffant avec un feutre garni d'une couronne de bougies pour peindre dehors la nuit pendant que le même guide nous apprend que Jean-Marie Vianney se levait à deux heures du matin pour confesser. Même acharnement à la tâche, même génie dans l'outré, démesure indispensable aux saints. La salle à manger-cuisine a été séparée et préservée des pèlerins fétichistes par une vitre. Nous appuyons nos mains sur une barre de cuivre de manège pendant que nous dévorons de l'objet. Le chant d'amour dans cette pièce monte des savates du curé d'Ars rangées, exposées sur une chaise. J'ai relu des strophes sans paroles des *Psaumes* de David, du *Cantique des Cantiques* incrustées dans les cassures des souliers du curé d'Ars. J'ai vu dans ce presbytère les deux modèles nature, les souliers que Vincent Van Gogh a peints avec son sang chrétien. Il y a eu des lyres dans les poubelles pendant que je les contemplais. La marmite du tableau des mangeurs de pommes de terre est là aussi, sur la table. Je ne rêve pas. Un génie chrétien a chaussé les souliers, mangé dans le plat d'un génie laïc avant que ce génie laïc fût né. J'ai uni en pensée les deux élus de la pauvreté avec la chaîne que j'ai décrochée de la marmite aux pommes de terre bouillies. La poêle aux matefaim dans laquelle Jean-Marie Vianney jetait de la pâte faite avec de la farine et de l'eau est l'objet le plus marquant dans la pièce. C'est un ustensile de mardi gras dont la queue longue éloigne la main des flammes. Je ne peux plus. Trop de gloire et trop de misère. J'ai abrégé ma visite. J'y reviendrai. Je sors, je revois à travers le grillage dans le mur de la rue, à travers une toile d'araignée je revois la corbeille à pain, la poêle aux matefaim. De la rue, à reculons, les objets confinés me font peur.

Dîner dans la salle à manger de l'hôtel avec les trois pensionnaires de l'hôtel, parmi des prêtres indochinois, corses, anglais, suisses, canadiens, portugais. Un abbé qui se soigne à table, retour de Fatima, impressionne par son confort moral et physique un jeune missionnaire de vingt-sept ans. J'écoute à table. Les prêtres sont perspicaces. Tantôt c'est l'un, tantôt c'est l'autre qui me fixe, qui me rejette, qui devine que je ne suis pas une ouaille. Le prêtre confortable qui dessert six paroisses, qui a trois mille six cents paroissiens, force le missionnaire à accepter son invitation à dîner. Excellente fraternité dans la réalité. J'écoute, ce qui est normal puisque je suis seule à table.

A onze heures du soir, des Wisigoths ont envahi les escaliers, le couloir, les chambres, enfin le bâtiment dans lequel je me suis isolée. Les Wisigoths, qui ont malmené plusieurs fois la poignée de ma porte fermée à clef, m'ont précipitée au réveil dans le climat des invasions historiques. Je dormais et profitais de mon innocence. J'ai réappris dès le premier éveil qu'il y a des barbares partout. D'heure en heure ici, ma naïveté augmente. J'avais une autre conception des « groupes » mais je ne désespère pas. Il en viendra encore, j'en suis convaincue, qui auront la politesse, le velours, la souplesse d'introduction des souris d'hôtel. Dans pèlerin il y a pèlerine et dans pèlerine il y a enveloppement, chaleur, cachette. Je souhaite que les pèlerins suivants s'installent en premiers chrétiens secrets et persécutés quand ils débarquent la nuit, je souhaite davantage de conspiration dans leurs mouvements. Le plafond de ma chambre tremble : des Wisigoths marchent en se déshabillant. J'apprends que pèlerinage est aussi le synonyme du bivouac explosif. Les vainqueurs ne respectent rien. A quatre heures du matin, nouveau réveil. Ils courent dans les couloirs, crient, ébranlent les portes. Je crains pour le crucifix, pour ma tête, je crains une chute pour l'un, une blessure pour l'autre. A cinq heures, les murs, les portes soulagés de cette horde se rendorment sourds aux coqs qui s'appellent de ferme en ferme. A huit heures, j'ai un agréable compagnon proche et éloigné de la vitre de ma fenêtre : le jardinier. Je ne le verrai pas bêcher le jardin de l'hôtel et c'est moi qui suis en retard sur son horaire. C'est dommage. Cette merveille de rectangle dans un jardin qui me soulage chaque fois de l'exigu des rectangles sur mes livres d'arithmétique, cette merveille de purée de Noël, cette terre ratissée est quand même l'œuvre d'un bras et d'une bêche. Il plante des salades pour de futurs Wisigoths et, courbé, il entraîne son panier de plants qui ressemble à un gros matou bondissant et calculateur. Je me sauve de la fenêtre quand le jardinier se redresse. Il ne pourrait pas deviner qu'il est pour moi un compagnon sans histoire qui me reçoit à Ars en ce premier matin. Je ne me donne pas des gants puisque je ne suis pas la seule à regarder travailler les autres mais je nous crois généreux, très généreux pendant que nous contemplons quelqu'un qui travaille vite et bien, à condition de se cacher de ce quelqu'un qui a la fièvre en travaillant seul.

Petit Souillon est arrivée avec son ramasse-poussière, son chiffon, son balai. Nous avons nettoyé ma chambre ensemble. Petit Souillon a vingt-quatre ans, mais je l'ai vexée quand je lui en ai donné seize.

Petit Souillon croit que nettoyer c'est effleurer. Je suis décidée, contre mon hygiène, à ne pas la tourmenter. Elle a été engagée il y a dix jours, j'entends déjà le bruit que font en s'aiguisant ses ailes impatientes. Cette effleureuse qui effleure ce qu'elle touche est une hirondelle malencontreusement tombée dans un bureau de placement. Il y a un vide sur le devant de sa bouche, le vide de ses deux dents tombées la semaine dernière. Elle se demande où. Là-dessus, nous croquons des bonbons. Petit Souillon est une enfant capable d'avoir fait une ou deux fausses couches. Je ne sais rien, je ne saurai rien, je ne veux rien savoir. Je laisse venir à moi, au début de ma première journée à Ars, toutes les petites filles dans une bonne qui a travaillé trop tôt, qui pourrait avoir fait une ou deux fausses couches, je leur offre des bonbons, je discute le coup du balai de riz, du chiffon de laine, des indéfrisables à froid, des talons hauts, des talons plats, j'essaie de réchauffer dans le passé, dans l'avenir les fausses couches à envisager, des misères respectables non des crimes. Il est convenu que nous ferons ma chambre tous les jours ensemble. Penser à acheter d'autres bonbons pour cette récréation sérieuse.

Les trois pensionnaires de l'hôtel de la Basilique me préoccupent. Pourquoi ce jeune homme cheviote gris fer, cette jeune fille popeline bleu nattier, qui ont chacun fausse alliance au doigt, sont-ils venus s'aimer à Ars ? Le clergé les couve pendant les repas, un curé chargé d'ans leur demande s'ils ont choisi Ars-sur-Formans comme but de voyage de noces. Ils répondent toujours oui, oui, oui. Ils boivent sec, ils commandent les meilleurs vins, ils fument, ils redemandent du poulet. La jeune fille qui a des chaussures blanches éculées et tachées, qui grelotte le soir dans la même pelure, qui dévore ce qu'on lui sert avec un appétit de convalescente ou de libérée, désire une Buick. Le jeune homme qui revient d'Indochine, qui veut y repartir, qui désire la même Buick, à qui manque au déjeuner et au dîner la cuisine courante de Saigon : le cochon laqué, la côtelette de chien, la langue de rat, la cuisse de hanneton, qui nous le fait entendre, a des chaussures de toile au-dessous desquelles je vois, de ma table, la corne noire de ses pieds nus. Leur jeune pauvreté est sympathique, leur train de vie mystérieux, le clairon de leurs ambitions discordant. Aujourd'hui, ils fêtent le huitième jour de leur bon temps dans l'hôtel. Dès que les prêtres ont quitté la salle à manger avec l'intention de prier pour nous entre autres, dès que la serveuse a disparu, la jeune fille rafle des prunes, une grappe de raisin, deux noix là où le clergé a dominé son appétit des fruits. Riquet la laisse chaparder, je le comprends. Riquet tranche le bout de son cigare avec ses belles dents. Elle vient quelquefois vers moi avec sa main pleine, elle insiste, alors je goûte aux fruits que le clergé paiera sur la note et qu'il n'aura pas mangés. Riquet se tourne à moitié de mon côté, me dit, le cigare à la bouche, qu'il débutera à cent cinquante mille francs là-bas où il ira, que dans un an, il recevra dans sa villa, que son domestique indochinois servira un mètre de champagne par soirée, qu'on ne sert pas moins d'un mètre de champagne là-bas, que l'on couche les bouteilles, que l'on vérifie la longueur du veuve clicquot rosé, qu'il fera venir du Japon, par avion, des fraises à dix-sept mille francs le petit panier quand sa femme sera dans une position intéressante, qu'il fleurira son bureau avec des roses à vingt-cinq mille francs le bouquet, parties de Nice toujours par avion. Riquet veut deux enfants. Pas un, pas trois. Deux. Il me les montre avec le V de Churchill. Ses enfants, qui sauront trois langues, apprendront l'anglais en Indochine, l'espagnol en Argentine. Les enfants qui ne voyagent pas sont des idiots tôt ou tard, me dit-il. Sur sa photographie, dans la salle à manger, Jean-Marie Vianney, dont la chevelure ressemble à celle de Liszt, semble entendre et enregistrer, comme j'entends et comme j'enregistre.

Pendant que nous tirions le drap, que nous roulions le traversin et que nous tapotions l'édredon, Petit Souillon m'a appris que Villefranche-sur-Saône, à neuf kilomètres d'Ars, est une ville pour interdits de séjour, que la demoiselle, troisième pensionnaire qui prend ses repas à part dans la salle de café, est une chanteuse des rues à Paris, qu'elle a fait le même pèlerinage ici l'an dernier, qu'elle paie son séjour d'un mois avec régularité. Je la croyais démunie, je la croyais une envoyée de Jean-Marie Vianney, je la croyais un cobaye lancé du ciel, je la croyais de la part du laboratoire des vertus d'amour et de charité une expérience à tenter. Ses mains fines et fondantes sont un problème que je ne résous pas. Comment vit-elle dans sa chambre à Paris ? Ses doigts neufs n'ont jamais soulevé une tasse, séché une assiette. Une caille meurt étouffée soir et matin quand je lui serre la main. Entre tous les offices auxquels elle assiste, la chanteuse, qui marche difficilement, se repose à côté d'un guéridon de jardin dans la cour, laissant le soleil imbiber de chaleur, huit heures par jour, son béret informe, cendreux, coupé, déchiré sur le bord, son manteau de forme grossière. Petit Souillon, qui s'emballerait si je ne la freinais pas, me dit avant que je l'en empêche que la chanteuse est nue sous sa couverture. C'est plausible. Se priver de vêtements et de sous-vêtements pour atteindre la prière, le recueillement et la méditation dans Ars n'est pas condamnable. La chanteuse, qui ne sait probablement pas coudre ni recoudre, agrafe son cache-corps avec des épingles de sûreté, ce qui ne dissimule pas sa cheville, son mollet, son genou quand elle est assise. C'est vieux, c'est chaste. Ce nu éteint, mal interprété, a failli provoquer un scandale dans l'hôtel. Un prêtre, mécontent du peu de confort de sa chambre qu'il n'habitait pas encore et qu'il avait retenue, a fui après qu'il eut dit qu'on rencontrait des créatures nues dans les couloirs, à une minute de l'église. Je ne le comprends pas. Il était si facile de faire appel à l'abaissement des paupières purificatrices.

Nous avons dans la salle à manger de ce soir une nouvelle pensionnaire de soixante-dix-huit ans qui nous vient du couvent de la Providence, d'où elle fut renvoyée plutôt cavalièrement à cause de l'abondance des retraites au début de l'automne. Nous dînons côte à côte. Elle est un divertissement parmi les longues robes noires. Petite, pas franchement bossue, le timbre haut et masculin, le visage d'une gargouille qui ne grimace pas. Le pétillement, la jeunesse, la santé, la cocasserie. Elle demande d'abord aux abbés dans la salle s'ils ont vu le film *La Fille des marais* qui a été présenté à Ars. Il y a des oui, des non, des *ya,* des *yes* timides. Elle éclate, elle a éclaté.

— Je m'y opposerai, crie-t-elle, je m'y opposerai, répète-t-elle. Si une de mes petites filles avait été violée et qu'on veuille la canoniser, je m'y opposerais, je m'y opposerais. Pourtant je suis croyante, pourtant je suis fervente, mais je ne l'admets pas. Il ne suffit pas d'avoir été forcée pour être canonisée. Bonsoir, Messieurs les abbés.

Elle est partie avant les réponses, avant le désaccord, elle n'a pas mangé.

Le nez dans leur assiette, les abbés de la salle à manger ont tous le fou rire.

Visité la ferme modèle de Sibeins avec Solange, Riquet (le jeune homme et la jeune fille qui me préoccupent), le boulanger de l'établissement. Riquet m'explique pendant que nous suivons l'allée, les porcheries de plein air, qu'un passant qui demande son chemin à un autre paie celui-ci après qu'il a été renseigné. En Indochine évidemment. Je me masse de contentement aux creux de l'estomac pour les bêtes tenues dans une propreté parfaite. Professeurs, élèves en vacances ont baptisé « Agile », « Volontaire » des porcs de trois cents kilos. C'est facile, c'est gentil ces noms inscrits sur des pancartes. Solange, qui a ramassé des fruits tombés sur la terre des vergers riches, a mécontenté Riquet. Ne prends pas ce qui n'est pas à toi, lui a-t-il dit. J'ai eu un malaise dont j'ignore l'origine. Quand il se vante dans l'avenir, je lui coupe la parole, quand il me dit être chef garagiste dans une ville importante de Savoie, je ne le crois pas, pourtant ses ongles sont noirs, rognés. Quel as, ce boulanger. Nous revenions de Sibeins avec lui. Nous attendions le goûter dans un café et nous regardions à travers la vitre les troupeaux de vaches qui rentraient aux étables.

— Des nuages, s'est-il exclamé.

Le poème était fini.

— Qu'ont-ils dit après que j'ai été partie, me demande l'expulsée de la Providence.

— Rien.

— Vous m'étonnez, conclut-elle, sceptique.

Elle a des mains plus fortes que celles de la chanteuse, mais elle a des diamants aux doigts.

— J'ai eu tort de vous en reparler, soupire-t-elle. Maintenant, je vais vivre toute ma nuit avec ma chère petite Josette...

— Savez-vous, lui ai-je demandé, de qui sont les peintures dans la première salle, en arrivant ?

Peu de prêtres ce soir. Trois Portugais et un jeune Annamite à la même table.

— Dans la première salle en arrivant ? C'est Cassius, le père de l'hôtelier, qui les a peints.

Il y aura bientôt quinze minutes que Riquet, à table, attend Solange.

— Cassius ? Il est peintre ?

— Oui et non. Il était huissier. Un homme charmant. Rien n'avait été négligé pour l'éducation de ma petite Josette. Leçons de chant, leçons de piano. De riches fermiers, ses parents. Ils pouvaient.

J'aperçois Solange dans la salle de café. Elle s'est faufilée, elle est à table et ils se taisent.

— Vous m'écoutez ? Vous ne pouvez pas comprendre les prêtres. Ils se parlent en espagnol. Ses études terminées, elle refuse, un dimanche après-midi, d'accompagner ses parents en voiture. Visite de famille. Ça l'ennuyait. Le dimanche se passe, le soir tombe et la mère rentre. Pouvez-vous me dire ce qu'elle a trouvé dans la cuisine ? Vous ne trouverez pas. Sa Josette assise, baignant dans le sang, morte. On a pensé à un crime de chemineau. Mais une demi-heure après, le père se cognait en entrant dans la grange. A un corps. Qui n'était plus sur terre. Il allume, voit le cadavre du fiancé de Josette. Pendu, oui, pendu. Le revolver est dans la paille au-dessous du pendu. A l'autopsie, pas de viol, pas de traces, pas de tentatives. Pas de viol. Si vous saviez le nombre de nuits pendant lesquelles j'ai cherché ce qui a pu se passer... Ils ont l'air heureux les deux petits. On ne parle que d'eux dans le village. Ars manque de jeunesse. Ars manque d'amoureux.

— Si le saint n'avait pas interdit la musique, les bals, ai-je risqué.

— Le saint a fait ce qui lui plaisait.

C'est sans réplique.

Nouvel envahissement du local par un groupe de cent quatre-vingts Wisigoths du Portugal, répartis dans les hôtels du village. Bavardé tôt le matin avec les conducteurs des cars qui reviennent dégoûtés du riz, du poisson qu'ils mangeaient tous les jours. Ils me réclamaient de l'organisation. Envahissement des magasins de piété par les Wisigoths à neuf heures du matin. J'ai plaint en pensée l'épaule et le bras droit du receveur des postes qui tamponnera des centaines de cartes postales dans la matinée. Il m'a dit hier qu'il avait vendu pour un million de timbres l'an dernier. La prospérité par l'envahissement. Regardé longtemps à une devanture un minuscule morceau de tissu dentelé de la valeur d'un confetti posé sur un coussin capitonné de satin vieux rose, enfermé dans une châsse montée sur un trépied doré. J'ai supposé que c'était une chiquette du linge de corps de Jean-Marie Vianney. Me suis demandé s'il était possible de tailler avec de fins ciseaux tant de chiquettes pendant tant d'années. Me suis interdit la soustraction des années.

Trouvé un pauvre admirable dans Ars, sous ma fenêtre, dans une grange désaffectée. Ce pauvre est un spectacle gratuit le dimanche après-midi, puisque c'est un pauvre. L'abbé monté sur une estrade le présente avant de le montrer. Ce pauvre authentique est le film tourné à Ars, qu'on ne peut voir que dans Ars, consacré au curé d'Ars. Pas d'acteurs, pas de maquillage, pas de truquages, pas de reconstitution de décors. Le presbytère est le vrai presbytère, la campagne est la vraie campagne d'Ars, les contemporains de Jean-Marie Vianney sont les vrais contemporains. C'est un film tourné par l'abbé, sobre conférencier, opérateur dans la cabine de la grange, c'est un film dans lequel un instituteur laïc joue le rôle principal, c'est un film plein d'amour puisqu'il est plein de gaucherie. Pas de gros plan. Le visage du saint suggéré, dissimulé, éloigné ou bien coupé faute de vedette, faute de maquilleur, le visage absent est la gloire de ce film consciencieux jusqu'au talent, malhabile jusqu'à la réussite. Sur un phonographe, la musique de Jean-Sébastien Bach, Wagner, Fauré, choisie par le même abbé, soutient, accompagne, soulève l'histoire filmée, la biographie du patron des curés de campagne. Les raccourcis dans les audaces au service de la vérité sont les ellipses d'une forte poésie. Le démon qui tente Jean-Marie Vianney la nuit n'est qu'un simple objet de campagne : une pelle. Qui frappe à la porte d'un presbytère ? Une pelle toute seule dehors, par mauvais temps, qui cherche abri, qui se jette contre une maison puisque c'est le mendiant du mal. Les coups de pelle m'ont fait peur parce qu'ils étaient proches, violents, mauvais. J'ai su après la séance que l'abbé dans la cabine, dont la main droite d'opérateur est prise, frappe avec la gauche sur une caisse, crée le démon frappeur qu'il châtie en même temps. Quand le vacarme étrange est fini, apparaît sur l'écran, en chemise de nuit naïve et romantique, le bougeoir classique de candeur au poing, pieds nus, avec de l'art dans sa longue chevelure de musicien, Jean-Marie Vianney. L'image est lente. Jean-Marie Vianney, dont on ne voit pas le visage, qui descend posément l'escalier, n'est pas tenté. Il vient toujours quand on l'appelle, il a la grâce d'une jeune fille somnambule chaque fois qu'il pose son pied sur une nouvelle marche. Il ouvre : personne. Ma grand-mère me racontait qu'étant petite fille elle avait eu très peur. On frappa chez eux un soir, au milieu d'un bois, vers minuit, sous rafale de neige. « C'est un curé perdu », répondit-on. Ils n'ouvrirent pas. Le démon parvenu dans la chambre à coucher de Jean-Marie Vianney est un serpent de couleur foncée dont les éclats de lumière sur le corps sont pestilentiels. Les miracles dans le film sont simples. Quand les orphelins sont affamés, quand la marmite est sèche, le blé tombe du plafond de la maison des bonnes œuvres. Il y a un début, un milieu, une fin. Un grain, deux grains, une averse, deux grains, un grain. La pluie est finie. J'avais été intriguée par la mélodie de l'oiseau chanteur lorsque Jean-Marie Vianney lève les bras de reconnaissance dans la nature, au printemps. L'abbé dans la cabine, sa main droite occupée par l'appareil, tient avec sa main gauche une pipe à eau, une pipe d'enfant dans laquelle il souffle, avec laquelle il produit le chant, me dit-on. La séquence consacrée au commerce que faisait le curé d'Ars est la plus belle. Un mendiant entre au presbytère, tend la main. Jean-Marie Vianney ne lui donne rien. Il dépouille l'homme de son sac troué qui a contenu cinquante kilos de charbon ou bien cinquante kilos de pommes de terre, il vide sur la table le peu que contient le bagage des loqueteux. Des croûtons de pain moisi roulent sur la table, tombent par terre. Affaire conclue. Jean-Marie Vianney, qui se nourrira pendant une semaine avec ce que ne reniflerait pas un chien perdu, a payé le mendiant avec tout son argent, l'a remercié puisque le saint est l'obligé de tous.

Ses enfants l'ayant rappelée, la vieille dame pittoresque nous a quittés.

Solange et Riquet ont voulu que je monte dans leur chambre, ont voulu que je fasse un effort pour estimer les deux toiles dont ils parlaient à table, qu'ils ont fixées au mur avec des punaises. C'est de la peinture en long (du plafond au plancher), c'est verdoyant, c'est paysagiste. Riquet propose Fragonard, je réponds Greuze, plutôt un imitateur de Greuze qui aurait simplifié. Eux, ils auraient acquis aux enchères ces choses que j'ai déjà vues incrustées dans les salles anciennes des brasseries, dans la salle de réunion d'un conseil municipal. Ils auraient été conseillés par un notaire à qui ils auraient offert une commission la vente finie. Quatre mille francs avant-hier, soixante mille aujourd'hui, ces peintures de province... Riquet fabule de plus en plus mal.

Ce soir, Riquet a raconté aux prêtres dans la salle à manger que pousser à deux cents kilomètres à l'heure le moteur de la voiture du fils Bugatti est un jeu, que le fils Bugatti est son meilleur ami. Les prêtres l'ont écouté, tête baissée.

Nous attendons six cents pèlerins de la Sarre. Je vais à l'église quand ils sont là. Quatre confesseurs sont débordés. Ce sont des pèlerins volants qui ne coucheront pas dans mon bâtiment. Observé les semelles des souliers des prêtres. Bonne organisation aussi de ce côté-là. Fers aux talons, clous, chaussures montantes. Un paradis de pieds plats. La messe terminée, les fidèles égaillés, deux vicaires ont tapé sur la chaire du curé d'Ars, ont gratté avec leurs ongles, l'ont secouée. J'ai supposé qu'ils étaient les fils d'un fabricant de meubles.

J'écoutais partout à la fois dans la salle à manger. Mes longues oreilles traînaient sur leur table, sur leur pain, frétillaient dans leur plat. J'écoutais. Un prêtre, qui racontait à un autre son voyage à Jérusalem, qui décrivait le climat de Nazareth, n'a pas caché son admiration pour les formes, les yeux, la prestance, la beauté des hommes et des femmes de Jérusalem, de Nazareth. Sa chasteté était vivante, sa chasteté avait de l'esprit. L'autre lui a décrit à son tour un pays dont le nom m'a échappé, un pays où l'on a gardé le langage du XVIIe siècle, les périodes, où les jeunes gens s'appellent Sévère. Dans mon dos, celui qui revient d'Espagne rapporte une soutane qui lui coûterait ici vingt mille francs... Je m'instruis, mes enfants, je m'instruis. Ceci est rapprochant : il y en a des sobres, des gourmands, des indulgents, des apprivoisés, des silencieux, des bavards, des rêveurs, des matérialistes, des indolents, des curieux, des rapaces, des indifférents, des civilisés, des barbares, des farouches, des onctueux.

Petit Souillon m'a tout raconté. Je tremble sur mes jambes pendant qu'elle me le raconte, je suis soulagée. Je préfère l'arrachement au malaise. Solange et Riquet ont quitté l'hôtel de la Basilique avant le jour, emportant leurs peintures, les manteaux neufs de la belle-fille de Cassius, les blouses, le tailleur de la bonne d'enfants de l'hôtelière. Travail facile. Le porche est ouvert la nuit, la garde-robe aussi dans le couloir. Ils ont laissé un souvenir : un service dépareillé avec des traces de confiture dessus. Désinvolture, insouciance, jeunesse. Je voudrais sourire, je voudrais rire. Petit Souillon ne rit pas. Les gendarmes seront ici dans une heure, mais je refuse de me laisser interroger. Je revis les moments que nous avons eus ensemble. Nos rapports quelconques deviennent du vibrant, du merveilleux. Je me sens amoindrie, vexée parce qu'avec leurs secrets ils m'ont roulée. Ils sont partis, ils sont définis mais je ne m'habituerai plus à eux. Comme ils ont été généreux, comme ils laissent d'eux un brasier de présence... Je me répète qu'ils savaient ce qu'ils feraient au début qu'ils m'ont parlé. Je m'extasie sur leur force de silence pendant qu'ils nous parlaient. Je connais bien la lourdeur de leur départ nocturne, puisque moi aussi j'avais attendu quatre heures du matin, à côté d'un réveille-matin, quand je me glissais hors de la maison de M. Mottier, quand je m'engageais dans les sentiers avec mes valises de nourritures que j'avais payées, quand j'avais peur du tressaillement des oiseaux patients, des feuillages que mon front écartait, quand j'avais peur du don de ma personne que je faisais à la nuit repue. Mais eux, ils sont deux. Je comprends qu'ils s'aiment tant puisqu'ils sont doublement complices. Quel bon tour ils pourront jouer longtemps à la mort s'ils volent les autres longtemps. J'admire le mépris qu'ils ont des autres et plus encore le mépris du jugement des autres. Se feront-ils prendre ou non ? Je ne le saurai jamais.

Un abbé, qui remplissait sa fiche, récitait à haute voix en même temps qu'il écrivait :

— Nombre d'enfants : neuf mille. Objet du déplacement : voyage de sanctification.

Un jeune abbé, débarqué dans la cour de l'hôtel sur la selle de sa motocyclette, effraie les prêtres âgés pendant qu'il leur raconte les films américains, anglais, italiens, français qu'il a vus. Nous soupirons quand il remplit, lui aussi, sa fiche et qu'il nous dit qu'il est professeur de mathématiques dans une école de filles.

Les gendarmes sont venus. Riquet, je le revois se dépouillant de son veston quand nous revenions de la ferme modèle de Sibeins, couvrant le dos de Solange. Ce jeune mâle ressemblait davantage à une femme masculine qu'à un homme quand il avait des prévenances pour Solange.

Deux prêtres qui prennent pension ici pendant leur retraite, qui les ont connus, qui l'apprennent à table de la bouche de la serveuse se taisent. L'un se décide :

— Que voulez-vous, ils s'abandonnaient à la Providence.

Les Wisigoths, par groupes massifs, ont disparu, les prêtres s'en vont, les plumiers, les taille-crayons, les galoches, les chemises de nuit de finette sont aux étalages de l'Economique. Petit Souillon sert à table et remplacera cet hiver, à condition que ses ailes hivernent, la serveuse professionnelle dont la saison est finie. Les gendarmes sont revenus hier. La chanteuse est partie il y a huit jours pour un autre centre de pèlerinage. Ils ramassent les pommes de terre dans un champ à la bordure de la route de Rancé. Nous grelottons dans les chambres. J'abandonne le bâtiment des groupes pour une chambre dans l'hôtel. Je me promène souvent, par hygiène, sur la route de Rancé entre les plaines où je rencontre du monde, des automobiles, des abbés au volant, des abbés qui lisent ou bien qui méditent en marchant. Deux hommes dans le champ chargeaient avec les sacs de pommes de terre, les brouettes.

— On embauche, a crié l'un. Vous venez ?

Il le criait et le demandait du fond de son champ. Je lui ai répondu sur un autre ton que je ne pouvais pas, que je me promenais après avoir travaillé. Je n'ai retenu de lui qu'une silhouette brune sans visage, née de la terre brune de septembre. Maintenant je connais Mme Gaget, du hameau du Juis, grâce au sentier à gauche sur la route de Rancé. Mme Gaget était désolée parce que ses chèvres, qui tiraillaient la haie après avoir rasé un bon coin de luzerne, étaient sûrement saoules. La luzerne saoule les chèvres. Elle ronchonne comme d'autres ont le fou rire, mais elle ne m'impatiente pas. Son œil gauche qui pleure m'attendrit. Elle ronchonne pendant que j'écoute l'aboiement des chiens de chasse excités, pendant que je suis le tracé des aboyeurs invisibles au ras du ciel et de la terre. Le jeune homme qui taille la haie, qui a un petit aboyeur dans son sécateur, est un parachutiste démobilisé. Aujourd'hui il fait atterrir les feuillages sur le dos des chèvres qui se sauvent. Le vocabulaire déformé dans les campagnes est un reflet du paysage. La campagne, le paysage sont rudes. Le vieux M. Mottier de l'Orne, qui surveillait dans son pré assis sous un pommier en fleur le grossissement de son bœuf, disait qu'il mettait toujours la viande dans la poêle quand le beurre rossignolait, pas avant. Mme Gaget, qui sort ses chèvres par tous les temps, qui les surveille deux et trois heures en tricotant debout, qui a eu une congestion pulmonaire l'an dernier, qui ne se chauffe pas, dit que son petit-fils soldat charroyait le colonel dans un cabion.

Visité les abattoirs aux poulets dans la cour du coquetier, à côté de l'église. Ils sont moins modernes que je ne le supposais. La machine qu'on entend de la rue, qui fait tant de bruit, est la machine à plumer les poulets munie de vis tournantes qui, en deux minutes, font d'un coq un chauve. Des jeunes filles du pays coupent les langues d'abord, fignolent quand le plumage a été aspiré.

Je me suis demandé à quel propos un abbé, qui n'a fait que déjeuner ici, disait que derrière la croix il y a quelquefois le diable.

De plus en plus isolée à l'hôtel. Ils sont tous partis. J'erre autour du couvent dépeuplé, j'erre autour du magasin d'objets de piété tenu par des religieuses où j'ai vu tant de prêtres griffonner sur des cartes postales. Je ne saurai pas pourquoi je suis venue à Ars, pourquoi je m'y suis fixée. Pour vivre, voir de près des étrangers, c'est possible. Je suis seule à table, seule dans les rues d'Ars, seule dans le bureau de poste. Vous ne m'écrivez plus, Madame. Je souffre, mais ce n'est pas un reproche. Je m'intéresse aux fleurs autour des tombes, parce que vous reviendrez le premier novembre. Promenade sur la route de Rancé. L'homme dans le champ m'a demandé l'heure, du fond de son champ. La même silhouette avec une voix sans visage.

Je grelotte dans toutes les pièces de l'hôtel, ma main pâlit pendant que j'écris, mais je ne veux pas de ma chambre, de mon poêle de douaniers à Paris, je ne veux pas, Madame, de votre ville où nous n'êtes pas.

Enfin un pensionnaire pour deux jours. Il arrive de Nîmes où il y a eu un congrès de deux cent mille congressistes. Encore un vieillard de soixante-quinze ans. Ce vieux prêtre sans malice me rappelle celui de Max Jacob et Max Jacob, l'imité, me rappelle Maurice Sachs, l'imitateur indulgent et affectueux. Ce vieux prêtre est le plus jeune des abbés que j'aurai vus à Ars. Il rédige du courrier jusqu'à deux heures du matin — sa chambre est à côté de la mienne —, se lève à cinq heures. Il a été soulevé de terre depuis qu'il est allé à Nîmes, qu'il a vu le podium, les cavaliers de Camargue à cheval avec des jeunes femmes montées en croupe, tout cela dans la même ville. De sa table, il m'en parle à tous les repas. Je suis vraiment contente pour lui qu'il l'ait vu et qu'il l'ait gardé vivace en lui. Il court, il visite, il rédige des articles, il perd son chapeau, il le retrouve mais, quand il dort, il dort. J'aurai eu de merveilleuses insomnies à cause de lui. Je ne me lasse pas de l'écouter, rêver tout haut, ronfler, se retourner dans son lit. J'entends tout parce que la nuit nous ne sommes séparés que par un mur. Ce n'est plus un prêtre qui se lève, qui soulève le couvercle du seau. C'est peut-être Dieu, cet homme qui urine, tellement la simplicité dans la chambre à côté de la mienne est divine.

Il est parti ce matin.

J'ai trouvé la dame de trèfle par terre sur la route de Rancé. J'avais hésité entre la promenade de la Rencontre, la route de Villefranche-sur-Saône et celle-ci. L'homme qui me parle les autres fois du fond de son champ travaille solitaire. Il m'a demandé l'heure et il m'a dit encore qu'on embauchait. J'ai pensé que j'aurais dû me promener sur la route de Villefranche, mais le regret a disparu quand j'ai vu le léger store de lumière dans le ciel, la pluie de rayons blancs, transversaux. Triste promenade. Mme Gaget était déjà repartie. Je suis revenue sur mes pas. J'ai accosté le petit garçon qui garde les vaches, qui excite contre le troupeau son chien qu'il appelle Lalac.

— Pas de chasseurs, aujourd'hui ? ai-je commencé.

— Pas de chasseurs, a-t-il dit. C'est jeudi. Il faut que le gibier se repose.

— Tu n'as pas froid ?

— Non.

L'homme dans le champ à gauche, un peu plus loin, a amené sa brouette de pommes de terre à la lisière des sillons et de la route au-dessous d'eux.

— Tu ne t'ennuies pas ?

— Non.

L'homme a tourné autour de sa brouette. Il se prépare à bavarder avec moi quand je passerai.

— Pas de frères ? Pas de sœurs ?

— J'ai une sœur. C'est une garce.

— Quel âge ?

— Trois ans. Elle me jette tout à la figure... tout ce qu'elle prend.

— J'ai froid.

— Vous avez froid ?

— Au revoir.

— Au revoir.

L'homme est au milieu de son champ. J'aperçois déjà le pont au centre du village, mais il fera froid dans ma chambre.

— Vous avez l'heure ?

— Six heures dix.

Il vient avec trois pommes de terre dans une main, il vient en parlant :

— Vous êtes à Ars ?

— Oui.

Ses genoux sont des haillons.

— A quel hôtel ? A la Basilique ?

— Oui.

Je n'avais pas remarqué sa maigreur quand il était au fond de son champ.

— C'est au moins cinq cents francs, une chambre ?

— Je ne sais pas. J'ai un prix de pension.

Il a jeté les trois pommes de terre dans un des sacs sur la brouette. C'est une maigreur effrayante. C'est un domestique de ferme en haillons.

Il recommence :

— Vous venez travailler avec moi dans le champ ? Pour Trêves. Pour mes patrons.

C'est une maigreur de dégénéré. Il ne s'en va pas. Il est là debout, à côté de sa brouette. Le petit gardeur de vaches est à deux minutes de nous. C'est une route passante. Une automobile, avant que je lui parle, montait la côte pendant que je la descendais. La fermière pourrait lui repriser cela, lui mettre des pièces aux genoux. Ils le font travailler au rabais

— Vous venez travailler dans le champ avec moi ?

Son petit œil fixe.

— Non. Il faut que je m'en aille. Je m'en vais.

Son petit œil fixe, sa bouche tordue.

Il a sauté du talus sur la route.

Son petit œil fixe, sa maigreur de dégénéré.

— Laissez-moi partir, laissez-moi. Je vous en supplie...

Il n'y a pas eu de commencement dans cette lutte. Je marche sur mon anorak, je piétine ma sacoche.

— Je vous en supplie. J'ai peur, j'ai peur...

Nous luttons au milieu de la route.

Je lui répondais par politesse. Hier, sur cette route, un vieux monsieur se promenait avec un abbé qui lui donnait le bras. C'est une route passante. Le petit garçon viendra.

— Lâchez-moi. J'embrasserai votre main. Lâchez-moi, j'ai peur.

Je me suis dégagée. J'ai pris sa main qui avait lancé trois pommes de terre dans le sac sur la brouette.

C'est un dégénéré. Il est maigre. Qu'est-ce que je fais à Ars ? Qu'est-ce que je vais devenir ? Toujours son petit œil fixe. Toujours.

Il s'est dégagé, il s'est baissé, il a mis son bras entre mes jambes en bandage de force.

— Je t'aurai, je t'aurai.

— Au secours...

Je hurle. Pourtant ma voix, mon appel, le pays intérieur dans lequel j'appelle au secours sont dérisoires. Je suis un puits, mais un puits de clarté pendant que j'appelle.

— Je t'aurai.

Il me fait reculer et je le fais reculer. Je chancelle.

— Je vous en supplie. Je viendrai ce soir quand il fera noir. Nous nous retrouverons. Je serai gentille. Ne me faites pas peur. Vous me rendez malade. Au secours...

Il m'a fait tomber dans un fossé, j'ai enlevé son bras entre mes jambes, je me suis relevée mais il a remis le même bras. Il m'a fait entrer dans le pré de luzerne en face du champ de pommes de terre.

— Je t'aurai, je t'aurai.

Son petit œil fixe.

— Laissez-moi. Vous me rendez malade. Je vais vous donner de l'argent. Je vous en donnerai... Non, non...

Il m'a jetée dans la luzerne.

— Au secours, au secours...

Il se frotte à ma robe. Je me défends mais je faiblis.

— Je vous donnerai cinq mille francs, je vous les donnerai. Laissez-moi me lever.

— Je t'aurai, je t'aurai.

— J'ai cinq mille francs, je vais vous les donner... Au secours, au secours... Je vous en supplie. Je ne vous ai rien fait de mal.

Je lutte de plus en plus faiblement parce que j'ai peur, parce que j'ai peur qu'il devienne de plus en plus méchant. Il ne me fait pas lâcher ma main, ma serrure entre mes jambes.

— Je t'aurai, je t'aurai.

Il m'a prise à la gorge, déjà il serre.

Je ne lutte plus, je ne crie plus au secours.

Il se frotte à ma robe, il desserre, il serre, il desserre.

— Levez-vous, on vient, me dit-il.

Il y a eu un miracle physiologique.

— On vient, levez-vous, dit-il.

Il écoute l'éjaculation qu'il confond avec la frousse, avec la venue de l'ennemi.

— Donnez-moi de l'argent, a-t-il crié.

Il s'est sauvé, il est allé se finir dans un taillis.

Je suis rentrée à Paris, d'un trait.

Je vous attends, Madame. De mon voyage, je vous ai tout donné. Je suis la toute neuve, je suis la dépouillée. Vous reviendrez bientôt. Mon cœur a son frisson d'oiseau quand je répète à bientôt dans ma chambre. Faites-nous signe. Pour vous, mon cœur est prêt, pour vous, mon cœur est habillé. Revenez.

Septembre-octobre 1951.

DU MÊME AUTEUR

Aux Éditions Gallimard

L'ASPHYXIE («L'Imaginaire», *n° 193*).
L'AFFAMÉE («Folio», *n° 643*).
RAVAGES («Folio», *n° 691*).
LA VIEILLE FILLE ET LE MORT
TRÉSORS À PRENDRE («Folio», *n° 1039*).
LA BÂTARDE («L'Imaginaire», *n° 351*).
LA FEMME AU PETIT RENARD («Folio», *n° 716*).
THÉRÈSE ET ISABELLE («Folio», *n° 264*).
LA FOLIE EN TÊTE («Folio», *n° 483*).
LE TAXI.
LA CHASSE À L'AMOUR («L'Imaginaire», *n° 422*).

COLLECTION FOLIO

Dernières parutions

3228. Molière	*Le Tartuffe.*
3229. Molière	*Dom Juan.*
3230. Molière	*Les Femmes savantes.*
3231. Molière	*Les Fourberies de Scapin.*
3232. Molière	*Le Médecin malgré lui.*
3233. Molière	*Le Bourgeois gentilhomme.*
3234. Molière	*L'Avare.*
3235. Homère	*Odyssée.*
3236. Racine	*Andromaque.*
3237. La Fontaine	*Fables choisies.*
3238. Perrault	*Contes.*
3239. Daudet	*Lettres de mon moulin.*
3240. Mérimée	*La Vénus d'Ille.*
3241. Maupassant	*Contes de la Bécasse.*
3242. Maupassant	*Le Horla.*
3243. Voltaire	*Candide ou l'Optimisme.*
3244. Voltaire	*Zadig ou la Destinée.*
3245. Flaubert	*Trois Contes.*
3246. Rostand	*Cyrano de Bergerac.*
3247. Maupassant	*La Main gauche.*
3248. Rimbaud	*Poésies.*
3249. Beaumarchais	*Le Mariage de Figaro.*
3250. Maupassant	*Pierre et Jean.*
3251. Maupassant	*Une vie.*
3252. Flaubert	*Bouvart et Pécuchet.*
3253. Jean-Philippe Arrou-Vignod	*L'Homme du cinquième jour.*
3254. Christian Bobin	*La femme à venir.*
3255. Michel Braudeau	*Pérou.*
3256. Joseph Conrad	*Un paria des îles.*
3257. Jerôme Garcin	*Pour Jean Prévost.*
3258. Naguib Mahfouz	*La quête.*
3259. Ian McEwan	*Sous les draps et autres nouvelles.*

3260. Philippe Meyer	*Paris la Grande.*
3261. Patrick Mosconi	*Le chant de la mort.*
3262. Dominique Noguez	*Amour noir.*
3263. Olivier Todd	*Albert Camus, une vie.*
3264. Marc Weitzmann	*Chaos.*
3265. Anonyme	*Aucassin et Nicolette.*
3266. Tchekhov	*La dame au petit chien et autres nouvelles.*
3267. Hector Bianciotti	*Le pas si lent de l'amour.*
3268 Pierre Assouline	*Le dernier des Camondo.*
3269. Raphaël Confiant	*Le meurtre du Samedi-Gloria.*
3270. Joseph Conrad	*La Folie Almayer.*
3271. Catherine Cusset	*Jouir.*
3272. Marie Darrieussecq	*Naissance des fantômes.*
3273. Romain Gary	*Europa.*
3274. Paula Jacques	*Les femmes avec leur amour.*
3275. Iris Murdoch	*Le chevalier vert.*
3276. Rachid O.	*L'enfant ébloui.*
3277. Daniel Pennac	*Messieurs les enfants.*
3278. John Edgar Wideman	*Suis-je le gardien de mon frère ?*
3279. François Weyergans	*Le pitre.*
3280. Pierre Loti	*Le Roman d'un enfant* suivi de *Prime jeunesse.*
3281. Ovide	*Lettres d'amour.*
3282. Anonyme	*La Farce de Maître Pathelin.*
3283. François-Marie Banier	*Sur un air de fête.*
3284. Jemia et J.M.G. Le Clézio	*Gens des nuages.*
3285. Julian Barnes	*Outre-Manche.*
3286. Saul Bellow	*Une affinité véritable.*
3287. Emmanuèle Bernheim	*Vendredi soir.*
3288. Daniel Boulanger	*Le retable Wasserfall.*
3289. Bernard Comment	*L'ombre de mémoire.*
3290. Didier Daeninckx	*Cannibale.*
3291. Orhan Pamuk	*Le château blanc.*
3292. Pascal Quignard	*Vie secrète.*
3293. Dominique Rolin	*La Rénovation.*
3294. Nathalie Sarraute.	*Ouvrez.*
3295. Daniel Zimmermann	*Le dixième cercle.*
3296. Zola	*Rome.*
3297. Maupassant	*Boule de suif.*
3298. Balzac	*Le Colonel Chabert.*

3341. Daniel Rondeau *Alexandrie.*
3342. Daniel Rondeau *Tanger.*
3343. Mario Vargas Llosa *Les carnets de Don Rigoberto.*
3344. Philippe Labro *Rendez-vous au Colorado.*
3345. Christine Angot *Not to be.*
3346. Christine Angot *Vu du ciel.*
3347. Pierre Assouline *La cliente.*
3348. Michel Braudeau *Naissance d'une passion.*
3349. Paule Constant *Confidence pour confidence.*
3350. Didier Daeninckx *Passages d'enfer.*
3351. Jean Giono *Les récits de la demi-brigade.*
3352. Régis Debray *Par amour de l'art.*
3353. Endô Shûsaku *Le fleuve sacré.*
3354. René Frégni *Où se perdent les hommes.*
3355. Alix de Saint-André *Archives des anges.*
3356. Lao She *Quatre générations sous un même toit II.*
3357. Bernard Tirtiaux *Le puisatier des abîmes.*
3358. Anne Wiazemsky *Une poignée de gens.*
3359. Marguerite de Navarre *L'Heptaméron.*
3360. Annie Cohen *Le marabout de Blida.*
3361. Abdelkader Djemaï *31, rue de l'Aigle.*
3362. Abdelkader Djemaï *Un été de cendres.*
3363. J.P. Donleavy *La dame qui aimait les toilettes propres.*
3364. Lajos Zilahy *Les Dukay.*
3365. Claudio Magris *Microcosmes.*
3366. Andreï Makine *Le crime d'Olga Arbélina.*
3367. Antoine de Saint-Exupéry *Citadelle (édition abrégée).*
3368. Boris Schreiber *Hors-les-murs.*
3369. Dominique Sigaud *Blue Moon.*
3370. Bernard Simonay *La lumière d'Horus (La première pyramide III).*
3371. Romain Gary *Ode à l'homme qui fut la France.*
3372. Grimm *Contes.*
3373. Hugo *Le Dernier Jour d'un Condamné.*
3374. Kafka *La Métamorphose.*
3375. Mérimée *Carmen.*
3376. Molière *Le Misanthrope.*
3377. Molière *L'École des femmes.*
3378. Racine *Britannicus.*

3379. Racine — *Phèdre.*
3380. Stendhal — *Le Rouge et le Noir.*
3381. Madame de Lafayette — *La Princesse de Clèves.*
3382. Stevenson — *Le Maître de Ballantrae.*
3383. Jacques Prévert — *Imaginaires.*
3384. Pierre Péju — *Naissances.*
3385. André Velter — *Zingaro suite équestre.*
3386. Hector Bianciotti — *Ce que la nuit raconte au jour.*
3387. Chrystine Brouillet — *Les neuf vies d'Edward.*
3388. Louis Calaferte — *Requiem des innocents.*
3389. Jonathan Coe — *La Maison du sommeil.*
3390. Camille Laurens — *Les travaux d'Hercule.*
3391. Naguib Mahfouz — *Akhénaton le renégat.*
3392. Cees Nooteboom — *L'histoire suivante.*
3393. Arto Paasilinna — *La cavale du géomètre.*
3394. Jean-Christophe Rufin — *Sauver Ispahan.*
3395. Marie de France — *Lais.*
3396. Chrétien de Troyes — *Yvain ou le Chevalier au Lion.*
3397. Jules Vallès — *L'Enfant.*
3398. Marivaux — *L'Île des Esclaves.*
3399. R.L. Stevenson — *L'Île au trésor.*
3400. Philippe Carles et Jean-Louis Comolli — *Free jazz, Black power.*
3401. Frédéric Beigbeder — *Nouvelles sous ecstasy.*
3402. Mehdi Charef — *La maison d'Alexina.*
3403. Laurence Cossé — *La femme du premier ministre.*
3404. Jeanne Cressanges — *Le luthier de Mirecourt.*
3405. Pierrette Fleutiaux — *L'expédition.*
3406. Gilles Leroy — *Machines à sous.*
3407. Pierre Magnan — *Un grison d'Arcadie.*
3408. Patrick Modiano — *Des inconnues.*
3409. Cees Nooteboom — *Le chant de l'être et du paraître.*
3410. Cees Nooteboom — *Mokusei !*
3411. Jean-Marie Rouart — *Bernis le cardinal des plaisirs.*
3412. Julie Wolkenstein — *Juliette ou la paresseuse.*
3413. Geoffrey Chaucer — *Les Contes de Canterbury.*
3414. Collectif — *La Querelle des Anciens et des Modernes.*
3415. Marie Nimier — *Sirène.*
3416. Corneille — *L'Illusion Comique.*

Impression Bussière Camedan Imprimeries
à Saint-Amand (Cher),
le 13 septembre 2000.
Dépôt légal : septembre 2000.
1er dépôt légal dans la collection : mai 1978.
Numéro d'imprimeur : 003788/1.
ISBN 2-07-037039-9./Imprimé en France.

97113